The
Sunrise

日出酒店

〔英〕 维多利亚·希斯洛普 著

刘勇军 译

南海出版公司

新经典文化股份有限公司
www.readinglife.com
出　品

谨以此书献给如钻石般闪耀的艾米莉

写在故事开始之前……

　　一八七八年　英国政府与土耳其协商结盟，取得了塞浦路斯的管理权，但塞浦路斯仍属奥斯曼帝国。

　　一九一四年　奥斯曼帝国在第一次世界大战期间和德国结为同盟，英国强行占领塞浦路斯。

　　一九二五年　塞浦路斯成为英国殖民地。

　　一九五五年　在乔治斯·格里瓦斯的领导下，EOKA（塞浦路斯斗士国家组织）开始暴力反抗英国。该组织的目标是实现塞浦路斯和希腊的合并。

　　一九五九年　英国、希腊、土耳其、塞浦路斯希腊族和土耳其族社区就塞浦路斯问题达成和解，即"伦敦协定"。马卡里奥斯大主教当选总统。

　　一九六〇年　塞浦路斯成为独立共和国，可担保条约规定，英国、希腊和土耳其都拥有干预权。英国在塞浦路斯设有两个军事基地。

　　一九六三年　马卡里奥斯总统提出十三项塞浦路斯宪法修改建议，希腊族社区和土耳其族社区之间爆发冲突。尼科西亚被一分为二，边界有英国军队巡逻。土耳其族塞浦路斯人不再分享权力。

　　一九六四年　社区间的暴力冲突加剧。联合国向塞浦路斯派遣维和部队。土耳其族塞浦路斯人撤回飞地。

一九六七年　社区间的暴力冲突进一步恶化。雅典发生军事政变，马卡里奥斯总统和希腊军政府之间关系紧张。

一九七一年　乔治斯·格里瓦斯秘密从希腊返塞，组建 EOKA B 队，再度尝试将塞浦路斯并入希腊。

法马古斯塔曾是一座拥有四万人口的繁华城市。一九七四年，塞浦路斯被土耳其占领，法马古斯塔居民尽数逃离家园。时移世易，四十年后的今天，这座现代城市的新城区瓦罗莎依旧空空荡荡，被封锁在土耳其军队设立的铁丝网后面，俨然一座鬼城。

1

1972 年 8 月 15 日，法马古斯塔

法马古斯塔是个金子般的地方。海滩，晒日光浴的人们，当地居民的生活，全都被暖意和好运包围。

浅淡的细沙沙滩，蔚蓝的大海，一同缔造出最完美的地中海海湾，全世界的人都来这里享受舒适和温暖。海面风平浪静，海水轻声拍岸，人们沉醉在这旖旎美景和恬逸感受之中。这里就是人间天堂。

这座古老的要塞城市屹立在海滨度假胜地的北面，拥有建于中世纪的坚固城墙。游客们跟随导游游览，了解这座城市的历史，参观前身为圣尼古拉斯大教堂的清真寺，欣赏这座宏伟建筑的拱形穹顶、精美雕刻和扶壁。他们看到的是十四世纪的历史遗迹，听到的是关于十字军东征、鲁西格南王朝富有的国王和奥斯曼人入侵的传说。在暖暖的晌午阳光下，好心的导游将这些历史娓娓道来，可游客一返回酒店，便将它们忘得一干二净。他们一头扎进游泳池，汗水和历史的尘埃也随之尽数冲刷。

人们真正欣赏的是二十世纪的发展，探索过历史后，他们乐于享受现代的舒适，以及在墙壁笔直的酒店里，透过巨大落地窗看到的迷人风景。

古城墙的垛口，可以看清敌人，却阻挡了一部分阳光。这座中

世纪的要塞是为了阻挡入侵者，而新的城市则欢迎人们涌入。城市追求向外和向上的发展，接触明媚的蓝天和碧海，不再封闭；二十世纪七十年代的法马古斯塔是个吸引人的地方，氛围轻松，热情好客。击退入侵者的画面似乎来自另一个时代。

它是世界上最好的度假胜地之一，一切都为消遣而设，每一个细节都注重舒适。坐拥海岸线的宏伟建筑大都是酒店，设有时尚咖啡厅和高档商店。这些高端的现代建筑，令人想起摩洛哥和戛纳。它们为人们提供休闲和娱乐，吸引国际新贵富豪，使之折服于这座海岛的魅力。白天，他们享受着大海和沙滩带来的无穷乐趣。夜晚，有数百个美食、美酒和娱乐场所可供选择。

除了旅游业，法马古斯塔还拥有塞浦路斯最深和最重要的港口。一箱箱柑橘类水果被装上船只，运往远方，让那里的人们一尝海岛风味。

五月到九月的法马古斯塔，气候温和，阳光明媚。天空一向晴朗无云，海水却永远清凉柔和。在长长的细沙沙滩上，度假者晒成了古铜色。他们伸展四肢，躺在日光浴床上，小口喝着冰镇饮品，头顶是五颜六色的遮阳伞。更活跃的游客或是在浅滩里嬉戏玩耍，或是展示划水技艺，娴熟地划过船只留下的尾流。

这是片繁荣之地。无论本地居民还是游客，都深陷于无限的满足。

海岸区遍布十二层左右的超现代酒店，而靠近南端的地方出现了一座比其他酒店高三层、宽两倍的新酒店，由于刚刚建成，招牌尚未挂上。

这座酒店和其他酒店一样，属于极简抽象派风格。然而，酒店入口雄伟壮丽，大门和高高的栏杆气派非凡。

在这个炎炎夏日，这座酒店里挤满了人。只是他们穿的不是度假休闲服。这些设计师和工匠正在进行收尾工作。虽然酒店外观看似没有新意，内部装潢却完全不同。

酒店追求的是"恢宏"，他们认为接待处是酒店最重要的区域，要让客人一见倾心；否则就算失败。没有第二次机会。

接待处的规模是第一大亮点。男人看到会联想到足球场，女人则会联想到美丽的湖泊。不论男女，都会被大理石地面散发的令人难以置信的光芒吸引，走在上面，宛如漫步水面。

提出这一设想的人是萨瓦斯·帕帕科斯塔。他三十三岁，却面相老成，黑色鬈发里夹杂着几缕灰发。他的胡须剃得很干净，体格结实，和往常一样，他今天也穿了灰色西装（酒店内装有最好的空调系统，为每个人送去凉爽）和白色衬衫。

接待处只有一个女人在忙碌。她一头黑发，身着奶油色宽松直筒连衣裙，打扮得完美无瑕。她是帕帕科斯塔的妻子阿芙洛狄忒，来这里监督门厅和舞厅窗帘的安装，在头几个月里，她还监督挑选了五百间客房所需的织物和软装饰。她乐于做这份工作，并且极富天赋。布置房间（每层风格略有不同）与挑选衣服和寻找搭配饰物异曲同工。

阿芙洛狄忒·帕帕科斯塔将使这座酒店美丽不凡，若没有她，这座酒店也不会存在，因为投资人是她的父亲。特里福纳斯·马基迪斯在法马古斯塔拥有多座公寓大楼，还经营航运生意，从港口出运大量水果和其他产品。

他第一次见到萨瓦斯·帕帕科斯塔是在一场商贸协会的会议上。特里福纳斯觉察到了他的雄心壮志，并想起了年轻时的自己。他花了一些时间才说服妻子相信，这个在不那么热门的海滩一端经营小宾馆的男人前途无量。

"她已经二十二岁了，"他说，"我们应该开始考虑她的婚事了。"

阿芙洛狄忒的母亲阿耳特弥斯觉得女儿样貌好、学识高，而萨瓦斯在社会地位方面配不上她的女儿，甚至还有点"粗俗"。这不仅仅是因为他的父母都在务农，还因为他们的土地太小了。然而，特里福纳斯却觉得这个有可能成为他女婿的人是个"潜力股"。他们一起讨论过几次他建造一座新酒店的计划。

"亲爱的,他是个很有抱负的人,"特里福纳斯让阿耳特弥斯放心,"这才是最重要的。我看得出来他的前途不可限量。他的眼睛里有一团火。我可以开诚布公地和他谈谈。"

特里福纳斯第一次邀请萨瓦斯到尼科西亚用餐的时候,阿芙洛狄忒就明白父亲的用意了。这算不上出乎意料,不过她并没有多少和年轻男子相处的经历,真不知道该作何感受。有一点所有人都没说出口,那便是萨瓦斯很像特里福纳斯已故的儿子季米特里斯,也就是阿芙洛狄忒唯一的哥哥。萨瓦斯如果仔细看过挂在墙上显眼位置的照片,可能会注意到这一点。他身强体壮,一头鬈发,嘴巴很大,和季米特里斯一样。而且,他们年纪相仿。

一九六四年初,尼科西亚的希腊族社区和土耳其族社区之间爆发冲突,时年二十五岁的季米特里斯·马基迪斯不幸丧生。他在离家不到一英里的地方被打死,他的母亲认为他是去看热闹,却不幸意外身亡。

季米特里斯的死在阿耳特弥斯看来是个无辜者的悲剧,可他的父亲和妹妹却明白,这远不是运气不好那么简单。阿芙洛狄忒和季米特里斯无话不谈。她曾掩护他偷跑出家,为了保护他而说谎,有一次甚至把一支枪藏在自己的房间里,因为她知道没人会去那儿检查。

马基迪斯家的孩子拥有非常好的成长环境,他们住在尼科西亚,每到夏天,还会来法马古斯塔度假。他们的父亲眼光极佳,海滨度假胜地大热之时,他就把大部分钱投进了那里欣欣向荣的房地产业。

季米特里斯去世后,一切都变了。阿耳特弥斯无法也不愿走出丧子之痛。阴云笼罩着每个人的生活,迟迟不见退去,他们的情感和身体都遭受了打击。特里福纳斯寄情于工作,可阿芙洛狄忒大部分时间都待在死气沉沉、百叶窗紧闭的家里。她渴望逃离，唯一的方式就是结婚。当她见到萨瓦斯的时候，她意识到，机会来了。

虽然她没有对他产生爱情的火花，可她知道，嫁给父亲认可的人，生活将变得容易些。她还发现，她或许有机会参与他的酒店计划，这对她来说可是吸引力十足。

于是，在她和萨瓦斯第一次见面的十八个月后，她的父母为他们举办了塞浦路斯十年来最盛大的婚礼。婚礼由总统马卡里奥斯大主教主持，一千多位宾客前来观礼（他们喝掉了无数瓶法国香槟）。光是新娘的珠宝妆奁价值就超过一万五千镑。婚礼当天，父亲送给她一条罕有的蓝钻石项链。

几个星期后，阿耳特弥斯决定搬去英国。她的丈夫因法马古斯塔的蓬勃发展而日进斗金，可她再也无法继续住在塞浦路斯。季米特里斯去世已经五年了，可关于那个可怕日子的回忆依旧历历在目。

"我们需要重新开始，"她唠叨着，"不管我们在这里做什么，也不管我们住在何处，这里已经都不一样了。"

虽有不同意见，可特里福纳斯还是同意了。他的女儿已经出嫁，他觉得她的未来有了保障，而且，这么说来，他生命的一部分依旧留在故土之上。

萨瓦斯非常争气。他向岳父证明，他可以把贫瘠的土地变成财富。小时候，他看到他的父母在土地上辛苦劳作，所得却只能维持温饱。十四岁时，他帮助父亲在他们房子边上另建了一间房。这件工作带给他极大的乐趣，更重要的是，他意识到土地还有其他用途，并不是只能扒开最上面一层，播下种子而已。他瞧不上犁地播种这个周而复始的过程，在他看来，这似乎没有任何价值。

当他看到法马古斯塔的第一座高层酒店拔地而起，便飞快地在心中算了一笔账：同样是一英亩土地，相比向下挖地播种或者种树，并且不知疲倦地不停照料，在土地之上盖楼要赚得多得多。他唯一的问题在于如何购买土地。他做了很多工作，夜以继日地劳作，并向银行贷了款，就这样，他攒够了钱，买下了一小片未开发的土地，建起了他的第一座宾馆——天堂海滩宾馆。从那以后，他亲眼见证了法马古斯塔度假胜地的发展壮大，而他自己的志向也水涨船高。

特里福纳斯是他的酒店项目的最大投资人，他们一起制订了商业计划。萨瓦斯的目标是创建像希尔顿酒店那样的国际著名连锁酒店。

现在他的第一步即将实现。法马古斯塔最大最豪华酒店的建造工作已经完成。日出酒店开业在即。

人们接连来找萨瓦斯，请他检查和批准工作，他因此忙得不可开交。他知道高楼大厦平地起是项浩大的工程，所以他事无巨细，兼顾各方。

枝形吊灯安装完毕，灯上的水晶在天花板上映照出千变万化的色彩和图案，又将闪烁的光倒映在地面之上。萨瓦斯对这个效果不甚满意，找人用两段链子把每个吊灯降下一点儿，这么一来，图形的辐射半径似乎扩大了一倍。

酒店的中心有一座水池，池中有三条镀金海豚。这些海豚和真海豚一般大小，似是要从水中一跃而出，玻璃眼珠惟妙惟肖，吸引了观赏者的目光。两个工人正在调整从海豚口中涌出的水流。

"我觉得还要再来点压力。"萨瓦斯吩咐道。

六个工匠正一丝不苟地把金叶子镶嵌在天花板的新古典主义装饰上。他们工作起来十分从容，仿佛有的是时间。可就像是为了提醒他们时间并不充裕似的，大厅一侧三十码长的红木服务台后面的墙壁上挂了五个时钟。不出一个钟头，带有世界主要金融中心名字的饰板将被置于不同的钟表下，届时钟表指针也将准确调妥。

装饰性立柱仿效附近萨拉米斯古城的古会场布局，并被画上了优美的大理石纹理。三个人正站在脚手架上描绘一幅错视壁画，其中包含了各种经典场景。塞浦路斯岛之女神阿芙洛狄忒是主要人物，画中的她从海中冉冉升起。

在上方的楼层和走廊里，人们忙忙碌碌，好似蜂巢里的蜜蜂，女服务员两个一组，将凉爽的新亚麻床单铺在超大号床上，并把蓬松的羽毛枕放入枕套中。

"我们一家住在这个房间里都没问题。"一个女服务员说。

"卫生间比我的房子都大。"她的搭档说，口气很不以为然。

她们一起笑了起来，有些困惑不解，却并不嫉妒。入住这种酒店的人肯定是从另一个星球来的。在她们看来，需要大理石浴室和能睡五个人的床的人都是怪人。她们从未想过要嫉妒这样的人。

给卫生间收尾的水管工和安装最后一批电灯泡的电工也有同样的想法。他们中的很多人都是三四代同堂，生活空间狭窄，睡觉时几乎可以感受到别人的气息，上厕所要去户外耐心排队，天一黑，低瓦数的电灯开始闪烁时，他们就会上床睡觉。本能告诉他们，奢侈并不能带来快乐。

一楼下面，工人还在给室内泳池铺瓷砖（到十一月才会投入使用），泳池旁的房间里，有两个身着白色尼龙长袍的女人正在忙碌，其中一个哼着小曲。这个房间里有很多面镜子，亮晶晶的，令人眼花缭乱。

埃米内·厄兹坎和萨维娜·斯库尔罗斯正在收拾酒店的美发沙龙，准备迎接盛大开业的一刻。过去几天里送来的所有东西都已盘存完毕。最新的带风罩的吹风机、各种大小的卷发器、染发剂和做出持久卷发的化学药水：所有东西都准备好了。发卡和夹具，剪刀和修剪工具，毛刷和梳子，它们要么在抽屉里，要么在手推车上。美发设备并不复杂，正如她们所知，一切取决于美发师的手艺。

准备就绪。闪闪发光，一尘不染，她们非常满意，然后，她们最后擦拭了一遍柜台，逐一擦了六个水槽，把镜子和水龙头抹得锃亮，这已经是她们第十五次擦拭了。其中一个人摆正了洗发水瓶和发胶罐，这样，她们为之骄傲的品牌就排成了一排：威娜，威娜，威娜，威娜，威娜。

预计很大一部分生意都来自女性顾客。在沙滩上晒了一整天太阳，人们肯定希望头发恢复柔顺。她们信心充足地估计，不出几个月，发廊里的每把椅子上都会坐满人。

"你能相信吗？"

"这太难以置信了……"

"我们真幸运……"

从十几岁开始，埃米内·厄兹坎就给阿芙洛狄忒剪头发。在此之前，她和萨维娜一直在法马古斯塔商业区的一家小理发店里工作。埃米内每天坐巴士从十英里外的马拉塔村去上班。后来现代度假胜地繁荣发展，她丈夫也在那里找到了工作，于是他们举家搬到了新城周边，相比主要是土耳其族塞浦路斯人居住的老城，他们更喜欢这里。

这是埃米内一家的第三次搬家。大约十年前，希腊族塞浦路斯人攻进了他们的村子，将他们的房子烧为平地，他们逃了出来。在那之后，埃米内一家在一个有联合国军队保护的飞地里住了一段时间，便搬去了马拉塔。

法马古斯塔也不是萨维娜的家乡。她在尼科西亚长大，九年前两个社区之间接连发生的暴力冲突给她留下了深深的伤痛。这样的恐惧和猜疑在希腊族塞浦路斯人和土耳其族塞浦路斯人之间愈演愈烈，后来，联合国派来维和部队，画出绿线分开了两个社区。这给她们的生活蒙上了一层阴影。

"真不喜欢这样被分开，"回忆往事时她告诉埃米内，"我们再也见不到一些好朋友了。那种感受无法想象。真是太可怕了。虽然希腊族和土耳其族互相残杀，他们这么做无可厚非。"

"马拉塔就不一样。我们和希腊族相处得很好，"埃米内说，"不过，我们在这里更快乐。我不打算再搬了。"

"我们的境况也好多了，"萨维娜表示同意，"可我很想念家人……"

绝大多数希腊族塞浦路斯人与土耳其族塞浦路斯人相处融洽，不再担心准军事力量。颇具讽刺意味的是，希腊族塞浦路斯人反倒起了内讧，他们中的一小部分人希望塞浦路斯并入希腊，并想通过暴力手段和恐吓威胁来实现这个目标。这样的事情是不能让游客知道的，就连大部分法马古斯塔当地人也想要忘记这一威胁。

这两个女人站在镜子前面。她们都又矮又胖，留着同样的短发，身着相同的沙龙工作服。她们相视一笑。埃米内比萨维娜大十几岁，可她们这么相似，实在令人惊讶。

那天，也就是酒店开业的前一晚，和往常一样，她们一聊起来就好似春日的水流。一周有六天都在一起，可她们总有说不完的话题。

"我小妹的大女儿下周来住几天，"埃米内说，"她总是在街上走来走去，盯着商店橱窗。我一看她，她就站在那儿，瞪眼瞧着橱窗。"

埃米内模仿她的外甥女（她的四个姐妹总共生了十五个孩子）如何被想象出来的橱窗展示吸引。

"就是要结婚的那个？"

"是的。她叫穆阿拉。现在她是真要去买东西了。"

"嗯，现在这里供她瞧的东西可多了。"

法马古斯塔的婚礼服装店数不胜数，橱窗里都是缎子和蕾丝做成的轻薄美装。埃米内的外甥女得花几天才能逛个遍。

"不管是什么东西，她都要在这儿买。鞋子，裙子，袜子。一切。"

"我可以把我买裙子的那家店告诉她！"萨维娜说。

两个女人一边说话一边擦拭物件。她们谁都不喜欢无所事事，闲下来一会儿也不行。

"她还要买一些家居物品。年轻人要的可比我们那时候多。"埃米内并不认同她外甥女的购物观。

"几件蕾丝桌布，绣花枕套……这还不够，埃米内。他们要的是现代的便捷。"

在这座快速发展的城市里，轻工业随着旅游业的发展蓬勃向上，萨维娜本人也对塑料小玩意儿产生了兴趣，它们和传统用具一同出现在她家的厨房里。

"帕帕科斯塔夫人想弄个什么发型迎接明天的开业？和她结婚时的差不多？"

阿芙洛狄忒将是这间新美发店的第一位客人。

"她什么时候来？"

"四点。"

两个人沉默了一会儿。

"她一直都对我们很好，是不是？"

"是的，"萨维娜说，"她为我们提供了一个大好机会。"

"不过，到了这里，肯定是有些变化的……"埃米内说。

这两个女人都知道，她们会想念欧里庇得斯街的氛围。她们以前工作的地方人来人往，十分热闹，是女人们分享秘密的绝佳场所，那里就是女人的酒馆。女人们头带发卷，在发廊里一待好几个小时，而且知道她们的秘密不会被传到发廊以外的地方。对很多女人来说，她们出门也只能进发廊。

"和老顾客是见不到面了，不过我一直盼着有自己的地方。"

"这里的女顾客肯定不一样，或许她们更……"

"……就像那个样子？"埃米内说着指了指那天早些时候挂在墙上的带框黑白照片，里面是很多梳着新娘发型的迷人模特。

"估计咱们会接到很多婚礼的生意。"

两个女人把能做的事情都做好了。明天她们将开始接受预约。萨维娜拉了拉她同事的胳膊，笑了笑。

"走吧，"她说，"明天对所有人来说都是重要的一天。"

她们挂好白色工作服，走后门离开了酒店。

旅游业为在餐馆、酒吧、商店乃至酒店工作的成千上万人带来了收入。许多人来法马古斯塔工作，不仅仅是为了赚钱，也是受到其慵懒之美的吸引，他们和外国人一样，视之为一大享受。

当地人，特别是男孩子，和酒店的客人一起分享大海和沙滩。他们和游客之间的交集，往往会变成永恒之爱的承诺和洒在机场的眼泪。

在这个普通的夏日午后，一个大约只有三岁的小男孩在日出酒店外的沙滩上玩耍。他孤身一人，对周围的事物视而不见，一会儿把沙子从一只手倒入另一只手中，一会儿又向下挖，找寻清凉的沙子。

他一次次地让沙子从小小的指缝间流过，筛来筛去，只剩下最细的沙子，然后一抬手，让它们如水流般流回沙滩。这样的游戏不管玩多少次他都不会腻。

一群手长腿长的男孩子在海边玩水球，小男孩看了一个小时，他盼着自己快快长大，能和他们一起玩。现在，他只能在沙滩上等他的哥哥，也就是其中一个玩水球的男孩子。

侯赛因有一份暑期零工，工作内容是摆放和收归休闲椅，完成工作后，他会到浅水里玩游戏。有个教练曾说他很有潜质成为运动员，那之后，他便在两个梦想间挣扎不定：去打专业排球，还是水球。或许他可以二者兼顾。

"我们得让你脚踏实地！"他母亲取笑道。

"为什么？"他父亲问，"看看他！腿那么有力，所以他同样拥有大把机会。"

穆罕默德看到侯赛因大步从沙滩上走过来，便站起来，挥挥手。有两三次，侯赛因只顾着胡思乱想，忘了还要照顾弟弟，一个人就回家了。穆罕默德不会碰到什么危险，只是他才三岁，还不认识路，很可能走错方向。在他父母出生的村子里，即使是独身一人的小孩儿也不会走丢。而法马古斯塔是一个距它遥远的世界。

穆罕默德经常听母亲说他是个小小的奇迹，可侯赛因给他起的绰号"小麻烦"似乎更可信。和两个哥哥在一起，他有时就觉得自己是个麻烦。

"快点，穆罕默德，该回家了。"大男孩说着捏了捏弟弟的耳朵。

侯赛因一手拿着球，一手牵着弟弟，向公路走去。一来到柏油碎石路上，他就开始拍球。他们都很着迷于这种重复性运动。有时候，在十五分钟的回家路上，他拍的球从来不会中断。

他们光顾着拍球了，所以没听到有人喊他们。

"侯赛因！穆罕默德！侯赛因！"

他们的母亲从日出酒店职员出入口一百码外的地方快步赶上了他们。

"我的两个小可爱。"她说着把穆罕默德抱在怀里。他很不喜欢在大街上被人搂抱，气得扭来扭去。他已经不小了。

她吻了一下他的脸才放下他。

"妈妈？"

几码开外有一块广告牌：有个小男孩，一脸调皮的笑容，手中的玻璃杯里满满都是冒泡的柠檬水。穆罕默德每天都会看这幅画，也从没有放弃希望。

埃米内·厄兹坎知道他想要问什么。

"要是能喝到新鲜的，为什么还要装在瓶子里的呢？大可不必。"

一回到家，穆罕默德就得到了一杯没有气泡的浅色液体，加了糖，甜，却又不是特别甜，不至于让他牙痛。这杯饮料就和牛奶一样，对他来说淡而无味。总有一天，等他赢了水球后，他会去小卖部给自己买瓶饮料。瓶盖嘭的一声打开，然后冒出很多泡沫来。

　　总有一天，穆罕默德心想。总有一天。

　　他们都怀揣梦想。

2

下午六点十五分，萨瓦斯本能地看了一眼手表。一切有条不紊。

该出发去宾馆了。他和阿芙洛狄忒将在天堂海滩宾馆为客人举行一场鸡尾酒会。

出发前，阿芙洛狄忒在几近完工的酒店盥洗室里打扮了一番。她扫了一眼大理石墙壁、摆有香皂的贝壳造型刻石，又骄傲地看到带花押字母的毛巾都已放好。为了搭配今天的珠宝首饰，她特意涂了珊瑚色口红。她拢了拢浓密的长发，知道萨瓦斯会在入口处的车里等她。

她走过接待台，几个工人停下工作，向她点头致意。她对他们报以微笑。还有一百多人将工作到午夜，每个人都专心致志，以便在最后期限前完工。

酒店大都坐落在沙滩上，方便客人观景。车子沿着肯尼迪大道行驶，阿芙洛狄忒和萨瓦斯在一栋栋建筑间的狭窄缝隙里看了几眼大海。

"真是个完美的夜晚。"阿芙洛狄忒说。

"不能再美的夜晚，"萨瓦斯赞同道，"但明晚会更美。"

"你觉得一切都能按时完成吗？"

14

"必须完成。所有人都知道该做什么，所以没问题。"

"八点会送花来。"

"亲爱的，你太辛苦了。"

"是有点累。"阿芙洛狄忒承认。

"噢，你看起来美极了，"她的丈夫说着，拍了拍她的膝盖，然后换挡，"这才是关键。"

他们在天堂海滩宾馆外停好车。

这座宾馆只有五层，比起新建的大酒店，过于朴实无华，或许还有些难以入眼。旅客要来旅店，先要穿过一个停车场，再走一条很短的鹅卵石小路。大门两侧种有棕榈树，门内也有，不过都是假的。五年前，摆放假树还十分时尚，可时代一直在变化。

"卡里斯佩拉，吉亚尼，"萨瓦斯停下脚步，和接待处的人打招呼，"今天一切都顺利吧？"

"很忙，帕帕科斯塔先生。忙得都四脚朝天了。"

萨瓦斯喜欢听到这样的回答。虽然他把心思都放在了日出酒店上，可他还是希望天堂海滩宾馆里住满心满意足的客人。他发现，定期举行派对有助于维持顾客的忠诚度，不过今晚的盛会另有目的。

那天早晨，带有压花的请柬从门下塞进了每个房间。

      帕帕科斯塔夫妇诚邀您于下午六点半在天堂露台出席鸡尾酒会

萨瓦斯和阿芙洛狄忒前往露台迎客时，那儿已经聚集了几十人，他们都在眺望大海。眼前美景如斯，想不被震撼都难。傍晚光线宜人，天空一片玫红，阳光照在身上暖暖的，沙滩上玩排球的男孩子们动感的身体都笼罩在光影下。如此看来，爱之女神阿芙洛狄忒或许真的是在这座岛上出生的。住在这里，你一定会爱上生活。

　　这对夫妇自有应酬宾客的一套：询问他们一天的心情，或耐心聆听他们讲述游泳的美好时光、清澈无比的海水以及在这座中世纪城市观光的见闻。虽然他们已听过无数遍，却还是礼貌地回应，仿佛是第一次听说。

　　角落里，一位年轻的法国钢琴家舞动白皙的手指，演奏着一首首很受欢迎的爵士乐曲。和其他地方一样，喋喋不休的交谈声和冰块的叮当声淹没了他的乐声。每天晚上，他都游走于这排酒店之间，为每家酒店演奏一小时。凌晨五点，他在萨沃耶酒店合上斯坦威牌钢琴的琴盖，那里是他夜场表演的最后一站。然后，他一觉睡到半下午，六点十五分时再回到天堂海滩宾馆。

　　比起大多数来自北欧的客人，萨瓦斯的个头不够高，而且有些敦实，但他的西装比大厅里所有男宾的都剪裁得当。同样，他妻子的衣服也总是比女客的时髦别致。不管客人们穿得多好，也不管她们是否来自伦敦、巴黎甚至美国，没有一个女人能及得上阿芙洛狄忒迷人。虽然肯尼迪夫人比阿芙洛狄忒大十几岁，可她仍是阿芙洛狄忒的模仿对象。她一直很欣赏肯尼迪夫人的着装；特别是自从她嫁给亚里士多德·奥纳西斯后，杂志都登满了她的照片。从肯尼迪夫人装修白宫、开鸡尾酒会招待各国政要开始，阿芙洛狄忒就为偶像的一切着迷，包括最近她在距塞浦路斯不远的那些岛上的照片。肯尼迪夫人的衣着品味是她最欣赏的类型：剪裁完美，有女人味儿。

　　虽然她的服装完美无瑕，但她的珠宝才是使她备受瞩目的真正原因。大多数女人都用项链或手链来搭配衣服，可阿芙洛狄忒却用衣服来搭配她的珠宝。她的珠宝通常都是经典的塞浦路斯设计，偶尔也有较为现代的款式。见过阿芙洛狄忒后想起奥纳西斯夫人的人们，有时候会怀疑，亚里士多德送给他妻子的珠宝能否比得上萨瓦斯送给他妻子的那些。

大厅之中穿梭着端着盘子递送饮品的侍者，不过吧台后面那个身着深色西服的年轻人才是这次活动的负责人。马科斯·乔治乌最早在厨房里做洗碗工，没过多久就当上了服务生，后来又成了鸡尾酒调酒师。他胸怀大志，善于招徕顾客。他最先发现萨瓦斯需要一个得力助手，而没过几年，他就成了老板身边不可或缺的人。

单身男性顾客可以和马科斯喝威士忌到深夜（他清楚地记得他们最喜欢的牌子，不用问就能从架子上取下来）。同样，他永远都不会忘记每一位女顾客的名字和她们喜爱的口味，他会为她们奉上一杯金汤力，搭配长条状的柠檬，而非简单的柠檬片，哄得顾客特别高兴。

无论男女，都会被他唇红齿白的笑容迷倒。不管是谁，都会拜倒在他那双绿色眼眸的魅力之下。

马科斯一直在注意他的老板，他已经做好准备，只待老板不易察觉地略一颔首，那是给他的暗示。他从吧台后面走出来，绕过笑吟吟的宾客，对钢琴师耳语了几句。

年轻的钢琴家熟练地收尾，然后，一位鸡尾酒调酒师敲了敲玻璃杯，清脆的叮当声响起，欢乐的交谈声停了下来。

"女士们，先生们，"萨瓦斯说，他站在一张矮凳上，好让所有人都能看到他，"我在此高兴地宣布，明晚我们的新酒店——日出酒店将盛大开业。今晚这场特殊的活动不仅标志着我们迎来了新时代，还见证了一个我怀揣多年的梦想的实现——在法马古斯塔开一家称得上世界最佳的酒店。"

马科斯又回到了吧台后面。他专注地听着萨瓦斯的讲话，目光却落在阿芙洛狄忒身上。她倾慕地望着丈夫，适时地鼓掌。掌声不时响起，然后归于平静，等待着萨瓦斯继续发言。

"新酒店拥有这片度假胜地上无可比拟的优越位置。酒店面向正东方，从日出的那一刻开始，客人就可以享受岛上最好的娱乐设施。

日落之后，可以在月光夜总会狂欢。

"我们热烈欢迎各位参观新酒店，并参加明晚的鸡尾酒会。六点二十分将有一辆车从这里出发，并在八点半返回，各位也可沿沙滩步行，只需十分钟。希望大家度过一个愉快的夜晚，期待明天与各位再会。"

客人们把萨瓦斯和阿芙洛狄忒围在中间问这问那。这两位优雅的主人带着笑容回答了每一个问题。他们自然希望一些常客能成为新酒店的忠实顾客。但有一点他们没有明说：并非这里所有的客人都住得起新酒店。只有非常富有的人才能承担得起盛夏时节日出酒店的房费。

大约过了十分钟，阿芙洛狄忒扫了一眼马科斯，做了一个召唤的手势。这似乎很专横，一点也不温柔，可他不能不理她，毕竟她是老板娘。

他走了过去，阿芙洛狄忒从人群中走出来和他说话。他们直视着彼此。大厅里太吵了，阿芙洛狄忒只能前倾身体，以确保他能听见她说话。她身上的香水味和气息中的甜苦艾酒味向他扑来。虽然她这一身价值不菲的行头衬托出她高贵的气质，可他还是觉得这两种气味混合在一起很倒胃口。

"马科斯，"她说，"大家明天都想去夜总会看看。你能百分百保证一切都在六点半前准备完毕吗？"

"我们将尽全力，帕帕科斯塔夫人，不过您知道，夜总会后天才能开业。"

他的回答彬彬有礼，一如她的回答：

"我当然可以理解，马科斯。不过我们需要宣传。即便客人继续住在这家酒店，我们也希望他们能够去日出酒店那边娱乐。"

她转身走开了。

他们之间总是弥漫着一种公事公办的气氛，而在这种气氛下，则是深深的不信任。阿芙洛狄忒觉得这个无处不在的人是个威胁。她经常不自觉地注意他脸上的那道疤痕，因他那张俊脸上的瑕疵泛起一阵满足。

虽然地位明显不同，可阿芙洛狄忒还是认为马科斯的存在是对她的挑战。他们小心翼翼地应付彼此，阿芙洛狄忒时常盼着他在工作中有所疏漏，这样她就可以去找萨瓦斯告上一状。她没有抓到马科斯以阴险手段暗害她的证据，可她一直在找。

她很气愤马科斯居然有如此大的自由，可以在日出酒店夜总会做主，甚至可以为夜总会取名。在新酒店里，阿芙洛狄忒唯一没有参与的便是夜总会。这一点令她大为光火。她搞不懂，为什么她丈夫把持着方方面面，却给了这个人这么多权力。她尤其不喜欢夜总会的名字：月光。

"真是可笑，"她向萨瓦斯抱怨，"那儿可是酒店里永远见不到月光的地方！"

"可是，亲爱的，那里只会在月亮散发光芒时营业。这才是这个名字的由来。"

阿芙洛狄忒并没有妥协，她一定要狠狠批评一番。

"大部分人都不理解这名字是什么意思，毕竟是法语。"

那时他们正坐在夜晚海边的一个咖啡馆里。

"为什么不叫'满月'？"阿芙洛狄忒看了一眼天空，建议道。

"你瞧，阿芙洛狄忒，"萨瓦斯努力保持着耐心，"这两个词完全不是一个意思，马科斯选的'月光'更合适。"

"马科斯！我们为什么非得……"

每当她的丈夫以马科斯为先，阿芙洛狄忒就忍不住发火。

夜总会叫什么名字对萨瓦斯来说并不重要，他妻子对马科斯的满口批评却很烦人。他希望阿芙洛狄忒高兴，可他也不愿意得罪那个人，毕竟要靠他给酒店赚大钱。

撒开名字不谈，阿芙洛狄忒还特别不喜欢夜总会的风格。

"和酒店的其他部分一点也不搭调，"她继续对着萨瓦斯发牢骚，"你为什么要由着他这么做？"

"那里本来就应该有独特的氛围，阿芙洛狄忒。那里就应该特殊才对。"

阿芙洛狄忒并不认同酒店中这个小小的空间属于夜晚的这一定位。他们专门把夜总会设计得不见阳光，踩在地板上如同置身空中。月光夜总会的目标顾客是那些喜欢黑夜多过白天，喜欢威士忌多过水，享受深夜交谈和雪茄的人。

"我讨厌那里的深紫色……"

阿芙洛狄忒只是在白天去检查过夜总会。一点没错，那个地方在条形照明灯的照射下显得阴暗朦胧，可在低瓦数的柔和灯光下，便极具魅惑。带黄金边的灯罩，厚厚的淡紫色地毯，低矮的黑色桌子，中间一个小小的舞台。侧面的吧台里琳琅满目地摆了许多苏格兰和爱尔兰威士忌。虽然这里可以容纳一百五十人，却仍感觉十分私密。

阿芙洛狄忒为酒店的其余部分选择了装饰，可夜总会设计的细枝末节，她完全不能插手。萨瓦斯全权委托给马科斯，并且不允许他妻子改变一丝一毫。

在紧锣密鼓准备酒店开业的那些疯狂日子里，夜总会门上的招牌已经安装完毕，就连吧台正面都用螺钿镶嵌了夜总会的名字，阿芙洛狄忒输了。她知道，已是定局，改变只能是徒劳，可虽然如此，她还是对马科斯的胜利心怀怨念。

马科斯对萨瓦斯的信守诺言高兴不已。他知道，不管阿芙洛狄忒怎么想，他都不仅仅是在为萨瓦斯打杂。他早已成了萨瓦斯的左膀右臂。

他真希望，在日出酒店开业那天老板娘少跟着老板。他发现，在她眼中，萨瓦斯是她的私有财产。他感觉妻子们就是这样，总认为她们的男人只属于她们。

他很奇怪为什么老板娘会在酒店里工作。他的母亲在阿芙洛狄忒这个年纪已是三个孩子的母亲了，只在房子和他们的果园附近活动，最远就是去村子里的市场。即便是现在，她每年也只离开法马古斯塔的家一次，去尼科西亚。其余时间她都在打理家务、修整花园、做葡萄杏仁糖或哈罗米芝士，要不就是编织花边。马科斯知道，时代变了，女孩子们，包括他妹妹在内，穿的衣服不一样了，想法不同，说的话也变了。尽管如此，阿芙洛狄忒出现在他的工作场所仍让他觉得麻烦，他对她十分谨慎，而且礼貌得有些夸张。

有件事他很肯定：她插手不了夜总会。那里完全由他做主。萨瓦斯想要吸引那些在摩纳哥、巴黎和拉斯维加斯对卡巴莱表演有兴趣的超级富豪。他告诉马科斯，只要表演和音乐出彩，夜总会赚的钱能超过住宿和餐饮的总和。这个夜总会和塞浦路斯的其他夜总会都不一样，每周开业六天，从夜里十一点到次日凌晨四点。

八点整，马科斯和萨瓦斯、阿芙洛狄忒道别，送他们离开。他还要过七八个小时才能回家。钢琴师继续演奏。他知道一些重要的顾客将留下来享受良辰美景，直至午夜过后。有些人会在晚饭后回到露台上享受温暖的夜晚。男人们（偶尔也会有单身女客）坐在吧椅上，和他聊生意、政治和一些较为隐私的事情。马科斯坐在吧台后面，回答得体，随着人们情绪的变动适时调整酒瓶里的威士忌。

他欣然接受了客人给他的"双份烈性酒"，笑着为了客人的干杯理由而碰杯，然后暗中把酒放回吧台下面。客人们心满意足地玩了一个晚上，高高兴兴地上床睡觉了，马科斯则把没人要的酒倒回瓶子里，结算当天的现金收入。

回家途中他开车从新酒店旁边经过。已是凌晨两点半，日出酒店的接待区依然灯火通明。很多承包商的汽车停在酒店外，人们在通宵工作。

大门左边竖着一个巨大的招牌，随时可以点亮，上面是"月光夜总会"几个字。他知道一切都已准备就绪，正如那天早晨检查过的一样。不管阿芙洛狄忒怎么想，她都找不到瑕疵，他有信心，那天晚上有特权提前参观的客人一定会认为，夜总会才是新酒店的一大亮点。

萨瓦斯给了马科斯梦寐以求的难得机会。

3

不出十分钟，马科斯就把车子停在了位于埃尔皮达大街的家门外。和法马古斯塔郊外的大部分住宅一样，他家也是栋小楼，每层都有阳台，一层住了一代人。

马科斯的父母瓦西利斯和伊里妮住在第一层。第二层预留给马科斯的弟弟赫里斯托斯居住；三层住着他妹妹玛丽亚和妹夫帕尼库斯。马科斯自己住顶层。在阳台上凭栏眺望，可以看到大海，有时候，微风阵阵，着实惬意。屋顶平台是共享区，可用来晾衣服。一排排衬衫、床单和毛巾悬挂在那里，一小时后就会干燥如纸。生锈的金属杆竖在四角，仿佛树苗一样，若是后代需要，随时可以加盖一层。

夜深了，马科斯没有去父母那里，不过每天早晨他都会在他们的小花园里坐十分钟，然后才去上班。他的父亲通常在十点前就去了自己的小农场。母亲会停下家务活，为他做他喜爱的甜希腊咖啡。

建这栋楼的时候，瓦西利斯·乔治乌和伊里妮·乔治乌夫妇缩小比例，复制了在乡下居住时的所有场景。藤蔓植物爬满了棚架，带来清凉的阴影；五棵橘子树相邻而立，伊里妮打理了十二个花盆，种出的西红柿都吃不完。就连邻居家的天竺葵也是从他们的剪枝繁殖开来的。他们在花园的一个小角落里用铁丝围了个鸡窝，两只小鸡在地上扑腾个没完。

对伊里妮来说，花园里最重要的莫过于挂在大门左边的那个笼子了。笼子里是她的金丝雀咪咪科斯。它的歌声给她带来了无尽快乐。

凌晨三点，一切都是那么安静，唯有蝉在鸣叫。

马科斯找出钥匙，走进公共走廊，开始上楼梯。到了二层，他听到空荡荡的走廊里传来他弟弟赫里斯托斯的声音，还夹杂着其他声音。光秃秃的混凝土墙壁和地板将所有声音都放大了。

马科斯把耳朵贴在门上仔细听。他弟弟的声音越来越大，这种情况倒也平常，可里面另一个人的声音听起来更为愤怒。他听出这是赫里斯托斯工作的汽车修理厂里的一个修理工哈拉兰博斯·兰布拉基斯，他对弟弟的影响很大。

他们两兄弟向来亲近。虽然相差十岁但自能走路起，弟弟便成了哥哥的跟屁虫，模仿哥哥的行为，相信哥哥的看法，视哥哥为偶像。

十八岁的赫里斯托斯要比马科斯十八岁时激进得多。就在前一天早晨，他们还为塞浦路斯并入希腊这个棘手问题大吵了一架。少年时代的马科斯一直热情地坚信应该合并。他曾经是 EOKA 组织（塞浦路斯斗士国家组织）成员，支持为结束英国人对塞浦路斯的统治而战斗。然而，自从十年前塞浦路斯独立，他渐渐摆脱了极端思想。

五年前，雅典发生了军事政变，之后，大部分希腊族塞浦路斯人坚信他们应该远离那片大陆保持独立。如今希腊族塞浦路斯人内部出现了异议，有的人和赫里斯托斯一样，依旧在为了合并而战，有的人则反对，暴力威胁的阴影笼罩在他们之间。

"你怎么变成胆小鬼了？"赫里斯托斯喊道。

"这和是不是胆小鬼无关。"马科斯一边说一边忙活着。那时是早上十点左右，他正在有条不紊地用剃须刀刮掉浓密的白色泡沫，看着他的脸一点点露出来。他看着镜中自己的脸，好像没有看到他那个站在卫生间门口的弟弟。

赫里斯托斯来到马科斯的房间，希望说服他。他从不曾放弃。

"可是你过去有坚定的信仰！信仰！你到底怎么了？"

"赫里斯托斯，我什么问题都没有。"马科斯对弟弟笑笑，"或许只是我现在知道得更多了。"

"你什么意思？知道得更多？有什么好知道的？"马科斯平静的态度激怒了赫里斯托斯，"这个岛过去是希腊的，现在也是希腊的，这里应该属于希腊，应该回归祖国！看在老天的分上，马科斯，你以前也相信要为了合并而战啊！"

"我们的舅舅相信，"马科斯平静地说，"我们的父亲也相信。"

"这么说我们应该放弃？因为人们高兴看到基里亚科斯舅舅死掉？"

独立之前，在暴力活动最严重的时候，他们母亲的弟弟被英国当局处死。他的名字鲜少被提起，可父母起居室的桌上摆了一张他的黑白照片，一刻不停地提醒他们勿忘死者。

马科斯继续刮胡子。有一会儿他们都没说话。关于舅舅的牺牲，没什么好说的了，他们已经说了不少。啃噬家人的伤痛永远不会被遗忘，虽然伤口已经结疤。赫里斯托斯当时只有七岁，亲眼见到了舅妈和母亲痛苦的哀号。

马科斯以前很讨厌基里亚科斯舅舅，现在也无法假装喜欢他。小时候，要是他没尽全力收水果，基里亚科斯就会打他的脑袋，如果他发现外甥在摘果子时偷吃了一个，就会让他一口气再吃四个，而且要连皮吃掉，好让他知道贪婪要受到惩罚。他是个狠心的人，对他的外甥并不公平。马科斯观察了他的所作所为后，还怀疑他打老婆。他第一次看到母亲为米尔托舅妈冷敷脸颊的时候，询问这是怎么回事，可只得到了"不关小孩子的事"这样的回答，这种事经常发生，他渐渐明白了。马科斯不知道上帝是不是因为这件事惩罚基里亚科斯，让他没有孩子。如果是这样，上帝也惩罚了米尔托舅妈。

看到舅妈悲伤欲绝，恸哭不止，马科斯不知道其中装模作样的成分有多少。她的丈夫那么对待她，她为什么还要为他的死伤心？他看到母亲安慰舅妈，不禁想起舅妈挨打后母亲伸出手臂搂住她肩膀的画面。

基里亚科斯舅舅去世后的一年里，他们的父亲也受伤了，几乎丧命。即便现在，马科斯还清楚地记得当年的情形。父亲被抬进家门，屋子里充满了泥土和鲜血的气味。父亲康复了，可他的胸口和后背都是伤口，疤痕纵横交错。他的腿受了永久性损伤。虽然拄着拐杖，走起路来还是左摇右晃。他的左腿再也不能弯曲，伤口还时常会痛，药物也无法缓解。只有鱼尾菊酒可以减轻他持续的疼痛。

"看看我们的父亲，赫里斯托斯！他瘸了……有人从那件事里得到了好处吗？"

他们谁也不清楚他父亲瓦西利斯在二十世纪五十年代都干了什么，只知道他也是 EOKA 的积极分子。瓦西利斯曾接受过格里瓦斯将军颁发的勋章，在流亡之前，格里瓦斯将军曾领导起义反抗英国的统治。马科斯知道，格里瓦斯已于去年秘密返塞，并为实现合并暗中领导了新的斗争。他发现，像赫里斯托斯这样愿意战斗的新一代年轻人随时可以加入新组建的 EOKA B 队。

"我没法理解你为什么会放弃！这可是一项使命。你不能想放弃就放弃，要一直坚持到胜利为止！"

赫里斯托斯喜欢就合并问题夸夸其谈，也很享受发表演讲的感觉，即便只有他哥哥一个听众。

马科斯叹了口气。他还曾在为合并事业挥洒热血的时候发过誓："我必将坚持战斗……直至完成我们的目标。"现如今那个目标不再适合他。

"或许现在我有了别的兴趣，赫里斯托斯。塞浦路斯正在改变，这里充满了机会。成为希腊的一部分有什么好处吗？"

"你说什么，充满机会？"

"你没有注意到吗？"

"注意到什么？"

"这个城市在如何欣欣向荣地发展呀？"

赫里斯托斯被哥哥不温不火的态度惹恼了。

"那么……你只关心口袋里的钱，是不是？"

"不全是如此，赫里斯托斯。你扪心自问，你希望对你来说珍贵无比的塞浦路斯接受雅典独裁政府的统治吗？"

赫里斯托斯沉默了。

"浑蛋！该死的！"剃须刀在马科斯脸上划破了一个小口子，鲜血从伤口中渗出来，"把那条手帕递给我，赫里斯托斯。"

他用手帕捂住伤口，血渐渐止住了。意识到可能会留下疤痕，他微微有些恼怒。

"瞧瞧你那副样子，眉毛皱得像个孩子。"赫里斯托斯奚落哥哥。

赫里斯托斯试图继续说服马科斯，可他祈求得越恳切，越慷慨激昂，马科斯就越平静。他同情地看着弟弟，脑袋摇得像拨浪鼓。

赫里斯托斯站在那里，一个劲儿地攥着拳头，泄气得都快掉眼泪了。

"你怎么变了这么多？"他央求道，"我不明白……"

马科斯并不觉得他变了。至少他的内心一如当初。是这个世界变了，新的机会自己送上门来了。

"赫里斯托斯……"他对弟弟说，可立刻就被打断了。

"你变得和父母一样……"

马科斯无法阻止他的长篇演说。

"舒适的生活就让你们心满意足了！"

"他们都这个年纪了，这有什么问题吗？"他问。

"父亲曾经是个战士！"

"曾经是，赫里斯托斯，但不是现在。要是你想加入，那就保密。你也不希望被人发现吧。"

马科斯指的不仅仅是父母，他的确不愿意他们担心。但最重要的是警察，他们一直在搜索 EOKA B 队的嫌疑成员。

他沿着混凝土台阶继续向上走，弟弟的声音渐渐低了下去。虽然开着窗户，但争吵声和蝉鸣声打扰不了马科斯的睡眠，漫长的一天一夜过后，虽然睡不了几个钟头，但他实在需要好好睡一觉。

第二天早晨，他和往常一样九点起床，洗澡和剃须后（他今天更小心了），他准备下楼陪母亲半个小时，然后去上班。

伊里妮正和笼子里的金丝雀说话。她戴了一条整天都不会摘下来的棕色花边雪纺头巾，玫瑰图案的围裙里面是一件碎花衬衫，这两种设计对比十分强烈。伊里妮的一天很充实，从早到晚要做各种各样的事，一点空闲都没有。他们在村子里的房子比这栋大，可他们把以前的家具和小摆设都带了来。这些东西放在一起，让这栋房子俨然一个小博物馆。每一个盘子、带框画、插有塑料花的花瓶、蕾丝垫子、朋友寄来的明信片都各有其所，而且，和以前一样，阿吉奥斯·尼奥塞托斯的圣像仍被挂在最显眼的地方。被这些纪念品层层包围起来的感觉让伊里妮觉得很安心。

他们的房子里摆了很多照片，有格里瓦斯将军和马卡里奥斯总统的，还有他们夫妇的结婚照片，马科斯、玛丽亚和赫里斯托斯婴儿时的照片。马卡里奥斯不再支持合并后，伊里妮越来越崇拜他。有时候格里瓦斯的照片会被冲着墙摆放。她解释说打扫过后忘记把相片翻过来了。其实她是希望丈夫不要牵涉任何暗杀行动，虽然她从来不敢提出这样的要求。

她很清楚格里瓦斯将军已经结束流亡，返回塞浦路斯。但她和她丈夫都不知道，赫里斯托斯已经加入了 EOKA B 队。

"过来喝咖啡。"她说着对马科斯笑笑。

伊里妮非常喜欢她的大儿子，而他也一向对母亲孝顺有加。

"妈妈，你今天看起来有些累……"

这是真的，她的黑眼圈都出来了。伊里妮没睡好。过去几天，她醒来时比入睡前还要疲倦。她说这都是因为做梦。虽然那些梦毫无逻辑可言，而且纷扰烦乱，可她相信梦会给她启示。不管别人怎么说，不管他们用什么样的辞藻，她都相信和平就在空气中。她对和平的体会无关政治局势，而是与气味有关。她的梦告诉她和平正饱受威胁。

与英国人的战争结束了，塞浦路斯共和国成立，乔治乌一家人过了一段风平浪静的生活。那段日子如田园诗一般：他们打理土地，享受村子里唯有鸟鸣声划破四下的宁静生活；跟随四季的转换，温度的变化，迎接甘霖降临大地。所有人都居有其所，土地的收成足以供养一切，他们和土耳其族邻居彼此温暖。生活里唯一的难题是如何减轻瓦西利斯的疼痛，他每天只能工作几个小时。

在希腊族塞浦路斯人导演的一起暴力事件中，他们的土耳其族邻居被害，和平不复存在，平静也被打破。虽然马卡里奥斯总统和其他政客达成了一致，可是，因为距离发生冲突的地方太近，伊里妮再也找不回内心的平静了。她常常做噩梦。从那个时候，他们搬离了村子。瓦西利斯每天开着小卡车回去料理田地，可伊里妮始终待在法马古斯塔。

马科斯跟着母亲走进凌乱的屋子，华丽的编织地毯上放着各种式样的扶手椅。看着这些，马科斯觉得刺眼。他理解为什么父亲乐意在家以外的地方待那么久，有时去照料他们的那片小农场，有时候去酒馆见见朋友，玩玩塔弗利双陆棋。这些都比待在家里更能令人放松。

马科斯把他自己的房间打理得井井有条。他的物品不多，每件都有实用价值。那些小摆设能带给他母亲安全感，对他来说却相反。她曾经想铺一块花布在他的桌子上："让你的屋子可爱一点。"可他就连这个也忍受不了。

"亲爱的，昨晚真是太糟了。"伊里妮说着把小小的咖啡杯摆在前面。

她经常和马科斯聊她做的那些梦。她丈夫睡起觉来就像个死人，对做梦这种事毫无兴趣。他一个小时前就出门了。

"昨天晚上我还梦到了愤怒的说话声，"她又道，"亲爱的，我不知道发生了什么，可肯定不是好事。"

她的儿子不会告诉她，让她不安的争吵声是真的，那是赫里斯托斯和他的朋友在吵架。这件事似乎不值得搅得她心烦。就算提到合并的话题，伊里妮也会避而不谈。她不希望她的儿子牵扯政治或暴力。在那可怕的岁月里，有人扬言要让塞浦路斯四分五裂，她相信他们此刻依然能够做到。纷争从未彻底解决。

马科斯轻抚母亲放在桌上的手。她的皮肤薄如纸，指关节上有一处擦伤。他用手指摸了摸伤口。

"怎么弄伤了，妈妈？"

"修剪藤蔓的时候擦伤的，"她答，"小伤而已。到了我这个年纪，伤口愈合得就慢了。"

马科斯低头看了看自己光滑的皮肤。他父亲的手很粗糙，布满伤口，他不愿意重蹈覆辙。

马科斯定期找理发师理发（尽管他那丝绸般的头发留得长了些），理发期间，他也会找人修剪指甲。死皮都被清理干净，指甲修剪得十分整齐。指甲缝里一点脏东西也没有。用橄榄油做过日常按摩后，他的手看起来光洁无比，就像小孩子的手。对马科斯来说，这双完美的手宣告着他的成功，表示他拿过的最重的东西就是笔。

"嗒！嗒！嗒！"

他母亲正在给咪咪科斯喂食。

"嘚！嘚！嘚！我给你的那些植物怎么样了？"她问，和她的鸟儿说完话，紧跟着又和儿子说话，"你还记得给它们浇水吧？"

他笑了："妈妈，你知道我不记得了。真抱歉。我太忙了……"

"太忙了，亲爱的，太忙了。连找个女朋友的时间都没有？"

"噢，妈妈……"

这是他们之间的玩笑。她一直期待着。每个母亲都爱自己的儿子，可马科斯长得太帅了，很容易招人喜欢。她抚摸着他的脸颊，从他还是个婴儿开始，她就是这么抚摸他的，然后任由他握住她的手亲吻。

"我一定要找个像您这么美丽的人。"他逗趣道。

"这很好，我的甜心，但不要拖得太久了。"

和所有母亲一样，她已经等不及了。他们的女儿两年前已经嫁人，如果大儿子也娶妻，她一定会更高兴。事情就应该按照自然顺序发展，再说了，他已经二十八岁了。

她的儿子将在城里最时髦的酒店工作，为此她很骄傲。从乡下搬来法马古斯塔，这算是得到的安慰之一。她清楚马科斯不会满足于打理橙树这种缓慢且单调的生活。他在学校里的成绩不够好，可他很聪明，她相信他前途大好。

马科斯起身准备离开。

"看看你多时髦！"她说着用手指抚摸他的西装翻领，"你穿上这身西装真是精神极了！像个真正的商人！"

"今晚有个盛大的开业典礼，"他说着执起她的手，"帕帕科斯塔夫妇要召开一个招待会，会来很多重要的客人。"

"真有意思，"儿子要去参加这样一个聚会，母亲浑身散发着骄傲的光芒，"谁会来？给我讲讲。"

她通过儿子的职业感知着外面的世界。她从未去过天堂海滩宾馆，而且知道她去日出酒店的可能性更小，不过她对这些大酒店里发生的事情兴趣盎然。伊里妮会去买一份第二天的当地报纸，把开业活动的照片剪下来，那些照片一定就刊登在头版头条。

"有市长夫妇，"马科斯若无其事地说，"和从尼科西亚来的许多政客、商人，帕帕科斯塔夫人父亲的朋友，还有一些外国人……"

"夜总会也开业吗？"她问。

"不是今晚，"马科斯说，"是明天。"他看了看表。

"过一会儿我去给你的植物浇水，"伊里妮说，"给你的衬衣上浆，然后放在你的衣柜里。"

她已经忙碌起来，收拾杯子，把桌子擦干净，摘掉天竺葵上的枯花，看看金丝雀的笼子，检查有没有足够的鸟食。很快她将开始准备午饭。一家人都很喜欢她做的饭，女婿帕尼库斯尤为如此，他婚后胖了不少。玛丽亚会来帮她，帕尼库斯中午时会从电器店回家，正好赶上吃午饭。

"我得走了，"马科斯说完亲了亲她的头顶，"我一定会给你讲开业庆典的见闻，我保证。"

从现在到日落，没有一点时间可以浪费。黄昏时分，塞浦路斯岛上最盛大的社交活动将如期举行。

4

日出酒店里摆了成百上千的百合花，花香扑鼻。迷人的女士身上亦是香气四溢。礼服泛着珠宝般的色泽，而珠宝则五光十色，绚烂夺目。

有人在入口处迎宾，引导客人走上通往海豚嬉戏池的深红色地毯。客人在嬉戏池旁品尝冰镇香槟后，由人引导继续向前，从壁画边经过时，每个人都不由得驻足赞美一番。

石膏立柱上缠着鲜花。随着夜色的降临，它们将被灯光照亮。

几十位身着白色夹克的侍者端着一盘又一盘美食穿梭于宾客之间。从天亮开始，主厨带着二十五位厨师，不知疲倦地忙活着。他们用大量果子冻、奶油花饰和松饼，做出了色彩鲜艳的烤面包。每一道菜都雅致精美，与传统的塞浦路斯家常菜截然不同。肉馅酥饼由鹅肝和大虾制成，上面插有取食签。主厨是法国人，他的灵感来自法国名厨艾斯可菲。按照他的吩咐，所有食物都装饰得像甜点那么漂亮。不是在顶部放一颗樱桃，就要点缀一些鱼子酱，或加上一小块番茄，以起画龙点睛之效。

几百个人同时说话的声音淹没了十二人乐队的演奏声，可前一天搭飞机从巴黎赶来的音乐家们依旧在坚持表演，他们知道，到了深夜，熙攘的人群散去，会有人欣赏他们精心排练的曲目。萨瓦斯希望这个招待会能彰显日出酒店的国际化大酒店定位，哪怕只用希腊传统乐器布祖基琴弹出一个声调，都会破坏这个目标。这确实是一个高雅时髦的场所。

所有人都被吸引到外面的草坪上，草地中央有一个悬浮花饰：用白色花朵拼出的酒店名称。两位主人站在花饰前面，迎接宾客。

阿芙洛狄忒身着一袭象牙白色礼服，她由内向外散发着光芒，两只上臂各缠绕着一只蛇形白金手镯，每个手镯上都有一个蛇头，一只蛇眼是红宝石，另一只是蓝宝石。有些客人觉得她像一只美人鱼，有些则看到了埃及艳后克里欧佩特拉的影子。大厅里的每个女人都羡慕地看着她，仔细研究她的细节：长发梳成了发髻，从耳朵上垂下来的钻石，贴身斜裁礼服上的亮片随她的自然摆动闪闪发光，透过下摆的分叉，偶尔可以看到她的金色凉鞋。埃米内为今晚设计出了一个完美的发型，女人们都在猜测这个发型用了多少发卡。虽然暗地里羡慕不已，可对着她们的丈夫，她们却都很刻薄。

"她以为自己是谁？太夸张了……"

男人们看到的是整体效果。一个无可挑剔的美人，不过他们都知道，最好不要反对妻子的意见。

萨瓦斯站在阿芙洛狄忒身边，一边等待发表讲话，一边看着宾客环视他的杰作。他最大的心愿是让宾客对眼前的优越品质留下深刻印象。几年来，只要醒着，他便刻苦工作，才创造出了他们这一个小时内的所见，他能感受到他们的惊叹。终于，他放松下来。

在萨瓦斯、市长和一位议员的讲话之后，恭贺声、惊叹声便如同香槟酒一样源源不绝。萨瓦斯觉得大家已经看够了整体效果，便请政客、当地名流和潜在顾客单独参观。他们参观了舞厅、餐厅，还搭乘装有镜子的升降梯去了顶楼套房。每项设施都有人做详细介绍，比如大理石地砖的来源、亚麻的经纬密度。

酒店经理科斯塔斯·弗朗格斯和两位副经理让宾客真切感受到，日出酒店是塞浦路斯岛酒店里的翘楚。无可争议。参观完，客人急忙回到接待台，把酒杯斟满。在他们闪闪发亮的眼中，法马古斯塔已然越来越富饶，每个人也都知道他们个人能从中得到很多好处。

然而，周边酒店业主的妻子们则急着挑错，她们先拿食物开刀。

"硬巴巴的，怎么吃！所有食物都这么贵，做得这么复杂有什么用！"

然后她们的注意力转移到了酒店的装潢上。

"看看地板！还有那些海豚……"一个女人轻声说。

"你觉得客人真会喜欢那些流苏和窗帘？为什么他们要在池子里铺那种瓷砖？"另一个女人低声说。帕帕科斯塔夫妇听得清清楚楚。

女人们都发现自己的丈夫异常安静。他们意识到，升级自己酒店内的设施势在必行，所以压力很大。不管对于日出酒店的装潢品味有何质疑，有一点千真万确：这家新酒店比其他酒店都高级。这不是见仁见智的问题。这家酒店规模更大，气势更恢宏，单从烤面包方面来评判，也让其他酒店自愧不如。

"帕帕科斯塔先生，恭喜你取得的成就。"部长的腔调既像是在夸别人，也像是在夸他自己，"我坚信日出酒店将提升全岛的地位。"

他向萨瓦斯伸出一只手，周围立刻闪成一片。阿芙洛狄忒一直站在丈夫身边，她感觉到了灯光的热度，闪光灯太亮了，有那么一刻，她什么都看不到。摄影师说明天会把她的单人照片登在报纸头版。编辑将会很高兴把那位大腹便便的政治家的照片登在内页里。头条则是《法马古斯塔的日出》。

和大厅内的所有人一样，马科斯发现自己的目光总是落在阿芙洛狄忒身上。他不安地发现她是众人瞩目的焦点，虽然萨瓦斯才是东家，才是让这个酒店从无到有的人。他发现他的老板在妻子身边显得那么不起眼。

招待会期间马科斯不停地周旋于客人之间，并不靠近萨瓦斯和阿芙洛狄忒。那天晚上萨瓦斯对他只有一个要求：推广月光夜总会。

虽然无法肯定，但通过多年在吧台后面积累的经验，马科斯可以判断哪些人可能成为他的客户。那些逗留到深夜的人，抽烟抽得很凶的人，谢绝香槟、索要烈酒的人，可能还有那些有一搭无一搭聊天的人，他们都带着无聊的表情，甚至还有些坐立不安。他并非百猜百中，可这是一个起点。他走近这些人，自我介绍，通过与他们的对话，他立刻就能知道他的直觉正确与否。有人立即来了兴致，一脸兴奋。他刚一建议去看看夜总会，他们就爽快地答应了。

他带领他的潜在客户离开招待会，沿内部楼梯而下，来到一扇朴素无华的紧锁的门前。他伸手推门，带着客人走进了他的地盘。

踏进这个属于夜间的地下世界，人们仿佛得到了特权，进入了一个私人领地。要是从公开的入口进入，一定没有这种感觉。马科斯小心翼翼地给每个人留下一个印象：只有他们才能享有这样的陪同。

他介绍了明晚将正式登场的卡巴莱表演者，又列举了几种上等威士忌，他的客人们随即同意成为夜总会的免费会员。马科斯十分肯定，开业时他们一定会再来。

他把客人送回了还在热闹进行的招待会。他注意到，当客人的妻子看到丈夫满意的神情后，面露悦色。在马科斯看来，女性很容易取悦。

在一次陪同参观之后，马科斯看了一眼草坪。天已经黑了，繁星点点，没有月光的照耀，星光愈发清晰。他走到外面，这里的人少了，他环顾了一下四周。

阿芙洛狄忒已不在花饰下面，她正和一对上了年纪的夫妇共坐一桌。她抬起头，似乎看了他一眼，又将目光转回银发老妇人身上。马科斯回到了有空调的招待区。不知为什么，他有些生气自己竟然不值得她挥挥手或露出一丝微笑。虽然夜凉如水，可他感觉温度在上升。

阿芙洛狄忒和她的父母在一起。她母亲一身黑色礼服。从她唯一的儿子被害的那天起，她便不再穿其他颜色。在这个欢庆的夏夜，她这身丧服显得格外沉重和悲伤，使她看起来比实际年龄要老好几岁。阿芙洛狄忒的父亲特里福纳斯身穿深灰色西装和浅蓝色衬衫。他是个英俊的男人，头发和他妻子一样白，却依旧充满活力。回到这个他出生的岛国，他非常开心，也很欣慰这个大项目的完成。日出酒店是马基迪斯控股公司投资的第一个酒店，特里福纳斯已经感觉到这是他做出的最明智的决策之一。

现而今，特里福纳斯隔空开发房地产。他在尼科西亚有一家公司，负责每项投资的日常管理。他在位于英国索斯盖特的家中研究一番后，便会打半小时工作电话。他们过得十分舒适。英国南部天气寒冷，他们大半年都开着中央暖气，房子里面的气温堪比塞浦路斯。他们有一辆捷豹汽车、厚厚的地毯和一名女佣。大多数时候特里福纳斯都在打高尔夫球，每逢周日，他们便驱车前往希腊东正教教堂。一些希腊族塞浦路斯人来到英国后需要经济帮助，他们也参与了筹款活动，偶尔还会去附近的大型塞浦路斯餐馆，出席他们在教堂里认识的人的孩子的婚礼。特里福纳斯在高尔夫俱乐部还有些社交，但阿耳特弥斯依然过着与世隔绝的生活。对她来说，生活已在一九六四年戛然而止，她只能这样麻木地活着。在塞浦路斯和英国赚到的钱都不能让季米特里斯死而复生。

阿芙洛狄忒知道她得到了父亲的认可，可她希望母亲也能夸她几句。

"你觉得怎么样？"她问。

"很漂亮，亲爱的。你做得非常好。"阿耳特弥斯答道，勉强挤出一个笑容。

"你们应该住在这里！"阿芙洛狄忒建议道。

在作为结婚礼物赠予阿芙洛狄忒和萨瓦斯的那幢楼中，她的父母保留了他们自己的房间，在回塞浦路斯的有限的几次，他们总住在那里，从未去过在尼科西亚的公寓。

"这可不行，亲爱的。"

阿芙洛狄忒还没问就知道母亲一定会拒绝。这里对她来说太热闹了。

一个侍者端了一盘饮品来到他们边上。

"嗨，哈桑。"

"晚上好，夫人。"

"今天晚上很顺利，你觉得呢？"

"客人们都留下了深刻印象。"侍者笑着回答。

阿芙洛狄忒取了三杯香槟，将其中一杯递给母亲。

"不用了，谢谢，亲爱的。要是你不介意的话，给我来杯软饮吧。"

"就今晚一次，妈妈，只为了庆祝一下都不行吗？"

虽然近来他们相处的时间并不多，可阿芙洛狄忒发现自己还是生母亲的气了。仅此一次，仅仅是在这个对她女儿来说很重要的场合中，为什么她就不能高兴点呢？

在阿芙洛狄忒和萨瓦斯结婚的那天，阿耳特弥斯也是一个人安静地坐着。季米特里斯的死对他们来说都是一场大灾难，可阿芙洛狄忒还是希望这次活动不会因这件事而蒙上阴影。他已经死了，可她还活着。

阿芙洛狄忒注意到，她母亲不愿瞧那个侍者一眼。她对母亲于土耳其族塞浦路斯人的偏见很不悦，可她不愿意提起这件事。阿芙洛狄忒赞成她丈夫的想法：这个酒店必须聘请最适合的人，而不必重视他们的背景。

"这样也可以令日出酒店与众不同。"一天下午，当岳母提出这个问题时，萨瓦斯这样解释，"让酒店更具国际格调，我们就必须聘请各种背景的员工。主厨是法国人，两位前台接待员是英国人，我们的宴会经理来自瑞士。美发沙龙里有一位土耳其族塞浦路斯人……厨房里的很多员工自然也都是土族。"

"可是……"他岳母突然插嘴问，"侍者呢？外务部门？"

"噢，我并不喜欢唱反调，"萨瓦斯回答，"可我们要的是最佳人选。人们来工作是为了薪水。这是公事。"

萨瓦斯通过利益得失的棱镜来看待这个世界。

阿芙洛狄忒站起来。

"我得去看看萨瓦斯是不是需要我帮忙。"她借故走开。

他们一直瞒着她母亲一件事，可隐瞒这个秘密根本无助于改善阿芙洛狄忒和她母亲之间的关系。阿耳特弥斯一直不知道与她儿子有关的一个确凿事实，而每逢这样的场合，阿芙洛狄忒就特别想把一切都大声喊出来：

"他杀人了，母亲。你那个宝贝儿子杀了一个土耳其族塞浦路斯人！"

快十年了，这句话每每到了嘴边，又被她咽了回去。

他们做了精心的掩饰，对于像特里福纳斯这样有钱有势的人来说，可谓小菜一碟。花钱收买别人，改变故事的内容，是最直接的方式。特里福纳斯不愿听到有人说他儿子因为一起谋杀而遭报复丧命。这样的事将给他们家族蒙上永远无法抹去的污点。

阿芙洛狄忒知道她哥哥绝非无辜。在希腊族和土耳其族毫无意义的对抗中，他一直是个活跃分子，英国人离开后，对立升级。一九六〇年，塞浦路斯共和国签署宪法，两方都不满意，当马卡里奥斯总统提出修宪建议，双方便爆发了暴力冲突。一个土耳其族人流血了，就意味着一个希腊族人也付出了血的代价，冲突愈演愈烈。

这就是深深根植于人心里的仇恨。有时,仇恨可能摧毁一切。仇恨夺走了阿芙洛狄忒唯一的哥哥,毁灭了她的母亲,让她父亲的生活四分五裂,如果未来仍如这十年,塞浦路斯人的生活都将毁灭,不管他们是希腊族还是土耳其族。这场冲突中,没有获胜的一方,她看不出这其中有何意义。

她站了一会儿,眺望着大海。在设计酒店时,是她建议草坪应该延伸到沙滩上,客人可以听到海浪声,也可以赤足从酒店走向沙滩。若是遇到这样的夜晚,大海宁静安稳,星星璀璨明亮,他们或许还能看到最神奇的事:流星雨。

她在星辰密布的苍穹下站了五分钟,怒气渐渐消散了。在母亲那里受挫往往能让她觉得自己一败涂地。阿耳特弥斯就像一个空贝壳,所有产生情感的能力都已消失殆尽,这使得阿芙洛狄忒愈发感激她父亲无穷无尽的爱。自从他们搬去英国,她格外地想念他。

阿芙洛狄忒转过身,发现她的父母已经离开了。就连他们的杯子也被收走了。她知道父亲会带他的妻子返回他们的公寓。母亲讨厌深夜。第二天一早,他们就将飞回伦敦。

马科斯站在阴影下。在这个洒满星光的平和夜晚,虽然他在应对客人时表现得很平静,心中却不免焦虑。他知道,赫里斯托斯正在尼科西亚会见那些革命分子。

忽然间,什么东西引起了他的注意。在漆黑夜空的映衬下,他注意到了一个浅色的半透明雕像。那是阿芙洛狄忒,孤身一人,一动不动。马科斯不知道那天晚上对他来说谁的分量更重:是他关心的赫里斯托斯,还是如同精致大理石工艺品般在沙滩下复活的阿芙洛狄忒,这二者都带给他奇特的不安。

5

最后一批宾客在午夜时分离开了派对。不到十二个小时后，第一批客人就将带着旅行箱入住酒店。

第二天一大早，萨瓦斯来到日出酒店。已经有几十个人在打扫、擦拭，好让一切都完美无瑕。家具需要重新布置，饮品洒得到处是，垃圾散落在大理石地面上。从清理的工作量可以看出派对的成功程度。

"早上好，帕帕科斯塔先生。"

"早上好，帕帕科斯塔先生……"

从停车场来到接待台，萨瓦斯已经听了十几遍这句话了。

职员都很清楚这家新酒店的规矩。闪闪发光的物件必须擦拭到可以映出人脸为止。白色的餐巾则必须白得耀眼。窗户必须擦得干干净净，就像没有玻璃一样。客房服务部的总管好似暴君。女服务员已经得到指示，必须把床铺得完全符合要求，否则就要卷铺盖回家。

"第一批客人是哪几位，科斯塔斯？"萨瓦斯问酒店经理。

"帕帕科斯塔先生，是两对来自日内瓦的夫妇，他们是一起来的。还有二十六个美国人。一队德国人。三十个瑞典人。六对英国夫妇。一些法国人。几个意大利人。剩下的人都是从雅典来的。"

"这是个不错的开始。目前来说，这个人数正好。"

"噢，还有布鲁切梅耶夫人，"科斯塔斯又说，"今天上午晚些时候，我们会派车去天堂海滩宾馆接她。"

一年前，布鲁切梅耶夫人来塞浦路斯度假，之后就再也没有离开。十一月，她的侄女从柏林给她带来了稍厚一些的衣物（几件羊绒衫、休闲裤和一件羊毛夹克）、珠宝（每天吃晚饭时她总佩戴一件珠宝）和一些书。家具、家人的照片和她的皮草她都不需要。

"我不需要那些东西，"她说，"在这里，我要的不多。只要有钱维持生活就够了。"

她每天需要的现金并不多，够给酒店员工小费即可，不过她经常给小费，出手大方。她每月的账单都用银行汇票支付。

每天，她做的第一件事便是到她房间对面的黄金海滩，游泳四十分钟。早起的人（大都是附近酒店的工作人员）能看到她那柔软的身体在做例行热身。接着，那顶白色的泳帽就向地平线移动，然后返回。最后，她会坐下来，面对大海沉思。

"我游遍了世界各地的大海，"她说，"可这儿的最美。余生，我还能到哪里去呢？"

她在德国的生活并不会比这里更好。在这里，她的衣服有人洗，房间永远干干净净。在饮食这件事上，她就像个女王，而且，就和王室成员一样，她从来不需要去买东西或做饭。需要的东西应有尽有，总有各种各样的人陪在身边，她永远不会感到厌烦，而她之所以有孤身一人的时候，只是因为她愿意一个人独处。

从她那个能眺望海湾的阳台上，她看到日出酒店拔地而起，便下决心搬进那里的顶楼套房。她住的已是天堂海滩宾馆最好的房间，似乎还算舒服，但她知道，那座新酒店的档次更高。她卖了几件钻石耳环，估摸着银行账户里的钱足够她再花十五年。她认为这应该足够了，虽然她的活力能赶得上只有她一半年龄的人。

几个小时后，布鲁切梅耶夫人抵达了她的新家。天堂海滩宾馆的工作人员看到她离开都很遗憾，在他们心中她就像幸运女神。几位侍者把她的行李箱搬上正在等候的车子里。四个昂贵的箱子放在车里，两个放进行李厢，其余的放在前座。她自己提着一个与衣服搭配的手提包，说她会回来看他们，并仔细地交给每一个来送她的工作人员"一点东西"。

午饭时候，她已经在新的住处安顿下来。这是间套房，起居室连着卧室和卫生间。在她看来，这里就是一个辉煌的宫殿，墙壁上有巨大的镜子和一大幅法国风景油画，一对水晶枝形吊灯悬挂在天花板上，家具装有套垫、拷边和流苏，衣柜豪华堂皇，还有一张四柱床。她的衣服都已顺贴地放进了双门衣柜里。

布鲁切梅耶夫人把物品从箱子中取出，然后叫人送了一份简便午餐到她的房间，之后在躺椅上休息了几个小时，然后洗了个澡，不慌不忙地为晚上做精心准备。日出酒店的夜总会今晚开业，不过在此之前，她接到了邀请，要和酒店业主共进晚餐。

她戴好吊坠手链——这是她丈夫送给她的最后一份礼物，然后乘电梯来到大厅。

在同一时间，阿芙洛狄忒也在精心挑选晚上佩戴的珠宝。她打开梳妆台左上角抽屉的锁，几乎看也没看就拿起了一对镶有八块海蓝宝石的黄金耳环戴在耳朵上。这对圆形的耳环，如同上衣纽扣，中心有一大块宝石。她套上一个镶有八块海蓝宝石的黄金宽手镯（对她纤细的手腕来说有些太大了，可她一直没时间送去调整），又戴上一条粗项链，项链上的那颗宝石吊坠让其他珠宝都相形见绌。最后她戴上戒指。这一整套首饰的设计极其简约，宝石的切割才是重点。它们不需任何装饰。半透明的蓝色和淡金色是塞浦路斯的代表颜色，或许就是因为这个，珠宝商才把这套珠宝命名为"塞浦路斯的颜色"。岛上居民每天都沐浴在这样的颜色下，唯有阿芙洛狄忒能以这种方式拥有它们。

那天早上她送父母去了机场。他们的道别充满了欲说还休的情感。任谁看到都会以为这对六十来岁的夫妇回国是来参加家人的丧礼。否则，在这样阳光明媚的日子，一个女人没有理由身着一身黑。

每年的这个时候尼科西亚机场都十分繁忙。到达区里挤满了等待的旅游团体，候机室里的气氛则微微有些沉闷，晒黑的度假者都对他们在这天堂里的假期恋恋不舍。

"我很高兴你们昨晚能来，"阿芙洛狄忒对父母说，"这对我们来说非常重要。"

"酒店非常棒，亲爱的，"她父亲答，"我肯定一切会非常成功的。"

"父亲，要是没有你的帮助，这一切都不会存在。"

"钱是一回事，"他答，"全靠你丈夫的努力工作……当然，你也很辛苦。"

"我希望你们很快能再回来，或许可以住得久一点……"

她的话听起来空洞又机械。她很清楚，他们也很清楚，这两点都不可能。

她深情地搂了搂母亲的手臂，阿耳特弥斯连忙低头，仿佛在逃避女儿的亲吻。

阿芙洛狄忒艰难地吞了一口唾沫。

下一秒，她发现自己被父亲搂在怀中。

"再见，甜心。看到你真好，"他说，"照顾好自己。"

"你们也要保重。"她坚定地说。

她看着父母经过海关，然后消失不见。只有父亲回头向她最后挥了挥手。

派对结束了，酒店也正式开业了，阿芙洛狄忒闲了下来，驾车从机场回来，她感到强烈的失落和空虚，不知要如何打发以后的日子。为了酒店的盛大开幕，她努力工作了好几个月，设计花朵的布置，品尝烤面包，编制宾客名单，布置室内装饰品。

从现在开始，她要如何维持她的地位？在偶尔策划活动、每天出席鸡尾酒会和晚餐会之外，她是否应该干点别的？

一切都需要精心准备，每天到美发沙龙做头发是其中之一。

"帕帕科斯塔夫人，昨晚真是美极了！"阿芙洛狄忒出现在美发沙龙门口时，埃米内大声说。两位发型师已经在报纸上看到昨晚活动的报道了，"有头有脸的人都去了！我是说都是些大人物呢。"

埃米内和阿芙洛狄忒相识已久，彼此熟悉，相处自在。对这个土耳其族塞浦路斯人来说，阿芙洛狄忒有很多身份：女儿，客户，现在还是雇主。或许最后一个身份意味着她们之间要更为拘谨些，可她们心照不宣地拒绝了这种不自然的改变。

"你看起来棒极了！"

"谢谢，埃米内，"阿芙洛狄忒答，"很多人都称赞我的头发！"

"今天人很多，"埃米内说，"那些不是酒店客人的人假装进来理发，到处窥探。"

"也有新客人的预约吧？"阿芙洛狄忒问。

"很多！"萨维娜回答。

今晚阿芙洛狄忒选了一件打眼的绿色礼服来衬托那套半透明的海蓝宝石。衣袖只到肘部，好露出手镯。礼服飘逸垂落，带有缩褶，更衬出她的纤细的腰肢。

"这些颜色真的很适合你，"埃米内低声说，一边梳理着阿芙洛狄忒及腰的长发，"你真美！"

"谢谢。我今天感觉有点累，昨夜太漫长了。"

"你父母会住一段时间吗？"萨维娜正在擦拭阿芙洛狄忒座位旁边的镜子。

"不会……"阿芙洛狄忒说，她们的眼神在镜中相遇，"他们已经走了。你知道我母亲的情况。"

沙龙里的这两个女人完全明白。

埃米内还记得在阿耳特弥斯的儿子死后第一次见到她的情形。她的身体似乎缩小了一半，埃米内还信誓旦旦地对朋友说，那个女人的头发一夜之间从红褐色变成了灰白色。

"我经常听说这样的事，"她说，"却一直不信，不过我向你们保证，这次是我亲眼所见。"

"真遗憾他们这么快就走了，"萨维娜说，"我听说英国的天气很不好。你母亲以前总喜欢坐在阳光下。"

"我不确定母亲现在还有喜欢的东西……"阿芙洛狄忒说。

三人一时间都安静了下来。

"你能把我的头发弄整齐吗？都束起来吧，不要留碎发？"她问。

埃米内再次用梳子梳理阿芙洛狄忒长而浓密的秀发，把头发一分为二，然后两个发型师开始编辫子，盘了一圈又一圈，做成圆发髻，比昨晚的发髻还要高。她的头发很沉，闪闪发亮，需要几十个发卡才能固定住。

高高盘起的发型突出了她又长又美的脖颈，也将耳环衬托得更显眼了。

萨维娜拿着一面镜子站在阿芙洛狄忒身后，让她看看后面的效果。

"太美了！"她说，"真不可思议！"

"比昨晚还要好。"埃米内说。

"今夜更重要。"阿芙洛狄忒说，她忽然很高兴有她们两个人的亲切陪伴。和埃米内、萨维娜在一起，她发现自己十分放松，不必表现出一副老板娘的派头。

"严格来说，这是开业后的第一个晚上。真正的开始。"

"听起来你很兴奋。"

"是的。我真的很兴奋。萨瓦斯也是。"

"好像你小时候的圣日。你一直梦想着那一天，却从未想到这一天会真的到来。"

"我们策划了这么长时间，现在都实现了。"

"都有谁出席？"

"噢，所有住在酒店里的人。我们还要举办宴会。"

外表成熟的阿芙洛狄忒表现出了孩子般的兴奋。她站起来，转了一圈，就像音乐盒里的娃娃。

另外两个女人笑着站在一旁欣赏着。她们三个人都映照在一面镜子里，有那么一会儿，阿芙洛狄忒站在中间，她们的手握在一起。

阿芙洛狄忒松开手。

"我得走了，"她说，"明天见。谢谢你们。谢谢你们为我做的一切。"

她来到大厅，萨瓦斯已经在欢迎第一批客人，带着他们向草坪走去。

马科斯在外面，正指挥工作人员上饮品。布鲁切梅耶夫人就在附近，拿着酒杯，和几个德国客人聊天。她一挥手，似是在强调什么，纤细手指上的大戒指划过一道光，吊坠手链发出一连串的叮当声。她对她的新家充满热情，其他客人也都着迷地听她讲述每天住在塞浦路斯蓝天下的生活。

马科斯很喜欢和布鲁切梅耶夫人待在一起。这个优雅的七旬老人过着令他称羡的生活，而且经常最后一个离开酒吧。打烊时，马科斯有时会大胆地在她的两边脸颊上各印上一吻。

萨瓦斯来到草坪上。马科斯看到的却是他身后身着一袭绿色礼服的阿芙洛狄忒。

他心想：薄荷甜酒，她叫我联想到了薄荷甜酒。

这是一种很讨厌的酒，他从来不推荐给客人。提供这种喝起来像漱口水的饮品有违他的品味，即便在他的目标客人间这酒很受欢迎。

他看着一个侍者送去一盘饮品。在他看来，阿芙洛狄忒拿走饮品时似乎并没有道谢。萨瓦斯却微微欠了欠身，才接着说话。要是老板娘也这么有礼貌该多好。她就像薄荷一样凉，像碎冰一样冷。

八点，所有人都被引导到了一个用于私人招待的小餐厅落座。今晚提供的是自助餐，这正是主厨及其团队一展天赋和抱负的最好方式。

主厨在巴黎接受过培训，专长做宴席。色彩和形状非常重要，要是能把一种食材做成另一种模样，他一定会尝试做。他可以把鱼做成天鹅或是一朵有很多花瓣的花，把甜点做得充满幻想：一座好几层的城堡或古老的三桅座战船。

萨瓦斯颇有船长之风，无论是对乘客，还是对船员，他都既专业又有礼貌。这家酒店无异于一艘轮船。一切都秩序井然，而日常工作则至高无上。

阿芙洛狄忒大多数时候都和女人们聊天，萨瓦斯则和银行家、商人和富庶的退休人员谈论政治和金融，这是他们的第一批客人。这是一个相对私人的聚会。

在上甜品的时候，客人们已经口干舌燥了。

布鲁切梅耶夫人以荣誉客人的身份坐在萨瓦斯旁边，高兴地拍着手。虽然她身材苗条，却喜好甜食，把几十种水果烘饼、奶油蛋糕、甜奶油冻和水果奶油布丁都尝了个遍。她那亮丽的粉色唇膏却一点都没有蹭掉。

对她来说，那天晚上的重头戏就是去夜总会。用餐完毕，一些客人到草坪上去抽雪茄、喝白兰地。女士们则告退去盥洗室补妆。夜总会即将开门纳客。

第一批客人在十一点整到来。他们都能享用赠送的饮品,一份威士忌的售价超过一塞浦路斯镑,很少有人会谢绝奉送的酒水。

马科斯周旋于不同的桌子之间,伸手和每个人打招呼,让每一位顾客都以为这里是他们的私人场所。所有人都迷上了这里。没有人急着离开,也没有人舍得与主人说晚安。

他为布鲁切梅耶夫人安排了一个靠近舞台的座位。她的一只耳朵有点聋,他希望这样她能好好欣赏表演。她在晚餐期间认识了一对来自雅典的夫妇,还不到几个小时,他们就很熟络了,看起来和老朋友一样。布鲁切梅耶夫人为他们三个人订了一瓶香槟。

"管它多少钱呢!"她以此作为祝酒词。

"为生活干杯!"那个丈夫说,与这位老太太结伴完全是意外,却十分愉快。

凌晨一点左右,管乐停止,舞台后面的紫色幕帘分开。一个女人走了出来。观众之中响起了充满惊喜的私语声。眼前的人和玛丽莲·梦露几乎一模一样。

她唱起了英文歌,歌声无可挑剔,声音甜美而沙哑,一下子提升了夜总会里的温度,之后她带着浓重的希腊口音,在歌曲间隙和观众说话。观众愈发为这酷似原型的模仿表演叫绝。

在上面的大厅里,萨瓦斯与阿芙洛狄忒并立而站。

"亲爱的,离开前要不要先去喝一杯?马科斯告诉我,今晚的歌手很有水准。"

阿芙洛狄忒感觉自己就连听到马科斯的名字也会皱眉头。

"我真不想去,萨瓦斯,"她说,"昨晚太累了。"

"可是亲爱的,今晚月光……夜总会开业!"

"我知道,可我还是想回家。"

"求你了,阿芙洛狄忒。就待十分钟。"

这是命令,不是请求。萨瓦斯的声音异常坚定。她只好闷闷不乐地跟着丈夫走向那扇神秘的大门，来到夜总会。

模糊的掌声飘来，就在他们跨进舞台对面的门的那一刻，阿芙洛狄忒不禁倒抽了一口气。那个梦露模仿者的浅金色头发和桃色皮肤在紫色丝绒背景下闪闪发光。这位歌手一鞠躬，露出了深深的乳沟，一个系着黑色领带的男人继续演奏着，慕格电子音响合成器上缓缓飘出了下一首歌的旋律。舞台上铺满了观众扔上来的康乃馨。

她已经唱了四十分钟了，气氛热烈，充满欲望，到处弥漫着雪茄味。马科斯发现观众中有个美国人正在庆生，于是他请女歌手为那位客人演唱小夜曲，仿佛那人就是肯尼迪总统。

在随后的那首歌里，女歌手把注意力放到了布鲁切梅耶夫人身上。她挨着布鲁切梅耶夫人坐在一张低矮的带垫长椅上，捧起她瘦骨嶙峋、戴有两只钻石戒指的手，如爱人般凝视着她的眼睛。

"钻石是女孩最好的朋友。"她唱道。

观众中一片欢呼声。这位女歌手多才多艺。这时她的注意力转到了正站在吧台后面的马科斯身上。

他回望她，笑容越来越灿烂，她唱起了下一首歌：

"希望你能爱我，只要你……"

她离开舞台片刻，走到马科斯身边，领着他一起返回，继续唱歌。她的声音甜美性感，却一如孩子的嗓音。

萨瓦斯和阿芙洛狄忒站在吧台边上，一口口喝着杯中酒。阿芙洛狄忒没有坐下，她不打算久留。

萨瓦斯注意到男人们都在看"梦露"，而女人的目光都落在了马科斯身上。一切都是早已安排好的，所以他的经理能恰到好处地对歌词做出反应。

三名侍者一直在忙，倒酒，开酒瓶，碎冰块，调制鸡尾酒。温度维持在二十五度左右，足够热到使人口渴，却不至于不舒服。

做得好，萨瓦斯心想，默默地给他的经理道贺。

歌曲结束之际，那位歌手已在贴着马科斯的耳朵唱歌："卟－卟－哗－嘟！"她充满诱惑地轻声唱道。音乐声渐渐消失，有那么一会儿，四下一片安静，唯有冰块撞击冰块的声音。

她握住马科斯的手，他们双双鞠躬，仿佛是在进行双人表演。观众一下子站了起来，欢呼不止。

马科斯瞥见了老板娘。她站在那里，背对吧台，阴沉着脸，像是吃光了她身后的一碗柠檬。

阿芙洛狄忒拉了拉丈夫的衣袖。

"我要走了。"她说，试图让自己的声音压过周围的响动。她的语气很坚定，一如她丈夫刚才的语调。

萨瓦斯看着他的妻子。阿芙洛狄忒是这里唯一一个没被表演折服的人。他知道，她还在为与月光夜总会有关的一切生气。

"好，好，亲爱的，"他耐心地说，"我去和马科斯说两句，然后咱们就可以走了。"

"我在大厅里等你。"阿芙洛狄忒说。

掌声还未平息，她就离开了。舞台上的马科斯看到绿裙一闪，她便消失在了后门外。这个夜晚如此成功，甚至超过了他的预期。

6

侯赛因·厄兹坎每天清晨六点就开始工作，太阳刚刚升起，却已释放出温暖的光辉。摆好躺椅再收起来是个用不着动脑筋的工作，可他很高兴能自己赚钱，有时候他甚至能得到丰厚的小费。很多游客似乎并不知道塞浦路斯镑的价值，不过他并不准备告诉他们。

侯赛因利用每天下午的休息时间打一个小时水球，晚上再去打排球。一天结束了，这个体格越来越强壮的十八岁少年会买一罐冰凉的科欧牌啤酒。太阳落山之际，和朋友们坐在沙滩上喝啤酒。他感觉这种生活完美惬意。

打球的大都是希腊族塞浦路斯人，不过最强壮的几个都是土耳其族，他时常劝说弟弟阿里来沙滩打球。十五岁的阿里比侯赛因还高，不过身体要瘦弱些，他不愿意去打球，原因很简单，他不愿意和异族一起玩。

"我不相信他们，"他说，"他们就爱破坏规矩。"

阿里在家里待的时间要比侯赛因长，受到父亲的影响也更深。阿里知道，父亲哈里德·厄兹坎时常后悔搬来一个周围都是希腊族塞浦路斯人的地方。他更喜欢住在老城，在那里，他们不属于少数族群。

阿里知道父亲害怕惹上麻烦。而阿里和朋友们看到了《人民之声》上登载的关于 EOKA B 队新活动的报道，便希望反抗活动能星火燎原。

度假者躺在阳光下，喝鸡尾酒、游泳、沉浸在最新的惊悚小说中。侯赛因发现他们总是面向大海，浴床成排，对着升起的太阳。这些外国人不愿看到内陆。就连已在岛上定居的布鲁切梅耶夫人也只看到了蓝天和大海带来的天堂之美。虽然每次在与侯赛因的短暂交谈中，她总不忘问候他的母亲，可她似乎没有意识到塞浦路斯人正生活在刀尖上。

赫里斯托斯让马科斯心绪难安。有人竟然认为必须把这个游客天堂搅得乌烟瘴气，真是荒唐透顶。女孩子们穿着比基尼在沙滩上漫步，男人悠闲地看着不菲的酒吧账单，这些来自希腊和更遥远地方的游客让他知道在这里人们可以无忧无虑。虽然赫里斯托斯不停地批评他，马科斯依然坚持他的立场：为什么要做让他们的母亲不安的事呢？最重要的是，为什么要毁掉这个海边的天堂？

月光夜总会每晚都会爆满，"梦露"一周唱三次，其他晚上则是精选的卡巴莱歌舞表演，马科斯全都看过试演。叫座的演员很多，有来自土耳其的肚皮舞娘，还有三个曾在巴黎表演过音乐剧《虚凤假凰》的演员，他们在小小的舞台上演出康康舞，这可是几乎不可能完成的壮举。

在这旅游旺季里，日出酒店及其夜总会声名大噪，马科斯不仅请来在雅典和塞萨洛尼基十分有名的歌手，还从巴黎或伦敦特邀来了一些歌手。萨瓦斯一直在研究账目，即便机票费用不菲，可他还是看得出，马科斯想方设法赚到了大钱。夜总会的会员资格令人垂涎，几个月之后，入会费飙升。饮品昂贵，可要是能喝到上等威士忌，人们是不会在乎花了多少钱的。

在塞浦路斯，高价的东西头一次物有所值，月光夜总会也成了炙手可热之地。人们开始排队进入一个以花费彰显地位的夜总会，在那里的紫色沙发上度过一晚代表着他们跃升精英行列，成为人中龙凤。对那些负担得起奢华消费的人来说，住在那些朴实无华的平房里，种小麦和蔬菜，挤羊奶，缺乏时代性。人们各有心满意足的理由。

　　"这就是富豪阶层想要的，"马科斯说，这个时候，就连萨瓦斯都因为这位夜总会经理递上来的新价单而咂舌，"他们不需要廉价。"

　　"可在城里的酒吧，人们只花两先令就够了。"萨瓦斯有点发愁。

　　"相信我一次。"马科斯说。

　　电影明星随之频繁出入月光夜总会，不久，一对著名的好莱坞夫妇在那里待了两个晚上，于是，马科斯知道他已充分证明了自己的价值。从现在开始，在老板的眼里，他做什么都是对的。

　　酒店的其他业务也持续增长。九月末，酒店房间第一次被预订一空，五百间客房都住满了人，萨瓦斯宣布将在舞厅举行晚宴。

　　舞厅里铺有镶嵌地砖，入口处设有细长优雅的支柱，和接待区一样，这里的布置也仿照了萨拉米斯古城里的新发现。装满数千年前珍宝的坟墓被发掘。曾经繁盛一时的君士坦蒂亚（在古罗马时代，萨拉米斯古城叫君士坦蒂亚）建筑和装饰图案给了阿芙洛狄忒灵感，她借鉴了古城的很多细节，并把它们用到了酒店的设计中。

　　圆形的舞厅，与古代圆形剧场形状相同，围有十二尊女性雕像。雕像的石灰岩原型不到三十厘米高，可阿芙洛狄忒将她们设计为真人大小，仿佛支撑着天花板，神似雅典伊瑞克提翁神殿的女像柱。每尊雕像的右手都握着一朵花。她没有按原设计把它们刷上亮丽的颜色，而是那种从墙壁散发出的颜色。在墙壁上，她让同一张女性面孔重复出现，头戴金绿色相间的叶子花环，它忠实地还原了萨拉米斯运动场里的原形，却奇异地与阿芙洛狄忒本人十分相像，大大的眼睛从各个角度凝视舞厅。

她甚至还请人仿制了一座古墓里的坐椅。原型坐椅由象牙制成，材料冰凉，纹理平滑，她则用木料复制。工匠花了两年时间精雕细琢，做好了这对椅子，并复制了用来装饰坐椅的华美饰板。所有人都惊叹于坐椅上的斯芬克斯鹰翼狮身女怪和莲花雕刻。一名家具装饰用品商得到许可用金色的丝绸设计这对坐椅的软垫，来搭配女怪的镀金王冠。位于主桌的阿芙洛狄忒和萨瓦斯就坐在这两把椅子上，仿佛坐在宝座上的皇室成员。

尼科西亚最好的工匠并不只是为这两把装饰性家具忙碌。从高高的天花板垂下的薄纱窗帘用金线绣成，来搭配墙壁上的镀金叶子。

这个舞厅就是一座追求物质享受的神庙，在这里，一些古老的习俗得到了尊崇。它融合了各种元素，造价不菲，有的仿造物使用的材料比原件所用的更为奢华。阿芙洛狄忒把萨拉米斯古城让考古学家惊艳的所有元素综合在了一起。

"亲爱的，你喜欢吗？"

"嗯，我想客人一定会喜欢。"萨瓦斯巧妙地说，这是他第一次看到完成效果：窗帘都已安装，桌子成扇形摆放完毕。

"你不觉得很迷人吗？"

"当然，亲爱的，的确很迷人。"

水晶酒杯、白色瓷盘、擦得锃亮的餐具全都反射着枝形吊灯的灯光，光彩闪烁。

舞厅中央的圆形地面装饰着一幅巨大的镶嵌画，完全仿造萨拉米斯古城那幅著名的化身为天鹅的宙斯画。这片区域可以让新娘和新郎跳第一支舞，也可以上演戏剧或音乐会。阿芙洛狄忒对这个舞厅有更大的设想。法马古斯塔历来就是戏剧和艺术胜地，她希望日出酒店因艺术的因素闻名于世，希望这里可以进行前所未有的表演。

为庆祝夏季的结束，阿芙洛狄忒邀请伦敦的舞者来表演《天鹅湖》。用那幅天鹅镶嵌画做背景，可谓精妙绝伦。

萨瓦斯则紧张不已。

"亲爱的，这么做要花很多钱……"

"萨瓦斯，我们需要举办这样的活动。我们已经是最大的酒店了，还要成为最好的。"

在镶嵌画上跳舞完全不切实际，可阿芙洛狄忒决心一试。他们找到了折中办法，只让舞者表演高潮部分。

请柬上只单单写了"天鹅"二字，当贵宾从塞浦路斯各地来到这个岛国最富魅力的酒店里，不由得再次惊叹这对夫妇的惊人之举。

很少有人在圆形剧场里观看经典芭蕾舞，当女主角用优雅的表演诠释出充满悲剧色彩的故事结局后，观众们发现她像是被天鹅的翅膀包围了起来。她和那幅镶嵌画融为了一体。人们站起来，鼓掌呼喊着"再来一次"，就连男人们也擦了擦眼睛。

"太完美了，"萨瓦斯承认，"所有人都喜欢，可我对花费还是有所质疑……"

"这和钱无关。"阿芙洛狄忒说。

"阿芙洛狄忒，事实上，这与钱有关。说到底，这样的表演只与钱关系紧密。"

阿芙洛狄忒常听她父亲说同样的话，她真希望他们是错的。否则她所做的一切都微不足道。金箔涂饰的效果和天鹅之死的难忘情景要如何衡量呢？在这个问题上，这对夫妇的分歧越来越大。

对萨瓦斯来说，不管钱是用在卫生间所需的大理石上，还是给他妻子的珠宝上，都必须有目的，而且需要充足理由。萨瓦斯按照顾客数量和房间入住率来分析收入，计算利润。对他来说，这是数学，而非情感。

他用同样的原则管理员工。他的招聘标准同样客观。他希望吸引最棒的人到酒店里工作，但并不关心这样的人是谁。他们早早来上班，毫无瑕疵地完成工作，不偷客户的东西，而且不会要求加薪，这才是最重要的。

正是因为这种实用主义哲学，日出酒店员工中的希腊族和土耳其族人数比例才恰好反映出这两族人在这座岛国里的相对比例：土耳其族和希腊族的比例是一比四。他们全都讲希腊语和英语，虽然土耳其语才是他们的母语。此外还有很多亚美尼亚人和马龙派教徒。外国客人根本不可能对此有所区分。不论种族，不论他们是去清真寺还是去教堂，每个员工都必须努力工作。他们在工作时间之外做什么、去哪里，都是他们自己的事。年底，酒店的员工达到一千人。

萨瓦斯本人对塞浦路斯丰富多彩的文化不是特别感兴趣，可他仍做了迁就，同意每周举行一次塞浦路斯之夜活动，供应当地美食，表演传统舞蹈。

在这些晚上，希腊族和土耳其族员工都要穿上特制的当地服饰演示舞步。男人上身穿红色马甲和腰带，下身穿宽松的灯笼裤，脚蹬长皮靴，看起来俊俏潇洒，女人则穿上深红色及地百褶裙和白衬衫，显得楚楚动人。虽不强制，可如果有人不参加就会引人注意。有时埃米内会说服侯赛因来参加这些活动。舞技超群的他还能从中赚到外快。

外国人都不善塞浦路斯舞步（美国客人尤为如此），却倾心于当地美食，在酒店里第一次品尝到"真正的"塞浦路斯风味。每逢塞浦路斯之夜，在法国受训的大师级厨师就会歇班，两名来自尼科西亚最好的餐馆的厨师登场，带来一盘盘做好的特色名菜，用一天时间准备更多菜色。贪吃的客人在盘子里高高堆起了肉丸、哈罗米芝士、葡萄叶饭卷和扒羊排，兴奋地品尝着甜品、丝卷、果仁蜜饼和各式土耳其甜食。对很多游客来说，这是他们第一次品尝塞浦路斯鱼尾菊酒，想喝多少有多少，而且酒店还提供一些廉价的瓷器，这样客人就可以在明信片上写："尽情地砸吧！"

客人跳舞到深夜，会去月光夜总会尽情舞乐一番。之后他们离开黑暗的紫色夜总会，穿过大堂，站在草坪上观看太阳从地平线上升起。正如萨瓦斯计划的那样，日出酒店提供了观看这一日常天象的最佳地点。这景象使人心生敬畏。

7

十月初，海滩稍微安静了一些，可侯赛因的工作还在继续。他被派去修理坏了的躺椅和遮阳伞，以及酒店的船。这之后，他又在滨海区做了其他一些修理。美发沙龙里的客人也少了，埃米内有了空闲时间，趁机给一些老客户上门理发。

伊里妮就是其中之一，她们住在同一条街上。几个月以来，埃米内第一次去看她，随身带了洗发水和一些发卷。伊里妮的头发需要一定时间才能定型，所以她们有的是时间聊家常，分享各自的新鲜事。

"马科斯干得很不错。"伊里妮骄傲地说。

"夜总会太受欢迎了，"埃米内答，"很多客户都对我们这么说！有位从德国来的女士是我们的常客，她七十多岁了，每天晚上都去那里！"

"马科斯提到过她，"伊里妮说，"侯赛因现在怎么样？"

"过去几个月他赚了点钱。我不知道他是不是乐意一直待在滨海区，可至少他现在有时间练体育了……"

这两个女人都没有谈到政治。这个夏天政局动荡，她们已有所耳闻。年初，差点发生了针对马卡里奥斯的军事政变，土耳其也准备大军压境。土耳其族塞浦路斯人甚至都被告知要在家里储存食物。埃米内把食品柜装得满满的。政变没有发生，可马卡里奥斯依旧里外受敌，反对者既有希腊军政府也有他手下的主教。这种持续不断的威胁和恐惧令两个女人焦虑不安，睡不好觉，却奇迹般地没有对旅游业产生任何影响。

萨瓦斯估计，到秋天房间预订率将大幅下降，但尽管如此，他推测利润依旧可观。有一点他没料到，那便是七月份来度假的人都希望十一月再来。也就是说，酒店入住率依旧可以维持在五成。此时的法马古斯塔气候宜人，阳光温暖柔和，大海似乎吸走了热气。城里的豪华商店和时尚咖啡馆照常开业，月光夜总会每晚满座。

阿芙洛狄忒每周给父母打一次电话。特里福纳斯对日出酒店的所有事情都很感兴趣，电话里她大都是在回答他源源不绝的问题。十一月的一天，接电话的人变成了她的母亲，阿芙洛狄忒不禁有些意外。她能听到特里福纳斯在一旁咳嗽，她估摸他是因为身体不太舒服，所以没去打高尔夫球。

她不知是不是该去探望他们。

"我希望你暂时别去，"萨瓦斯劝道，"客人希望看到我们。或者说，他们喜欢看到你……"

这可不是恭维。阿芙洛狄忒很是吸引女性顾客前来，正如夜总会的艺人可以取悦她们的丈夫一样。今天晚上她穿什么？她会戴绝美的珠宝吗？她们总想着这类问题。

"可我有点担心——"

"为什么不等到一月再去？过了圣诞节，预订率肯定会下降。那时去会更好。"

过了一会儿，她才明白他话中的含义。

"可是……"

"你现在不能走。"

"萨瓦斯！我觉得父亲——"

"我已经把想法说得很清楚了。"他一拳砸在桌上，"我们必须把全部精力都投入到这份事业里，阿芙洛狄忒。"

她第一次意识到，对萨瓦斯来说工作是最重要的。这是他第一次对她大吼大叫。

她又怒又惊，浑身发抖，可她没有争论下去。一连几天，她都来酒店完成老板娘应尽的职责，没和丈夫说一句话。

夜总会的人气经久不衰。它的受欢迎程度与阳光无关，在塞浦路斯，想在此消遣的有钱人多的是。马科斯总能推出更新更好的表演，引进最好牌子的美酒。

有钱人工作日来，政客大都周末来。他们会一直待到天亮。这位夜总会经理不光知道他们的名字，还知道他们喜欢哪个位置。他每天都会阅读几份报纸，及时跟进客户的动态和他们之间的竞争情况。即便他并不总是那么圆滑老练，许多客户也不愿意去别的地方。月光夜总会是最佳地点。

老板越来越重视夜总会，马科斯也信心大涨。他享受着客户、同事甚至竞争对手给他的赞扬和尊重。除了阿芙洛狄忒，似乎所有人都认可了他的才华。为了庆祝第一个季度兴隆的生意，他为自己定制了三套带有时髦大翻领的西装，微喇的裤脚刚好遮住带跟的靴子。西装裁剪得体，突出了他颀长的身材，显得他更高大。

每天下午，他都要检视夜总会，看看一切是否妥当，而阿芙洛狄忒通常也在这个时候到酒店。十二月的一天，他们在大门口相遇。门童撑着门，马科斯自然而然站到一边，请阿芙洛狄忒先走。和以往一样，她对酒店经理嫣然一笑。

可她看到马科斯，表情就变了。她的嘴巴动了动，眼睛周围的细小纹路似乎消失了，眼神十分空洞。

"晚上好。"她礼貌地说。

"晚上好，帕帕科斯塔夫人，"他答，"您好吗？"

这么正式的打招呼挺荒唐的，可认识了这么久，她还没有允许他叫她的名字，和其他时候一样，她甚至没有回答。

萨瓦斯走过接待处迎接他的妻子。她来得有点晚，只要他没回去接她，就会这样。酒吧里已经来了一些客人，而她本应该提前到那里。

"马科斯！一切都还好吗？"萨瓦斯问。

没等马科斯回答，他就转过身，拉住阿芙洛狄忒的手臂，粗鲁地带着她向露台酒吧走去。马科斯看着阿芙洛狄忒被拉走，他已记住了那个手镯的样子。

马科斯来到月光夜总会，检视玻璃杯是否闪闪发亮，酒瓶是否按照正确顺序排列，吧椅之间的距离是否相等。这个紫色的地下世界由他主宰。他用手拂过天鹅绒椅的扶手，将平绒面，又把一小摞鸡尾酒用纸巾向吧台中间挪了挪，所有纸巾上都印着"月光"字样。

一切准备妥当。他很满意，去露台酒吧等待吩咐。他知道，萨瓦斯希望他能在那里。

一个繁忙的夜晚。酒店正在举行圣尼古拉奥斯节晚宴。马科斯穿过熙熙攘攘的客人，向酒吧走去，忽然有人伸出一只手臂，像路障般挡住了他的去路。他认得那个设计复古的华丽手镯以及和手镯搭配的蓝宝石戒指，是阿芙洛狄忒，她伸出手交给他一个空杯子。

这动作很专横。他没有选择，只能接过酒杯，走向酒吧。他生气，却只能默默接受。

马科斯和酒吧员工打了个招呼后走到露台另一边，陪几位新客人聊天。天气仍很暖和，待在外面也无妨。他会把他们逗笑，绘声绘色地描述当晚的卡巴莱歌舞。到了晚宴开始的时候，他知道，月光夜总会将座无虚席。

阿芙洛狄忒一直都知道马科斯在房间的什么位置。哪里有笑声，他就是哪里的中心。

年底，萨瓦斯宣布酒店的盈利是他预计的两倍。大受欢迎的夜总会是主要收入来源。

"在所有员工里，那个人才是我们最重要的财产。"他对妻子说。

阿芙洛狄忒默默听着，挤出一个微笑。

进入一月份，入住酒店的客人并不多，可餐馆和酒吧一直受人追捧，月光夜总会每天凌晨四点才打烊。阿芙洛狄忒仍需要订购一些软体家具，可她依然感觉无事可做。她已经没什么用武之地了。

一个周末，她给父母打电话，却无人接听。她立刻意识到出事了。马基迪斯夫妇从不在周日晚上出门。几个小时后，公寓的电话响起。是她母亲打来的。

"你父亲住院了。"她说，"你能来一趟吗？"

阿芙洛狄忒几乎没办法听懂她母亲在说什么。

"检查"、"消瘦"这些词几乎消失在了压抑的抽泣声中。

她订了最早到伦敦的机票，可抵达时已是星期二了。

阿耳特弥斯说检查确认特里福纳斯得了肺癌，都是他那"一天六十根烟"的习惯引起的，即便动了手术也不能治愈。他的病情恶化得非常快。

阿芙洛狄忒直奔医院，却发现母亲正握着父亲冰冷的双手。他已于一个小时前离世。

一开始，母女二人都因这个突如其来的噩耗不知所措，可她们很快就被悲痛和文书工作淹没了。她们知道在塞浦路斯如何安排丧礼，可此时身在异乡，要安排的事情太多，手续烦琐，复杂至极。特里福纳斯在附近的希腊人社区里有很多朋友，他们全都过来帮忙，女人们忙忙碌碌地做饭，男人们则提出了合理实用的建议。

萨瓦斯在三十六个小时后才来。

"亲爱的，我很遗憾。"他这话说得一点用也没有。

为什么遗憾？她不明白。为他不让她来见父亲，以致他们父女未能见到最后一面？为此，她永远也不会原谅他。

母女俩的眼泪从未断过，她们的哀悼中充满悲痛。萨瓦斯没有和她们一起伤心。

丧礼之后的几个星期里，萨瓦斯来来走走，只留下阿芙洛狄忒陪伴着母亲。每次他离开塞浦路斯，都很放心酒店的管理工作。马科斯很清楚他对打理酒店的要求，就连科斯塔斯也不如他。

四十天的追思结束后，该宣读遗嘱了。特里福纳斯给妻子留下了大笔财产，足够她今后衣食丰足。他有三个姐妹仍在人世，住在塞浦路斯，他给她们各留了一小笔遗产，然后把在日出酒店的股份留给了女儿。没有别的安排了。

"其他那些金融财产呢？"

"萨瓦斯，不要为了这些事生气，"阿芙洛狄忒试图安抚他，"他给我们的生意投了很多钱，或许他只有这些了。"她更在乎的是人的离世，而不是赚的钱没了。

"他一直在做出口生意，我很肯定。港区里的集装箱上都印着马基迪斯的字样。"萨瓦斯说，丝毫不掩饰他的失望和怀疑。

日出酒店来年夏天的预订已经满了，他曾和岳父通过长途电话，商量重新开发天堂海滩宾馆。特里福纳斯答应投资。一家竞争酒店正在建设当中，萨瓦斯知道他们即将被超越，所以很烦恼。如今遗产又这么莫名其妙地没了。

阿芙洛狄忒知道丈夫在想什么。低落的情绪像棺罩一样笼罩着他。

她的全部心思都在母亲身上，她建议阿耳特弥斯和他们一起回塞浦路斯居住。事实上，她和萨瓦斯都没有极力劝她，他们知道她伤心无比。特里福纳斯葬于索斯盖特，他的妻子想要留下来参加纪念仪式，而且她对塞浦路斯的感觉永远都不会改变。

追思结束后，阿芙洛狄忒终于回到了塞浦路斯。她发现科斯塔斯把酒店日常事务打理得井井有条，可很显然真正管理酒店的人是马科斯，萨瓦斯也是这么对她说的。

"找到这样一个人是我们的幸运，"他说，"他是个人才。酒店的财物事项他控制得很好。员工喜欢他，客户喜欢他……"

"布鲁切梅耶夫人很喜欢他，"阿芙洛狄忒插嘴道，"有时我觉得他在哄骗她……"

"阿芙洛狄忒！他当然不会这么做，别乱说！"

那人在副手的位置上干得有声有色，阿芙洛狄忒很讨厌她丈夫一向听不进任何不利于这个人的话。

悲痛之下，她不满萨瓦斯阻拦她去看望父母。连最后的道别都没做到，她心里充满怨恨。

8

萨瓦斯在岳父去世后决定，如果无法建造新酒店，就要改造现有酒店。撇开别的不谈，这可以使他那伤心的妻子分散注意力。他带着几分勉强和建筑师见了面，商量是否可以把天堂海滩宾馆的外观修饰一新，使宾馆显得更时髦。

阿芙洛狄忒负责选购内饰，为此忙碌了好几个月，她很高兴有事可做。

三月底的一个周五，她前往法马古斯塔中心区，去一位布料批发商的办公室。

那天早晨天空清澈无比，空气宜人，中央广场里的咖啡馆坐满了人，人们喝着咖啡，享受温暖的天气。通往广场的街道两边种满了橘树，树上开满了白色小花，空气中飘浮着香甜气息。城市年度文化活动之一的柑橘节即将举行，人们正忙着筹备。他们用柑橘建造了一艘大船，届时将带这艘船游街，庆祝它为这座城市带来的繁荣和健康。

阿芙洛狄忒边走边看商店橱窗。她有几家常光顾的商店，可总有新店开张，而时尚似乎天天都在变。到了冬天，她可能就要穿喇叭裤或者紧身连衣裤了，很多女模特都展示过，可她现在只想穿连衣裙，不同式样，不同花色，尤其现在正流行花卉图案。

刚从一家商店出来，她就见到了一张熟悉的面孔。是马科斯。他和一个年轻女人坐在一张咖啡桌边。他们笑嘻嘻的，聊得非常起劲。阿芙洛狄忒从未在酒店外面见过她丈夫的这位大管家，也从未想过他还有个人生活。她先是注意到他并没有穿短外套。她很少看到他只穿衬衫，因为这不符合酒店对员工的着装要求。此时他靠着椅背，她从未见过他这么放松。那个女人容光焕发，一头深色长发披散在肩膀上，脸上带着和马科斯一样的灿烂笑容，露出一排洁白的牙齿。阿芙洛狄忒想到她丈夫那已被尼古丁熏得微微发黄的牙齿。这两人明显相处得轻松惬意，比邻座的人都要自在。看到这样一对伴侣，阿芙洛狄忒不由得心生嫉妒。

见到阿芙洛狄忒，马科斯连忙站了起来。他也意识到他们从未在酒店之外见过面。认识了这么多年，还真有些奇怪。他彬彬有礼，依然用平时那种一本正经的语气向她打招呼。

"早上好，帕帕科斯塔夫人，"他说，"请容许我给你介绍……"

阿芙洛狄忒伸出手，就注意到那个女人正挣扎着要站起来。

"噢，请别站起来了，我没注意到你……"

那个年轻女人挺着肚子，站起来时肚子碰到了桌子边缘，只好再次坐下。

"几个月？"

"快八个月了。"她答，脸上散发着光芒。真是一朵盛开的鲜花。

"真好，"阿芙洛狄忒说，"就差一个月了！噢，祝你好运。等孩子出生了，马科斯会通知我们的，是不是，马科斯？"

她扭头看看她丈夫的副手，他点点头。说来也怪，或许是因为他在酒店那么受女顾客欢迎，她一直以为他单身。

阿芙洛狄忒告辞离开。她不打算和马科斯深谈。即便在最融洽的时候，和他说话也会不自在，何况她没法装出开心。

她刚走，便有一个男人来找马科斯和那个女人。

不管是和布商见面时，还是在那天下午的其他时候，阿芙洛狄忒发现自己都在琢磨那次偶遇。不知道为什么，发现马科斯有了妻子，而且即将成为父亲，她竟然有些心神不定，她不知道这是为什么。在过去的一年里，她一直盼着能有个孩子，却一次又一次地失望，或许这就是原因。

第二天上午，公寓的电话铃响起。萨瓦斯几个小时前就去酒店开会了。电话那端是个男人的声音，英国人。阿芙洛狄忒发现自己在颤抖。她母亲肯定出事了。

"是帕帕科斯塔夫人吗？"

"是的，"她说着，跌坐在最近的椅子上，她有些站立不稳，"请讲。"

"我是马修斯和腾比律师事务所的乔治·马修斯。"

一时间电话两端都陷入了沉默。他们不知道是不是电话又断线了。

"几个月前宣读你父亲遗嘱的时候我们见过面。"

阿芙洛狄忒并不需要提醒。

"我们手里还有其他一些文件……你在听吗，帕帕科斯塔夫人？"

"是的。"她轻声答，这才意识到电话和她母亲的健康无关。

"你父亲去世前更改了他在几家公司的所有权。现在这些公司都在你的名下。"

"可父亲的遗嘱……"

"这些不在遗嘱中。"

阿芙洛狄忒用了几秒钟才弄明白是怎么回事。她的父亲在钱财方面一向谨慎，肯定知道如何使他的遗产增加到最大限度。

"你母亲肯定知道这件事，并且同意了。"律师继续说。

阿芙洛狄忒久久没有说话。她此时意识到，在她最后一次见到父亲的时候，他或许就知道自己将不久于人世。

"帕帕科斯塔夫人……"

"我在……感谢你通知我。"

"你想知道其他信息吗？"

"暂时不用了，谢谢。过段时间再说吧。"

阿芙洛狄忒很想把这个消息告诉萨瓦斯。它关系到他们的未来，也正是她丈夫的期盼。

等到乔治·马修斯意识到电话真的断了，阿芙洛狄忒已经搭电梯下楼了。

她加快车速，沿笔直的公路前往酒店，穿过铁门，把车停在她丈夫的车子旁边。她快步走向入口，心怦怦直跳。

阳光斜射在擦拭得极光亮的玻璃上，她能清楚地看到门上自己的影子，而门内一片暗黑。她匆匆走进大厅，一下子撞到了正往外走的马科斯身上。手袋飞了出去，里面的东西散落在地上。

马科斯从未见过老板娘有步履不优雅从容的一刻，也没见过她未精心打理秀发、修饰妆容的时候。

几个员工立刻俯身把她掉落在家具下面和植物里的东西捡回来。

她并没摔倒，却掩饰不住怒气，一把从马科斯手里夺回她的车钥匙。

"你怎么不看路？"她说。

他默默站在一边，忍下这不白之冤，将大事化小。马科斯一直暗自数着被她苛责的次数，这次当然也算在内。

阿芙洛狄忒走向接待处远端一角标有"员工专用"的大门，没敲门就走了进去。

"萨瓦斯，我有话对你说。"

看到妻子，萨瓦斯有点惊讶。她看起来异常激动，几乎有些邋遢，可脸上挂着笑。他站起来，请科斯塔斯一个小时后再回来。

科斯塔斯尚未离开，阿芙洛狄忒就迫不及待地开口了。

"我们不再需要这些布了！"她从手包里拿出一块样品，扬扬得意地宣布，"没必要重新装潢了。我们要重建！"

"什么？"萨瓦斯问。

阿芙洛狄忒立刻将事情说了一遍。

"这么说我们的愿望就要成真了！"他大声惊呼。

萨瓦斯一直把新的酒店项目计划书锁在办公桌最底下的抽屉里，现在他把这份蓝图铺在办公桌上。这么久以来，他第一次对妻子露出了笑容。

"现在没什么能阻止我们了。"阿芙洛狄忒说。

"再给那个律师打电话。我们得尽快拿到那笔钱。这之前我可以申请贷款。"

"我想父亲一定会很高兴的。"阿芙洛狄忒答。

自特里福纳斯去世以来，他们之间的冷淡气氛第一次得到了缓和。

三个月后，阿芙洛狄忒出售了她父亲的公司，资金到位，天堂海滩宾馆拆除重建。

新酒店二十五层，六百个房间，档次稍低，目标市场瞄准那些不及日出酒店客人有钱的人，这样大规模的重建意味着酒店必须快速获利。如果他们倾囊投入，加快建造速度，支付加班费，用不了十八个月，新酒店就能开业。他们一起做了这个决定。他们投入得越多，收回利润的速度就越快。

"可能要再过一段时间，才能给你买新珠宝……"萨瓦斯假意歉疚地低声说。

"我想我的珠宝已经够多了，"阿芙洛狄忒说，"可我们的时间却不够多。"

这是事实。在日出酒店开业的第一年，收益源源不绝地流入，快到萨瓦斯都来不及理清，那时他经常给妻子买新珠宝。他从不同商家那里，按照盎司购买黄金和数套宝石，以便计算这项投资的原价。然后，他出钱找珠宝商，通常是城里最好的珠宝商扬尼斯·帕帕多普洛斯，来设计和打造珠宝，而阿芙洛狄忒会亲自参与这个过程。她虽喜欢极致简约和现代风格，却乐于借鉴在萨拉米斯古城古墓里发现的珠宝式样，在她的珠宝上加入一些细节。这样做可以提升价值，虽然在萨瓦斯看来，原材料的原有价值才最重要。

现今，除了水泥商和玻璃商，萨瓦斯没工夫见任何人，而且他已开始按计算他妻子珠宝的价值那样，估算新酒店的收益了。

伊里妮近来很少见到她的大儿子。现在，从上午九点到次日凌晨四点，他都要在日出酒店工作。他是任何酒店都希望找到的头面人物，客人的任何问题，不论是抽水马桶坏了，还是账单里出现了一个粗心的错误，他都能迎刃而解。每个客人都满意地离开酒店，很多人以为马科斯就是老板。

伊里妮也很难见到赫里斯托斯。他要么避而不见，要么就是不在。她怕自己无法承受，所以没去探究。还好，其他事情分散了她的注意力。玛丽亚刚刚生下一个男孩，这是她的第一个外孙，取名瓦斯拉克斯。伊里妮大部分时间都在她的房间里，给他唱摇篮曲。这样的平和与渐渐逼近的暴力形成鲜明对比。每次她丈夫从常去的酒馆回来，讲述 EOKA B 队又对哪个警察局或政客发起了爆炸袭击，她都会把怀中的婴儿抱得更紧些。

9

旺季来临，日出酒店生意大好，很快就成为塞浦路斯最火爆的酒店。有时他们不得不婉拒前来住店的客人，原因很简单，房间不够了。

侯赛因看着这些客人，心里纳闷，对于这座岛国的紧张局势，他们竟然浑然不觉。度假是为了休息和放松，人们在此期间可以不必理会工作，享受悠闲时光。很多人随意翻看着日出酒店里的各国报纸，却从不购买。酒店并不出售塞浦路斯的报纸，只售有《国际前锋论坛报》《泰晤士报》《费加罗报》《时代周报》和其他杂志。

侯赛因知道，若是看了当地报纸的头版，他们一定会心神不安。在美丽的大海、阳光和沙滩背后，一场内战正在酝酿之中。不论是否受到直接威胁，这种不确定感都令所有塞浦路斯人忐忑不安。

家里总有很多报纸，不是父亲就是阿里买回来的，这些报纸不可避免地引起了讨论甚至争论。过去几个月里发生了几十起爆炸和袭击事件，大都以警察局为目标，大量武器弹药被抢夺。四月的一天，帕福斯、利马索尔和拉纳卡三地二十四小时内发生了三十多起爆炸事件。

"不必烦恼，"看到侯赛因皱着眉头看头条，埃米内安慰道，"这次我们不是目标。"

"你母亲说得对,"他父亲哈里德说,"他们恐吓的对象不是我们。看起来马卡里奥斯总算有了点进展。"

为了和EOKA B队对抗,马卡里奥斯成立了一支新辅警队"战术警察预备队",任务是继续搜索,成立当月便抓捕了四十个格里瓦斯的支持者。

"二十世纪六十年代时就不一样了,"哈里德在消除孩子们的疑虑,"我们走在街上都担心会没命。"

侯赛因并不需要提醒,虽然他当时还是个小男孩,但依然记忆犹新,特别是一九六四年的夏天。当时塞浦路斯已处在战争的边缘。希腊族攻击了北方的土耳其族村庄柯克伊亚,他们以为土耳其军队将在那里登陆。土耳其族用凝固汽油弹和火箭弹进行了报复。虽然没有爆发全面战争,可那里还是遭遇了经济封锁,他们都经历了极度贫困。

那之后,哈里德带着家人搬进一个飞地村庄。没过多久,他的姐姐就带着儿子穆罕默德来投靠他们。这里比较安全,却与世隔绝。侯赛因最清晰的记忆就是饥饿。他们一同分享所有的食物,可还是吃不饱。基本的食物到不了这个社区,他们只能依靠父亲和表哥冒险在其他区域寻到的食物维持生命。

他记得,只要父亲他们天黑前没回来,母亲就特别着急。她会站在门口张望,一站就是好几个钟头,等到他们终于回来了,她会伸出手紧紧拥抱他父亲,仿佛她思念了他好几个星期。

有一天,只有父亲一个人回来了。片刻后,他们住的那条街上就聚了很多人,把他团团围住,问这问那。侯赛因被挤到了人群外,他只能踮起脚尖紧张地看着父母。

当时他年纪太小了,没人告诉他出了什么事,可女人们都在无声哭泣,男人们则异常安静。他惊恐地等着。肯定有事发生。

没过多久，他就看到父亲开车出了村子。当时是七月，卡车扬起了一大片尘土。

那天晚上，没人要他上床睡觉，那是唯一一次他可以和大一些的男孩子一起在街上踢球，不必担心与封锁街道一端的铁丝网太近。

天亮前，卡车回来了，他表哥的尸体就在车里。他第一次看到尸体。没多久前穆罕默德还和他一起在院子里玩，笑着闹着，拉着他转圈圈，充当守门员，让他这个弟弟运球过人。现在的穆罕默德却一动不动，十分苍白。很多人围住尸体，为了看得清楚些，侯赛因只好站在房间一边的椅子上。他想要好好看一看。

表哥大他十五岁。他一直在学习，想做一名律师，他的小表弟把他当英雄。

穆罕默德十分为自己的整洁外表而骄傲："一个男人应该始终穿干净的衬衫去工作。"他经常这么对侯赛因说。可侯赛因注意到那天他穿的有些不一样。他穿了一件脏兮兮的衬衫，深红色的衬衫恰如土耳其国旗。

虽然大人都尽可能地保护孩子，可现实无从回避。有人把他的表哥砍死了。他们没有再说起这事，可他们每天都会想起穆罕默德。几年后，厄兹坎家给意外到来的小儿子起名穆罕默德，关于他表哥的记忆以这种方式存续，一直是那么鲜活。

"好像他就是来替代你表哥的。"他母亲说，她当时四十一岁时，以为自己再也不会生孩子了。

侯赛因记得，那次事件后的一段时间，他们愈发吃不饱肚子了。家里人都不愿意冒险出去找吃的，所以一连好几个月，他们只能靠吃豆类果腹。当时的侯赛因十分瘦弱，此后也没再长胖，即便现在他已经成了一个受人注目的运动员，也是一样。

后来他们搬去了城里，情况一点点好了起来。周围似乎安全了，笑容又回到了他父母的脸上。不管是希腊族塞浦路斯人还是土耳其族塞浦路斯人，每个家庭都感同身受。

"我们是一起走过来的，"他母亲说，"我们爱的人死了，我们的身份就不重要了。痛苦都是一样的，都那么可怕。"

侯赛因注意到，父亲只是默默地听母亲说这些话，没有吱声。他通常不会公开反驳她，只会找些其他事去做，不是突然去干毫无必要的修理活，就是抄起一份报纸看当天的新闻，或是到外面抽烟。所有这些行为都是沉默的抗议。

永远是阿里出言顶撞他的母亲，在很多个晚上，激烈的争吵就这样开始了。

在美发沙龙里，埃米内和萨维娜聊个没完，聊过去，也会聊烫发，她能强烈感受到暴力的无力。她和这个年轻女人情同姐妹。这两个女人的家庭遭遇也十分类似。所以她的儿子大谈特谈战争，她反感到了极点。

埃米内和哈里德都知道，在两个大些的孩子之中，阿里更有政治头脑，可他们不知道他已经加入了土耳其抵抗组织。这个组织最早成立于二十世纪五十年代末，专门抵抗 EOKA 和所在社区的威胁。他们还为塞浦路斯与土耳其合并而战。阿里确信，要是父亲知道他加入了这个组织，一定会为他骄傲，可一旦告诉了父亲，就意味着他母亲也会知道。

阿里并不相信土耳其族塞浦路斯人是安全的。过去，他们的社区饱受威胁，土耳其政府曾准备插手干预，可没人说过他们现在还会这样做。在土耳其抵抗组织的秘密标志苍狼的指引下，阿里已经准备好去战斗。

"我们应该保护自己，"他在说服哥哥侯赛因加入组织时这么说，"父母若是觉得我们是安全的，那完全是他们在欺骗自己。无法证明六十年代的事件不会重演。"

侯赛因不愿意打仗。这违背他的本性。每当家里人为此争吵，他都会走出家门，回到滨海区，虽然他一整天都是在那里度过的。

一来到沙滩上，他就会冲进海里，让自己凉爽些，然后加入人手不够的队伍，参加比赛。他常和赫里斯托斯一队，有时候他们甚至结伴回家。

夏季一天天过去，侯赛因注意到他已经很少见到赫里斯托斯了。

当侯赛因在整理太阳椅、梦想成为体育冠军时，赫里斯托斯找到了新的兴趣点，与他这位队友的完全不同：学习自制炸弹和研究最佳突袭策略。

马卡里奥斯的政敌一直在策划阴谋对付他。马索尔警察局在一起爆炸袭击中被毁，司法部长遭绑架。格里瓦斯和他领导的 EOKA B 队势头迅猛。可即便赫里斯托斯他们发起的爆炸袭击搅得这个岛国鸡犬不宁，度假区的生活却依然如常。

阿芙洛狄忒每周都会在日出酒店做几次头发，每天晚上都参加鸡尾酒会。她经常见到马科斯，却几乎不搭理他。萨瓦斯已经把全部精力都用在了新建酒店的工地上，除了来参加鸡尾酒会，他很少露面。即便他不在，这座旗舰酒店依然运转正常，让阿芙洛狄忒不安的是，虽然没有正式职务，所有人都认为马科斯就是负责人。一切都没有正式宣布。

八月初，气温已超过了四十度，天堂海滩酒店的基石已经铺设完毕。他们为此举行了招待会。从那以后，萨瓦斯从黎明到黄昏都泡在工地里，之后开车从尘土飞扬的建筑现场直接前往日出酒店，和刚刚洗完澡、身上还湿漉漉的客人一起喝酒。

一天晚上，在晚宴结束后，他和阿芙洛狄忒默默开车回家。萨瓦斯难得地没有评论客人，或抱怨有需要修理和重新装修的地方。一回到公寓，他就径直走进卧室，和衣躺下。

"萨瓦斯？"阿芙洛狄忒问，"你怎么了？你不脱衣服吗，连鞋子也不脱？”

“用不着，”他低声说，“天不亮我就得起床。”

阿芙洛狄忒还没来得及把项链摘下来放进抽屉里，她丈夫就关掉了他那边的床头灯。

“你有必要每天都去工地吗？”

他突然打开灯，直愣愣地坐了起来。

“当然有必要！你怎么会问出这样的问题？”他累了一天，再加上喝了酒，脾气有些暴躁，“我必须去工地，可每晚在日出酒店应酬那些人……就不是我该做的事了。”

“什么？可那非常重要，萨瓦斯。比什么都重要！”

“对我来说并不重要，阿芙洛狄忒。”

相比结果，萨瓦斯对在建过程更感兴趣。他很喜欢看那些数字，从中估算每一根钢铁梁和每一块玻璃面板将来能赚回多少钱，而酒店的日常工作和应酬早已失去了吸引力。

“这么说，以后得我一个人去了？”

“明天再说吧，阿芙洛狄忒。我太累了，现在不想讨论。”

“不行！”她说，“现在就要说清楚。所有人都喜欢去露台酒吧参加鸡尾酒会，每个派对也都需要男主人和女主人，你说呢？”

“马科斯可以替我去。”

“马科斯？”阿芙洛狄忒丝毫不掩饰她的惊愕，“可他替代不了你！他只是个经理！夜总会的经理！”

“阿芙洛狄忒，你知道的，事实不是这样。你瞧，这些事完全可以等到明天早晨再谈；现在我只想睡觉。”

阿芙洛狄忒很讨厌她丈夫如此轻视她的态度。他们很清楚投资酒店的钱是从哪里来的。一开始，她感觉他们俩在酒店业务中是平等的，可自从萨瓦斯开始重建天堂海滩酒店，他就变了。现在他对她讲话就好像对着一个小孩子。

忽然，她脱口而出："别忘了钱都是打哪儿来的。"

一时间他们都没说话。阿芙洛狄忒真希望能收回这些话，可说出去的话就如泼出去的水，再也收不回来了。

萨瓦斯一声不吭地从床上下来，走出房间。客房门砰一声关上了。

她睁着眼睛躺了好几个小时，既悔恨自己失控，又气丈夫的固执，更恨他的提议。她绝对不会和马科斯一起扮演男女主人。这个想法真是太荒谬了。不管她丈夫怎么说，马科斯都不过是个打工的，只能负责检查酒水库存、擦杯子、找三流歌手来唱歌。

第二天早晨，萨瓦斯出门时没有叫醒妻子。她起床后来到厨房，看到桌子上有张纸条。

　　我昨天说的是认真的。今天对我来说是漫长的一天，我希望马科斯今晚去主持鸡尾酒会。

　　他会在六点半和你在日出酒店碰面。希望你能多睡会儿。

没门，她心想。我绝不接受。

在那年夏季最热的一天，她心里的怒火比太阳还烈。

10

　　这天，阿芙洛狄忒到日出酒店的时间比平常早一些，她先去做了头发。一位酒店客人刚刚拆了发卷，萨维娜正把她的头发反梳成时髦的蓬松发型。

　　"帕帕科斯塔夫人，你好吗？"她一边忙一边抬头问。

　　"有点累，萨维娜。睡得不太好。"

　　"昨晚太热了，是吧？"

　　"我甚至都没合眼，今天会更热。"埃米内接口道。

　　阿芙洛狄忒强挤出一丝笑容。她们怎么会知道她家里的空调一直开着，十分凉爽。这闷热的天气并不是她失眠的原因。

　　"我们今天弄个什么发型呢？"埃米内问。

　　阿芙洛狄忒拆开她的发辫，头发滑过肩膀，垂到腰际，宛如融化的巧克力。她看着镜中的埃米内。

　　"我想剪发。"

　　"照旧？"

　　每隔六个星期，埃米内都会把阿芙洛狄忒的头发剪短半英寸，一连几年都是这样做的。

　　"不是。我想剪短。"

美发师听了有些吃惊。阿芙洛狄忒从镜子里看到了她吃惊的表情。这么多年来，她头发的长度从未变过，方便做成任何发型：发髻、发辫或塞浦路斯的传统发型。

"剪短？"

那位客人付账走了，萨维娜也走过来站在她身后。

"为什么？怎么剪？"她难以置信地问道。

阿芙洛狄忒从包里拿出一本杂志，交给她们。杂志上那位美国女演员的头发只到肩膀。

两个美发师站在那里仔细看杂志里的照片。埃米内捏起阿芙洛狄忒的一缕长发又放下。

"能做，"她说，"可你确定吗？"

"剪完后你肯定会大不相同！"

"萨瓦斯会怎么看？"

要是一个女人想做重大改变，她们总这样问，经验告诉她们，丈夫很少能接受这样的改变。

"我的头发我做主，"阿芙洛狄忒答，没有理会这个问题，"反正以后还会长起来。"

两个美发师惊讶地面面相觑，谁都没有说话。这么多年了，阿芙洛狄忒第一次提出给她的头发做这么大的改变，还不愿多谈，真是太奇怪了。可她们看得出来她是认真的。

埃米内把一件深色长袍罩在阿芙洛狄忒的白色长裙外，清洗她及腰的长发。虽然不情愿，可她还是拿起了剪刀。一缕缕十八英尺长、浓密又湿润的头发掉落在地上。她用专业的细致态度为她的头发剪出造型和不同层次，不时看看放在阿芙洛狄忒腿上的照片，确保效果一致。剪完后，她在阿芙洛狄忒的头发上卷了一些发卷，让她坐在加热罩下面。

阿芙洛狄忒看着萨维娜把她剪掉的深色头发扫成一堆，就好像看着她的最后一点童真消失殆尽。

四十五分钟后，计时器嘟的一声。埃米内熟练地拆掉发卷，阿芙洛狄忒要的发型做好了。

把头顶处的头发微微向后梳，再喷上一些发胶，就和图片里的发型一模一样了。

阿芙洛狄忒看着镜子里的自己笑了。

"给你看看后面的效果！"

萨维娜拿着一面小镜子站在她身后。她的头发轻拂耳垂，末端微微晃动。她脱掉长袍，新发型的整体效果一目了然。她的眼睛显得更大，脖子更长。现在，不管脖子上或耳朵上戴了什么珠宝，都会更加打眼。她从包里拿出一条蓝宝石项链戴上，和她那身低圆领白色长裙搭配在一起，整个人看起来明艳动人，美丽不可方物。

两位美发师站在一边看着她，眼神里带着羡慕。

"老天，老天，真美。"埃米内说。

"这就是我要的效果。"阿芙洛狄忒说，自从来到发廊，这是她第一次绽放笑容，"非常感谢你们。"

她在她们前面转了个圈，重新涂了唇膏，拥抱了她们两个，然后离开。她们很久没见过她这么高兴了。

弄头发的时间比她想象的稍长了一些，等她回到大厅，露台酒吧里已经来了不少人，她加快了脚步。

马科斯在入口处等阿芙洛狄忒，从这里他可以看到接待台后面的钟表。她迟到了，他对此并不惊讶。他有点怀疑她故意以此来引人注目。那天早些时候，萨瓦斯给他打电话，请（用"命令"更合适）他代他去参加鸡尾酒会，马科斯说这是他的荣幸。然而，这是萨瓦斯第一次要求马科斯去做他不愿意做的事。不过他没得选择。

晚上他提早去了一会儿。他穿了一件新做的西装，去休息室里把鞋子擦得闪闪发亮。看到墙上镜中的自己，他才意识到已经很久没理发了，只好向后一捋，拨开挡住脸的几绺头发。

就在他等阿芙洛狄忒的时候，两个女客人走过接待处。从深古铜色的皮肤和黄色的头发判断，他觉得她们应该是瑞典人。他能感觉到她们欣赏的眼神，其中一个还回头看了他一眼。

忽然，他的视线被另一个女人吸引了。那女人一袭白色长裙，正大步走过大厅。

如果不是那条熟悉的蓝宝石项链，马科斯几乎认不出阿芙洛狄忒了。当他意识到来人就是老板娘，连忙走上前去迎接她，带着十分自然的微笑。她的发型是新的，可还有些地方也不一样了。

"帕帕科斯塔夫人……"

阿芙洛狄忒停下脚步。

"您丈夫要我今晚陪您……"

"我知道。"阿芙洛狄忒答。

马科斯强忍住，没有赞美她，因为他知道这样做的后果。今天晚上，老板娘必定比平常更希望与他保持距离。对此，他确定无疑。

他们拉开一米的距离，一起走进酒吧。有那么一段时间，他们一起和一群人说话，然后分开应酬了一个小时，每次看到阿芙洛狄忒露出茫然的目光，马科斯都会过去给她解围。有些客人不爱说话，还有的直言他们更想和男人交谈。

阿芙洛狄忒并非不感激他。

到了晚宴时间，他们两人被安排同坐主桌。一开始，他们只是僵硬地坐着，忙着和身边的人说话，之后，他们终于转向对方。

阿芙洛狄忒只能想到问马科斯一件事。她一直记着这件事。

"你的孩子出生了吗？"

"我的孩子？"他问道。

接下来一阵尴尬。她问了不该问的事吗？

"噢，你说的是玛丽亚的孩子！我妹妹的孩子！"

"啊！你妹妹……我还以为……"阿芙洛狄忒睁大眼睛。原来弄错了，她觉得自己有点笨。

"她两个星期前就生了。我外甥的名字和他外公的名字差不多。母子平安。"

又一阵尴尬。

"你以为我要当父亲了！"他脸上浮现出一抹灿烂的笑容，说话时，他的手就悬停在她手臂的上方，"我想我还没准备好。"

阿芙洛狄忒也笑了。她猜对了。这个男人并没准备好安定下来。

马科斯很聪明，没问她任何问题。这个话题告一段落，可在那一刻，他的手几乎触到了她的皮肤，她感觉他们之间的冷淡稍稍缓解了。

从认识开始，那是他们交谈最长的一次。她一向都和丈夫一起见马科斯。那天晚上，她惊讶地发现他的仪态无可挑剔。他尽了一个员工的本分，甚至没有评论她的新发型。她倒希望他能夸一夸她。

用餐完毕，阿芙洛狄忒自己开车回家，马科斯去了月光夜总会。

她回到公寓时发现萨瓦斯已经睡着了，可第二天早晨，他先醒来了。

"你到底干了什么？"

他愤怒的声音把阿芙洛狄忒从美梦中吵醒，她直愣愣地坐了起来。

"真像是一觉醒来发现身边躺了一个陌生人！"他喊道。

他一面扣衬衫扣子，一面继续咆哮。

"好端端的去剪头发！自从我认识你，你的头发就那么美。"

"因为我以前还是个小孩子。"

"我希望你能再把头发留长。"

"到时候再说吧。"她带着睡意说。

他安静地穿好衣服。她能听到他系鞋带的声音，即便闭着眼，她也能感觉到鞋带的主人有多生气。

"今晚，"萨瓦斯站起来说，"还是马科斯代我去。"

阿芙洛狄忒什么都没说。萨瓦斯一准以为她不高兴了，她很满意这种效果。

接下来的一个月，就连周末也要施工，萨瓦斯一次都没去参加酒会。噪音，酷暑，灰尘，这三者加起来令人疲惫不已，可他知道，如果他在场，施工就不会停止。

他们每天只能相处几分钟，但这短短几分钟，足以让阿芙洛狄忒发觉丈夫的脾气暴躁到了极点。

"你怎么不休息一天？"一天早晨她问。

"你知道为什么，"他厉声说，"我们在赶工期。要是明年不能开业，就会错过整个旺季。你为什么总是问我能不能休息？"

相比之下，马科斯则显得悠然自得。在客人面前，他总是面带微笑。八月结束，进入九月，阿芙洛狄忒已经把每晚和他一起主持酒会视为理所当然了。

她发现自己一整天都盼着去鸡尾酒会，她从未这样过，而且一到五点她就去发廊做头发，确保打扮得漂漂亮亮。

"她真是容光焕发，对吧？"一天下午，发廊打烊时萨维娜说。

"自从换了发型，她整个人看起来都不一样了，"埃米内表示同意，"她似乎兴奋起来了。她的确需要振作，毕竟她可怜的父亲已经……"

"我不是这个意思。不知道她是不是……你知道……"

"你想说她怀孕了？"

"是呀！对他们俩来说，这不是很好吗？"

"是倒是，可她的腰那么细……不像。"

"有些女人怀孕很长时间也不会变胖。"

"我觉得你想多了。我肯定，要是她怀孕了，一定会告诉我们的。"

阿芙洛狄忒容光焕发的原因并不是萨维娜所认为的。

虽然阿芙洛狄忒和马科斯之间还很拘谨，他也依旧称呼她"帕帕科斯塔夫人"，可她意识到，她对他的讨厌似乎不那么强烈了。

一天晚上，用餐期间，他提到了一个他早就想说的话题。

"月光夜总会——"

"这是个很美的名字。"她替他说完了后半句。

她笑了，可他不确定那是不是真心的笑容。

11

　　萨瓦斯每天要在工地里吸十四个小时的灰尘，还要忙活几个小时的文案工作，他觉得自己得比塞浦路斯的其他男人都努力。

　　他那位得力助手的工作时间与他不相上下。过去几个月里，马科斯既要照管月光夜总会，还要兼顾酒店里的其他工作，每天要在日出酒店里待至少十六个小时，可他只需要睡一会儿即可，并无怨言。

　　每天凌晨时分回家，弟弟都还没睡觉。赫里斯托斯搬进了他自己的房间，而他和他那帮朋友习惯在那里开会，他们越来越活跃。十一月，五百英里外的雅典点燃了他们的激情。

　　自一九六七年发生政变，六年来希腊一直由乔治·帕帕多普洛斯领导的军事独裁政府统治。现在，以严刑折磨不同政见者而闻名的迪米特里奥斯·约安尼季斯把帕帕多普洛斯赶下台，并取而代之，开始了更为残酷的统治。

　　塞浦路斯和希腊合并一直是希腊高级军官的目标，这位新上台的独裁者开始公开地煽动。在约安尼季斯的授意下，塞浦路斯国民警卫队里较温和的希腊官员逐渐被狂热的反马卡里奥斯官员取代。EOKA B 队的成员知道这是一个大显身手的好机会。这个由马卡里奥斯组建的组织，如今却与他为敌。

对很多人来说，政客和军人的政治活动对他们的日常生活没什么影响。他们一如既往地过日子，虽然注意到了暗流涌动，却依然更关注自己。伊里妮过着忙碌的生活，不仅要照顾她的外孙，打理小花园里的植物，为家里人做吃都吃不完的食物，还要和她的金丝雀聊天。瓦西利斯每天都去查看柑橘，收橄榄，还在他那片肥沃的黑土地上开辟了一片新土豆田。干这些活，他的体力已经达到了极限，但只要手里握着表皮粗糙的柑橘或沉甸甸的橄榄，看到地里长了满满一层嫩芽，他就会觉得付出是值得的。对他来说，这种乐趣无可比拟，有助于他忘却身体的疼痛。

在赫里斯托斯看来，在遥远的雅典发生的事意味着 EOKA B 队会采取更多行动。新领导人迫不及待地反对马卡里奥斯。去年，他所在的小队参与了几次针对警察局的袭击，缴获了很多武器和弹药。

马科斯肯定赫里斯托斯参与了袭击。他觉得弟弟有些天真和理想主义，就像个非要做一件别人做过并且已经失败了的事的小孩子。

"赫里斯托斯，我要告诉你多少次人们在五十年代的经历，你才能明白？"

马科斯混迹于 EOKA 时，最早接受的任务之一就是去写标语。能在警察局墙壁上涂"一小时的自由好过四十年的奴役和监禁"这样的话，在他看来就是勇敢之举了，他没干过更激进的事。

他的很多朋友都干过，所以他一直是个嫌疑犯。十七岁那年，在一次搜捕行动中，他感觉一把英国枪抵在了他的背上。那是他距危险最近的一次。

他的许多同学都坚信塞浦路斯和希腊合并是一项神圣的使命，单凭这个原因，上帝就会庇佑为此而战的人。他们就是这样理解马卡里奥斯总统的教导。

他在学校认识的一个朋友死于英国人的子弹下，另一个在一九五九年被绞死，在一切尚未发生之前，马科斯就意识到这并非儿戏。死亡就在不远处，散发着刺激的臭味，它很丑陋，鲜血的气味很刺鼻。他当时就知道，虽然马卡里奥斯宽恕了暴力，可这种恶臭同代表宗教的焚香味毫无关联。

后来塞浦路斯共和国宣布成立，他对教会的仅有信仰也消失殆尽，他一直瞒着母亲。他不再相信塞希合并是一项神圣事业。

"马科斯，关键在于你放弃了。你没有抵达终点。"

"赫里斯托斯，没有我们，塞浦路斯现在还得听英国人的。"他轻声说。他知道母亲就在下面，也知道要是她听到他们提高音量，一准会忐忑不安："没有我们，就永远不会有独立！"

"我不是这个意思，你知道的！"

赫里斯托斯太年轻了，不仅不明白自那时以来世事发生了多少变化，还固执地拒绝去了解马科斯如今的想法。在法马古斯塔，旅游业持续发展，各种贸易蓬勃向上，创造了经济奇迹。马科斯还记得那段贫困交加的过去，他更喜欢现在。

他看得出来赫里斯托斯对合并怀揣满腔热情。从个人角度来说，他不再关心合并，可随着国家的动荡不安，他想象得到弟弟将卷入怎样的危险。

虽然马科斯连连质疑赫里斯托斯，可他真的很同情他，毕竟他们是亲兄弟。他不想卷入斗争，可他或许可以帮帮忙，保证赫里斯托斯的安全，让危险远离他。他并不准备制造炸弹、安放饵雷，也不打算在夜深人静时密会、策划破坏行动，不过他也许可以找到一个办法，还不会让自己置身险境。

"我不会为格里瓦斯而战，"他对赫里斯托斯说，"不过我会在其他方面尽一份力。"

他的计划和早前在他心里产生的一个想法不谋而合。

多年的努力，让他成为萨瓦斯不可缺少的帮手，并且坐稳了得力助手的地位。然而每当他呈上详尽的一周账目，他的老板竟然没有一点谢意。月光夜总会的成功及其带来的巨额收入都被视作理所当然，这些钱立刻就被投入了新项目中。

他额外投入了大量的时间和精力，却没有奖金，也没有加薪，所以马科斯的怨气越来越大。如果萨瓦斯不准备给他的努力以恰当的肯定，他或许就要自己去找平衡了。他感觉目前的付出和收获不成正比。

事实上，马科斯已经有了周密计划。自从新项目开始，萨瓦斯就不再管理日出酒店的具体事务了。他把以前对他来说十分重要的东西抛到了一边，不再关注生意上的细枝末节，这给了马科斯充分的自由。

日出酒店的大多数客人都用美元、英镑和德国马克付款，总要过一两天才能把这些钱安全存进银行。夜总会旁边预建有一个地下保险库，里面有一排保险箱。酒店每天收到的现金和契据合同等重要文件都放在里面。

存放保险箱的保险库有两道铁门和三道锁。除了夜总会，酒店还有很大的地下空间。那里是酒店的隐地，不雅观的部门都被隐藏了起来，比如洗衣房和锅炉房。

月光夜总会的收入在酒店现金总收入中所占比重最大，保险库的钥匙自然由马科斯保管，他要确保把现金安全送进银行，或在发薪日送到萨瓦斯的工地办公室。拥有保险库的完全控制权后，他发现了权力带来的乐趣。

"要是你需要一个安全的储藏点，尽管告诉我，"他对赫里斯托斯说，"我知道这样的地方。"

"谢谢，马科斯，"他弟弟答，"我记住了。"

这次谈话过后没多久，赫里斯托斯就去找哥哥帮忙。

那天，准备去上班的马科斯照例去母亲的院子里喝咖啡。快年底了，可阳光依旧温暖，所以他们还能坐在外面。天空湛蓝。这可真是美好愉快的一天，瓦西利斯早已开车去了他家的小农场种胡萝卜。

马科斯正在欣赏母亲叫他搬到温暖阳光下的天竺葵。

"亲爱的，它们看起来快乐多了。谢谢你。"

伊里妮身着披肩和羊毛裙，坐在桌边休息，她看到她的小儿子从大门外走了进来。

"赫里斯托斯，多好的惊喜啊。你好几天都没来看我了。"

马科斯瞥了他一眼，饶有兴味地看他会找什么借口。

"我很抱歉，母亲。这几天修车厂很忙……能给我一杯咖啡吗？"

"当然可以，亲爱的。"

她匆匆走进屋里，再高兴不过了。

"马科斯，"一等到母亲听不到他们说话了，赫里斯托斯立刻开口，"我需要你的帮助。"

一两分钟后，伊里妮端出了一盘刚刚烤熟的杏仁饼干，上面的糖霜还没融化。

两个儿子立刻沉默了，不过该说的已经说完了。

"你怎么没去上班？"伊里妮问。

"休息一天。"赫里斯托斯立即答道。

他吃了一块饼干，站起来就走。

"可你的咖啡还在屋里呢！"

"对不起，母亲，我得走了。我还有事。"

"噢，"她说，显然很失望，"没关系……"

他轻吻了一下她的脸就离开了。

伊里妮到厨房里关上炉火。咖啡就要煮沸了。

她回来时看见马科斯依然坐在院子里。

"真是来去匆匆，"她说，"他还好吗？过去几个晚上楼上总是很吵。"

马科斯没有回答。前几个礼拜他都是凌晨四五点才回家，那时赫里斯托斯的朋友早走了。

"他……也有份吗？"

"什么意思，妈妈？"

"马科斯，你知道我什么意思。你父亲充耳不闻，可我不行。我听不清他们在说什么，但我知道他和他那些朋友可不是在玩牌。"

马科斯吸了一口烟，争取思考如何回答的时间。

"我不常出门，可我听到了很多传闻。"他母亲继续说。

她把饼干渣扫进手里，心不在焉地把它们放进围裙口袋。

"我知道幕后黑手是格里瓦斯，我不希望你们两个人和他有任何牵扯。他是个坏人，马科斯。"

"妈妈！"

"我是认真的，马科斯。他杀希腊族，也杀土耳其族。那个人连一点好心肠都没有。"

伊里妮满眼含泪。她再也不能保持平静，陷入了绝望之中。她没读过书，可她一眼就能读懂她两个儿子的行为。她很清楚，赫里斯托斯神秘兮兮又沉默寡言绝对不是表面上那么简单。虽然 EOKA B 队行事诡秘，可大家都知道他们的存在，也被他们所影响。人们有时会成为特定的攻击目标，有时会被迫为 EOKA B 队提供支持。若要奋起反抗是需要勇气的。

她感觉赫里斯托斯已经加入了这个组织。他做事总是鬼鬼祟祟，而且她知道他时常翘班，她会不时去检查。他在街尾一家修车厂当修车工，伊里妮经常假借去商店之名从那里经过。要是看不到他那头蓬松的黑发，就意味着他没来上班。

他不规律的探访时间也出卖了他。以前他下班后总来看她，双手沾着黑色的油。现在他很少来了，总是很晚才回家，而且他的手很干净。

"妈妈，别担心了。赫里斯托斯知道怎么照顾自己。"

"可我担心的不仅是他一个人，马科斯。我在乎的是我们每一个人。我再也不想经历从前那些恐怖的日子，也不想生活在恐惧中。要是不支持格里瓦斯，就不会发生那么可怕的事。"

"你不用这么焦虑……"

"你不记得了吗？他竟然处死了咱们村里的那个女人！我们差点就失去了你父亲！我现在做噩梦还会梦到那段日子。"

"现在和那时不一样了。"

"我不知道你为什么这么肯定。格里瓦斯还是格里瓦斯。他的目的没变。他并没有改变心意。"

"可他失去了从前的支持者。"

"我们的总统不支持他了，这我知道。所以他更小心了。"

"我想他知道什么是危险，妈妈。"马科斯说。

这对母子沉默了片刻，伊里妮起身忙着收拾杯碟，打扫，给植物浇水，马科斯则一声不吭地喝咖啡。

"带句话给赫里斯托斯，行吗，"她恳求道，"上帝或许不会再次庇佑这个家。"她双臂抱胸，看着她的儿子，眼里噙满了泪水。

马科斯站起来拥抱她。

"我会和他谈谈的，"他柔声说，闻着她皮肤散发出的熟悉又甜蜜的气息，"不要担心，妈妈，千万不要担心。"

她的儿子不仅有丝绸般的头发，还拥有温暖的怀抱。她所有的焦虑一扫而空。马科斯就有这个能力。在这个世界上，他是她最爱的人。

那天下午，马科斯开车去上班，他知道他对母亲说的不全是实话。他很清楚自己对她的影响。他从小到大都在练习如何向伊里妮施展魅力，成年后，他明白了自己对其他女性的吸引力。就像魔力。

他知道微笑的力量比意识和语言的还要大。小时候他就明白，笑就能得到回报，这如同一种特殊能力。

他反感阿芙洛狄忒，是因为在他们第一次见面时，他没能用笑容征服她。就是从那一次见面开始，他俩就在用怨恨和竞争酿造苦涩的鸡尾酒，后来，他们争着博取萨瓦斯的赞扬和关注，怨恨和嫉妒与日俱增。自从日出酒店在十八个月前开业以来，他无奈于每天和老板娘的见面。他承认她是个美女。不管别人怎么说，她的确身材窈窕，比例协调，是难得一见的美人。

现在，她每晚都来出席酒会，佩戴着珠宝，身着昂贵的衣饰，而他依旧对她展现笑容，不过他明白不必盼着她有所回应。阿芙洛狄忒不是他喜欢的女性类型。在他看来，她明显被宠坏了，先后被她父亲和丈夫毁了。但是他发现她和自己一样，对萨瓦斯十分不满，他开始琢磨是否可以利用她。

阿芙洛狄忒和萨瓦斯冷战了好几个月。从前，她感觉他们是平等的，可以一起拿主意，一起分享利润。虽然白纸黑字写明了酒店是夫妻共同所有，可他现在的所作所为就好像他是唯一的所有人。他太专注于工作了，竟然都没有注意到她的怒气。相比之下，马科斯每晚尽责出席酒会，魅力无可挑剔。

一天晚上，她终于对自己坦白，她不像从前那么讨厌马科斯了。新年刚过，酒店正在举行"塞浦路斯之夜"活动。客人围成一个圈，观看舞者示范基本舞步。

"你会跳吗？"他们用完甜点时马科斯问道。

阿芙洛狄忒飞快地看了一下他的眼睛。她第一次注意到他有一双深绿色的眸子。恰似一对绿宝石，她心想。

"当然！"她说，"怎么可能不会？"

"我只是以为……"

她知道他在想什么：他以为在她看来跳传统舞蹈有损她的形象。

为了证明他是错的，她站起来，和舞者一道翩翩起舞，展示她精湛的舞步。她拉起站在边上的一对夫妇的手，耐心地教这对新手舞步。

　　马科斯看着她，不禁着迷了。他的目光随着她来回舞动。是的，她确实会跳舞，随着舞步越来越快，他意识到她是个舞蹈精灵。

　　布鲁切梅耶夫人也和大家一起跳，她已经掌握了很多舞步，还能指导其他客人。

　　活动快结束的时候，舞步越来越快，新手们站在一旁观看，马科斯也加入其中，跳起了Zeibekiko舞。现在轮到阿芙洛狄忒当观众了。这位夜总会经理吸引了所有人的目光。他的身体柔软灵活，十分适合跳这种迷人的男性舞蹈。所有人都和着音乐打拍子，他则不停地旋转，伸出手臂，完成了一连串杂技般的飞跃动作。

　　乐队演奏完毕，将近两百名客人和工作人员一起热烈鼓掌，他们都被这氛围感染了。这样的欢快可遇不可求。

　　那个晚上，她看到了马科斯的舞姿，不再单纯地把他想作她丈夫的得力助手。看着他走下舞池，几绺闪亮的黑发贴在额头上，太阳穴亮晶晶的，眼睛因Zeibekiko舞带来的活力兴奋不已，绽放着光芒，她发现自己无法从他身上收回目光。她向他走近了一步。

　　"噢，别离我太近！"他哈哈笑着说，"我浑身都在冒火，就像一只烤乳羊！"

　　他早已脱掉了夹克，汗水浸透了他的衬衫。

　　这是他第一次叫她不要靠得太近，这是她第一次渴望靠近他。

　　他们都感觉到对方身上散发出来的热量。

　　客人们纷纷前来感谢阿芙洛狄忒，随后各自散去，有的去了夜总会，继续享受这个美妙的夜晚。正是午夜时分。

　　除了负责收拾桌子的一名侍者，大厅里只剩下阿芙洛狄忒和马科斯两个人。

"你得走了。"阿芙洛狄忒说。

她情不自禁地碰了碰他的手臂。这完全是一个下意识的动作，而且刚一触到他，她就收回了手。

"高级酒保说了他今晚负责看店，"马科斯说着对她笑了笑，"不过他肯定希望我这就过去。我们今晚干得不错。"

"我也要走了，"她飞快地回应道，"谢谢你帮忙展示舞步。"

她快步穿过大厅，来到酒店外面，微微有些兴奋。舞厅里很热，她的脸上带着晶莹的汗珠。她站在酒店的台阶上，深深地呼吸着新鲜空气。

马科斯看到阿芙洛狄忒手中握着汽车钥匙站在酒店的玻璃门外。他一直都在期待与她的身体接触，而就在她触碰他的那一刻，一个主意在他脑海里成形了。

12

　　一整个冬天，马科斯都在兑现他对赫里斯托斯的承诺。他弟弟每周总有一两次交给他一个用牛皮纸和绳子包装整齐的小包，上面的地址是那些早已移居伦敦的远房亲戚。每一个远走他乡的塞浦路斯人都十分怀念故土的水果，他们的朋友和家人会定期给他们寄去故乡的果子。在距家园两千英里的地方，他们要保留故乡的风味，需要依靠祖国的草木香料，家乡大山里的蜂蜜，以及自家果园里的橄榄油。他们怎么也想不明白，橄榄油在英国竟会被当成药物，只能在药店里买到一点点。

　　他把这些包裹放在公文包内，或者夹在腋下带进日出酒店。即便出门时碰到母亲，她也不会有丝毫的怀疑。她知道很多亲戚都盼着这些必需品，她也常去邮局邮寄。

　　警察检查马科斯的几率微乎其微，这些包裹也不会引起怀疑。一来到月光夜总会，他首先进入保险库，取走前一天的现金，把那些包裹放进保险箱，再去银行存款。

　　如果赫里斯托斯需要这些包裹（有时候攒到三四个一起要），马科斯会把它们送到他打工的汽车修理厂。他从来不问里面装了什么。这样一来，他的良心无愧，双手也是干净的。

兄弟俩都明白，这些事情越保密越好。若是伊里妮问起（她偶尔依旧会询问），马科斯则凝视他母亲的眼睛，向她保证他们都很安全，他不会参与。

　　"我年纪大了，已经拿不动枪东奔西跑了。"一天，他一边喝甜度适中的咖啡，一边调笑道。

　　"可你只有——"

　　"二十九岁！妈妈，我已经老了！"

　　伊里妮笑了。

　　马科斯当然不老，可领导新合并运动的那个人已经上了年纪。一月底，格里瓦斯将军暴毙，时年七十四岁。

　　格里瓦斯的死并不意味着恐怖活动的终结。相反，希腊军政府开始派遣更多心腹军官进入塞浦路斯。他们一直都在寻找借口深入干预塞浦路斯内政。他们计划把马卡里奥斯赶下台，推举自己人上台，只要土耳其人能置身事外，他们很快就可以完成合并大业。这正是他们的如意算盘。

　　军队规模日益扩大，帕帕科斯塔的新酒店也已初具规模。天堂海滩酒店的巨大混凝土外壳在海上投下了硕大阴影。帕帕科斯塔眼中只有新酒店的美，其他酒店业主却被它的超高规模和丑陋外表所震撼。萨瓦斯要求所有人加班加点，所以每天都能看出进展。日出酒店的收入越多（尤其是月光夜总会的收入）新酒店的建造速度就越快。随着新酒店大楼高度的增加，他雇用了更多的劳工。

　　现在萨瓦斯很少出现在日出酒店，阿芙洛狄忒已不再介意。她意识到，她很盼望夜晚的来临。她不再视晚上的酒会为负担。每天晚上马科斯和她打招呼的方式都加深了这种感觉，他们一起去吃晚餐时，她的礼貌完全出于真心，并且感谢他为她拉出椅子。

　　春天来了，群山开满野花，田野里尽是翠绿的嫩枝，主厨提议庆祝一番。四月中旬，日出酒店举行了"告别冬日"主题晚宴。舞厅里装饰了华美的兰花、罂粟花和风信子，萨瓦斯甚至抽不出时间来参加这场活动。

这个冬季天气暖和，特罗多斯山只飘了零星小雪，布鲁切梅耶夫人每天依旧在黎明时分去游泳，她那看起来十分年轻的柔软身体划破了平静的海面。今晚，她坐在主桌马科斯的左边，健美的手臂依旧是去年晒成的古铜色。

当晚的特色是海鲜拼盘，带有由龙虾、海螯虾、扇贝制成的雕刻装饰。牡蛎从法国空运而来，还有鱼子酱和熏三文鱼。色香味俱全，让人胃口大开，斟酒侍者成功说服客人用香槟佐餐。

马科斯殷勤地照顾布鲁切梅耶夫人。整整半个小时，阿芙洛狄忒看到的都只是他的后背，她不得不和旁边一个上了年纪的塞浦路斯当地人聊天，这人曾是个政客，也是她父亲的好朋友。

"我很想念他，"那个人说，"真是个惊人的噩耗啊。"

"是啊，"阿芙洛狄忒答，希望这样的对话不会持续太长时间，"母亲至今依然没能从他去世的悲痛中走出来。"

"她现在一个人生活吗？"那人的妻子问。她探身过来，用富有穿透力的眼神看着阿芙洛狄忒。

"是的，"阿芙洛狄忒说，"她不想回塞浦路斯。我已经劝了她很多次了。"

"嗯，可以理解，毕竟发生了这么多事……"那个男人突然插嘴说，讨厌地影射到了她的亡兄。

接下来的几分钟，这三个人只是默默地吃东西。

"没准儿有了小帕帕科斯塔，她就会回心转意，"那位妻子欢快地说，"我恨不得每天都守在我可爱的孙子身边。"

阿芙洛狄忒知道她母亲不喜欢这个女人，现在她知道为什么了。

"我认为她的决定很正确，她不会后悔，"那位丈夫道，"这里不再安全了。现在谣言满天飞，谁知道下一刻会发生什么。"

阿芙洛狄忒问道："谣言？"

"少用你那些烦心事打扰帕帕科斯塔夫人，"妻子插话，"我肯定她对现在的局势早有耳闻。"

又是一阵停顿。

恰在此时，阿芙洛狄忒感觉有什么东西碰了碰她的肩膀。是马科斯，为了吸引她的注意。

"帕帕科斯塔夫人，"他说，"请看！"

他伸出一只手；手掌里有一颗小小的珍珠，和剥开的豌豆差不多大。

"差点崩断我的牙，"他满脸堆笑，"是从我的牡蛎里找到的！"

他把珍珠放进香槟杯里清洗干净，用叉子捞出，再用餐巾擦干，送到阿芙洛狄忒面前。

"送给您。"他说，"这是来自海浪之下的奇迹。正如塞浦路斯岛之女神阿芙洛狄忒。"

阿芙洛狄忒微微有些脸红。在过去几年里，萨瓦斯送过她几十套珠宝，可没有哪件如此美丽。她从他的手掌里拿起珍珠，仔细观看。这枚珍珠形状粗糙，纹理却很光滑，依旧带着香槟的凉意。

"谢谢，"她发自内心地说，"我一定珍藏。"

她把珍珠放进钱包中，表示所言不假。她有些心跳加速。

客人们尽情品尝了海鲜大餐，接下来是甜点。前政客和他的妻子没有继续品尝就起身回尼科西亚了。去那里可谓一段漫长的行程，他整晚都在为此忧心。

"现在走在路上都不安全了。"他临走时对阿芙洛狄忒说。

阿芙洛狄忒很少离开繁华的法马古斯塔。她不是去逛商店就是去日出酒店，开车几百码就能到家，一向只听音乐频道，对新闻时事漠不关心。她几乎和那些游客一样与世隔绝，终日都在无忧无虑地生活。

那对夫妇一走远，阿芙洛狄忒就向马科斯打听。

"斯派罗先生的话是什么意思？"

"他说了什么？"

"他说现在不安全了。"

"有些人就喜欢搅得别人心神不安，"马科斯若无其事地说，"我想你用不着担心。"

此时，侍者端着奶油葡萄酒过来，打断了他们的对话。马科斯当然明白那个人说的是什么意思。希腊不停地向塞浦路斯派遣军官，EOKA B 队越来越大胆，开始袭击政府支持者。

塞浦路斯恰似一片葡萄叶，拿在手里绿油油的，可凑在灯下一看，叶脉便清晰可见。暴力正无形无迹地笼罩整个岛国，阳光和美景依旧敞怀吸引着游客，但紧闭的房门后阴谋的窃窃私语从不曾停歇。

马科斯游走于两个并行的世界。蓝蓝的天，温暖的海，比基尼，鸡尾酒：旅游胜地如万花筒一般，是那么炫目。可在阳光照射不到的阴暗处，另外一种生活悄然进行。马科斯几乎每天都要运送包裹，虽然不曾打开，可他知道里面装的是恐怖活动的工具，从警察那里偷来的枪支、弹药、雷管和其他制作炸弹的材料。

无忧无虑的度假者根本不知道周围发生的事，更不知道在日出酒店里放着什么。那个保险库俨然已成军火库。

马科斯的两只脚分别踏在这两个世界里，却表现得对时事毫无兴趣，他要让自己永处不败之地。他当然不愿意和阿芙洛狄忒谈论政治。

趁侍者更换餐具和收走酒杯的间隙，马科斯连忙改变话题。

"帕帕科斯塔夫人，"他说，"您用的是哪款香水？"

阿芙洛狄忒脸红了。从理论上来说，这个问题如同询问她的珠宝是谁设计的，不带任何感情色彩，可一想到她吸引他的一种感官因素，她就觉得意义不同。

"香奈儿。香奈儿五号。"

"真时尚！"他说。

她笑了，简单的一句恭维让她开心不已。一连好几个月，她出门时萨瓦斯都不在家，更别说去注意她喷的香水了。而她回家时他已经上床了。他就睡几个小时，凌晨五点起床。

他们一起走出宴会厅，站在大厅里。

"晚安，帕帕科斯塔夫人，"马科斯说，"我得到楼下去了。"

"马科斯，"阿芙洛狄忒说，"你能答应我一件事吗？"

他等着她开口，心里充满好奇。

"你介意叫我阿芙洛狄忒吗？当然，在员工面前除外。"

马科斯点点头："我很荣幸。"

"我知道这只是个名字，可是……"

"你是不是也能答应我一件事？也是关于一个名字的。"

阿芙洛狄忒向他投去疑惑的目光。

"你能原谅我吗？"

"原谅什么？"她明知故问。

"夜总会的名字！"

"当然，马科斯！"她笑了，"你知道答案的。"

她注意到他用手指捋了一下头发。这是个下意识的动作，她从前见他这样做过。这一次，她怦然心动。

"你愿意找时间来看看表演吗？"他带着一脸脆弱的表情问道，一如一个迷路的孩子，"那时候我才能肯定你是真心原谅我了。"

"当然了，"她说，"我明天就去。"

阿芙洛狄忒转身，准备离开。现在大多数客人都已经走了。

"对了，"她说，试图保持镇静，"谢谢你的珍珠。"

阿芙洛狄忒径直回了公寓。她摘掉珠宝，脱下长裙，钻进被子里。整整三个小时，她只听着萨瓦斯的呼吸声，直到他起床、穿衣、出门，她才睡着。

一觉醒来，她的脑海里尽是那些记不大清的影像和梦境，阳光透过百叶窗的缝隙照射进来。已经是中午了。

她从床上起来，一时间有些晕头转向，被放在地板上的包绊了一个趔趄。她突然想起里面有什么，连忙打开，拿出钱包，寻找那枚珍珠。它还在那里，用一小块纸巾包着，疙疙瘩瘩，形状不规则，比她的那些钻石和宝石都小。可妙就妙在这枚珍珠不圆。就仿佛一只小杂种狗，因为它的四不像而惹人喜爱。

她找出一个绒布袋，把珍珠装进去，放进放置贵重物品的抽屉，笑着回忆起他送她珍珠时的情形。他竟然把珍珠送给了她，她很兴奋，心里涌起丝丝暖意。

阿芙洛狄忒出门去逛街，又办了几件事，好让自己不去胡思乱想，可她发现马科斯总是出现在她的脑海里。她想起那次看到他和他妹妹在一起，现在她承认她当时嫉妒得不得了。她又回忆起了他跳 Zeibekiko 舞时的潇洒风姿和生气勃勃。她心里都是他，不管在哪段记忆中，他都带着灿烂的笑容。有那么一瞬间，她都怀疑是不是抽屉里那个小礼物给她施了魔法。

她消磨着时间，到了下午晚些时候，她终于可以换衣服去酒店了。她穿上一件，又换另一件，再换一件，却还是不能确定穿哪件好。珊瑚红？铁青色？还是鲜黄色？更衣室的地板上堆满了各种颜色的衣服。最后她选了一件淡紫色长裙，和月光夜总会的装饰色十分相衬。紫水晶和钻石是这件长裙的完美搭配。

马科斯这一天过得非常忙碌，先是送了几百镑到工地，让萨瓦斯用现金支付了几笔大额债务，又给弟弟送去几个包裹，然后去见了一个进口商，订了两百五十箱上等麦芽威士忌。到了夜总会涨价转卖,他能赚数千镑。这一天过得很好,不过他知道最好的尚未到来。

阿芙洛狄忒比平常来得早一些。马科斯现身时她已经到了露台酒吧,他们各自应酬着客人,到晚餐时才坐在一起。阿芙洛狄忒尽全力陪客人聊天。马科斯感觉得到她一直在努力背对他。她对她那边客人的兴趣明显是装出来的。

阿芙洛狄忒盼着时间赶紧过去。终于到了晚上十一点。

"你还愿意去月光夜总会吗?"马科斯问她,"没改变主意吧?"

"没有,"阿芙洛狄忒答,"当然没有。"

她在夜总会坐了一个多小时,和布鲁切梅耶夫人、几个美国人一起,听一位法国歌手用比沙嘉·迪斯特尔还要性感的声音唱歌。她用尽可能长的时间喝完一杯金汤力酒,觉得是时候离开了。要是她待的时间太长,其他员工可能会觉得奇怪。

马科斯注意到她离开的念头,起身走到她坐的长沙发边上。

"几位女士还需要喝的吗?"他问。

"好的。"布鲁切梅耶夫人开心地大声说。

"我想我得走了。"阿芙洛狄忒说。

"我送你出去。"马科斯立刻说。

她先是转身与布鲁切梅耶夫人和其他几位同伴道晚安,然后便跟着他走出大门,门后是通往大厅的内部楼梯。门刚一关上,她就感到马科斯在黑暗中拉住了她的手。她的手指自行和他的手指交缠在了一起。

他们没有上楼梯,马科斯带着她穿过隐藏在窗帘后面的另一扇门。从这里走过一道狭窄的走廊,就能到达保险库。在这个半明半暗的狭小空间里,他一转身,便吻住了阿芙洛狄忒。正如他预料的那样,她急切地回应着他的吻。

尽管出于不同的原因,可这样的结果毫无疑问都是他们渴望得到的。

十五分钟后，他们来到大厅，马科斯撑开酒店大门，让阿芙洛狄忒通过。他们既没有用姓氏，也没有用教名称呼对方。甚至连道别都没有。

　　阿芙洛狄忒颤抖不已，车钥匙在她手里叮当直响，终于，她坐进了汽车里，摇下车窗，静坐了几分钟，希望可以不再发抖。过了一会儿，像个醉酒司机似的，她费了半天劲才插进钥匙，笨拙地把车倒出来，缓缓地向家中驶去。

　　马科斯回到了月光夜总会，这个晚上的气氛刚好到达高潮。每个人都喜欢那名歌手。一定能赚到不少钱，他能想象到萨瓦斯瞄过收支清单上的数字后露出的满意表情。今天晚上马科斯感觉他得到了应得的东西。真正心满意足的人是他。

13

第二天早晨，和往常一样，马科斯一早就来到酒店。他看到布鲁切梅耶夫人站在接待处，身边有个小箱子。

"你不能离开我！"他一面夸张地大声说，一面大步向她走过去，"你要去哪儿？"

"回德国，"她笑吟吟地说，"只回去一个星期。去参加一个婚礼。"

"我会想你的！"马科斯说。

布鲁切梅耶夫人脸色羞红。

"我来帮你。"

马科斯一把抄起手提箱，陪她走到外面的阳光下。他打了一个响指，一辆出租车随即开了过来。

他挥手和她道别。目送她的车驶出视线后，他回到了接待处。

那天晚些时候，他和阿芙洛狄忒就在布鲁切梅耶夫人的房间里相会。在她去柏林的那个星期，女服务员不会来打扰。

阿芙洛狄忒待在酒店里的时间越来越长。她没有想到有人会对此产生怀疑。她无视其中的危险，彻底陷入了对马科斯的热情之中。她心中有什么东西被点燃了，完全变了一个人，开始不顾一切。

日子一天天过去，布鲁切梅耶夫人就快回来了，焦虑在她心里蔓延。她必须找一个借口，白天也能待在酒店里。

还是马科斯想到了主意：由她来负责盘点卧房的画作和其他艺术品，购买一批昂贵的文物复制品，以此装点比较豪华的卧房。美国人尤其钟爱这些东西，如果把这些房间宣传为"画廊套房"，还可以提高房价。

"真是神来之笔，亲爱的。"她说，在布鲁切梅耶夫人回来的前一天，他们正一起躺在她卧房的床上。

这之后，阿芙洛狄忒每天都会要走那些暂时空房、等待下批客人入住的房间的钥匙。

现在，马科斯是酒店真正的财务主管，没人会对他和帕帕科斯塔夫人一起制订新展示物的购买方案产生怀疑。不管是展示柜、照明设备还是艺术品，每一笔花销都要制订预算，马科斯逐一起草合同和预算。计算需要上涨的房价比率，确保快速收回投资，也是他的工作。

萨瓦斯一心扑在工作上，自己妻子却对马科斯着了魔。她不再为了丈夫的冷落而烦恼。她意识到，在很久以前，她就对马科斯动了感情，现在在醒着的时间里，她无时无刻不在想他。

每一次她在用来幽会的房间里等他，都感觉整个世界都能听到她的心跳。门打开的一霎，她的双腿立刻绵软无力，仿佛无法站立。

他们会小心翼翼地分别离开房间。马科斯总是搭升降梯，阿芙洛狄忒走楼梯。她愈发担心有人发现他们的关系，正是出于这份忧虑，她才要在他们一起出现在公开场合时保持对他的冷淡。日出酒店的员工早已习惯帕帕科斯塔夫人和马科斯互相看不顺眼的状况，这份拘谨为他们的风流韵事提供了完美的伪装。不管是时常留守酒店的科斯塔斯、服务员领班还是酒吧员工，都没有发现他们对彼此态度的变化。从表面上看，他们之间的敌意似乎加深了。侍者注意到，他们在酒会上从不说话，一起坐在仿萨拉米斯宝座上用晚餐时，他们恨不得背对着背。

埃米内和萨维娜或许认不出每天僵硬地坐在舞厅里吃晚餐的那个人是谁，因为她去找她们做发型时，总是魅力四射，笑意吟吟。

萨瓦斯似乎越来越倚重他这位得力助手，马科斯一天里会接到无数个老板的电话。

"五分钟之内来一趟，可以吗？"这与其说是一个请求，不如说是个命令。

萨瓦斯的办公室在工地边缘，是一个临时搭建的小屋，里面充满灰尘和香烟的烟雾。萨瓦斯只能大喊，才能让别人在施工的噪声中听到他说的话。他的举止显得格外粗鲁。

"你得想办法提高露台酒吧这周的利润，我希望在月底之前能从月光夜总会里多挤出一点钱来。"

萨瓦斯从不期待得到答复。他想当然地认为马科斯回到日出酒店后，必将按照他的指示去办。

马科斯轻而易举地掩盖了他对萨瓦斯的不满。可每次和阿芙洛狄忒做爱，他都会想起这种情绪。萨瓦斯对马科斯的要求越来越多，马科斯对阿芙洛狄忒也开始需索无度。

阿芙洛狄忒迷失在这份激情中，对日出酒店之外的事愈发不在意。她没时间听新闻看报纸，没注意到六月里发生的事。警察锁定了被偷武器的位置，并抓捕了数名 EOKA B 队成员。

马科斯看到这些报道，总会屏住呼吸，生怕发现弟弟的名字。他知道，尽管谈判一直在继续，可希腊族和土耳其族社区之间依然在发生暴力冲突，双方互有伤亡。

"你看到报纸上的报道了吗，亲爱的？"他母亲问，"阿基亚艾里尼出事了。很多人都受了伤。"

"妈妈，你用不着太担心。政客们正在谈判。"马科斯说，希望能安抚她。

"可他们为什么不能阻止这样的事？"她问。

"就是一些孩子在墙上乱涂乱画罢了。他们不过是想惹出点乱子。"

伊里妮一直在收听塞浦路斯广播公司的报道。马卡里奥斯正通过广播安慰土耳其族塞浦路斯人，称将提供宽敞的空间供他们居住，并公开谴责 EOKA B 队和那些使局势加速恶化的非塞浦路斯人，是他们在破坏这个岛国的独立。

"马卡里奥斯总统这样精明，"伊里妮说，"真希望每个人都能听他的。"

"你把声音开得那么大，"马科斯深情地说，"别人想不听都不行。"

"这些人都在暗算他，"她说着画了一个十字，"可上帝会庇佑他，我肯定。"

他把收音机的音量调小了些，飞快地吻了一下他母亲的脸颊，便出门了。

伊里妮对马卡里奥斯、上帝和教会的信仰永远不会动摇。

六月的一个早晨，就连阿芙洛狄忒都意识到法马古斯塔陷入了新的危险之中。她正和马科斯赤身裸体躺在四楼一个房间里，窗户开着，清风徐徐，忽然，传来一声爆炸。当天，法马古斯塔发生了十起爆炸，全部由 EOKA B 队策划，目标是政府大楼和马卡里奥斯的支持者。国民警卫队的一些成员甚至也被列入嫌疑人行列，他们很快被围捕关押。那些为他们提供资金和庇护的人也锒铛入狱。

整整一个月，警察都在大肆追捕与 EOKA B 队有关系的人，找到武器藏匿地点后，他们实施了进一步的抓捕活动，不光制造爆炸案的嫌疑人，从国民警卫队招募中心偷盗大量武器的人也在抓捕名单中。

马科斯一直都在担心他弟弟，可他最担心的是自己。要是赫里斯托斯被抓了，警察或许也很想和他谈谈。他们特别擅长逼供。

每天晚上，马科斯都战战兢兢地去敲弟弟的房门，而每次赫里斯托斯都笑着打开了门。虽然警察想把他们一网打尽，可他狡猾得很，对付警察绰绰有余。

一个星期后的一天，马科斯刚一走出日出酒店的升降梯，就见科斯塔斯急匆匆向他走了过来。

"我找你半天了！"酒店经理说，"帕帕科斯塔先生想见你。他已经打了三次电话了。你能去工地找他一趟吗？他问你能不能尽快去找他。"

马科斯轻轻一点头，立刻从酒店出发。此时已经是上午十一点。他从后视镜里看了一眼自己，衣领上蹭了一点粉色的唇膏。萨瓦斯与他谈话的时间不会太长，不可能发现，可他自己知道，他还能闻到他皮肤上阿芙洛狄忒的香水味。

他把车开得很慢。

"让您久等了，很抱歉，"他对萨瓦斯说，语气中带着令人信服的诚意，"今天早晨太忙了。"

"有几件事要交代给你，"萨瓦斯突兀地说，香烟在他的指间燃到了最后四分之一英寸，"夜总会的收入增加了，对吧？这个月我还需要八百镑来发薪水，我们必须找到这笔钱。否则就有麻烦了。"

马科斯对他的话反感至极。明明指的是别人，为什么偏偏要说"我们"？

和平常一样，沉默是他最好的武器。

"你听说那些谣言了吗？"

萨瓦斯喝了一口水，一时间他们都没说话。

"谣言？"

"就是国民警卫队里那些希腊裔官员干的事。"

"我只相信报纸上登的消息，"马科斯答，"而且我肯定那些都是夸大其词，以往都是如此。"

这个不老实的答案正合萨瓦斯的意。马科斯肯定雅典的军政府正在策划在塞浦路斯发动政变，把马卡里奥斯赶下台。

"噢，很好。希望这些事不会影响生意，"萨瓦斯说，"游客可不经吓。美国人尤其如此。我知道咱们最近资金紧张，可你也清楚现在的情况……"

他又点了一根烟，坐在皮质办公椅上一转身，看着窗外那一大片工地。五十几个头戴安全帽的工人正在各层脚手架上工作。窗户已安装完毕，一台起重机正在把玻璃运到所需位置上。

"已经到这一步了，"他说，"我们需要源源不绝的现金。我已经贷款了，可还是不够。"

马科斯站了起来。他知道和萨瓦斯的这次见面该结束了。他需要知道的事都已经讲明白了。

"过两天再来一趟，"萨瓦斯转过来看着马科斯，"到时候带上现金。"

马科斯已经走到了门口。他有很多事情要办，才会这么急匆匆地离开。赫里斯托斯正在修车厂等他。那天早晨他看到了弟弟给他的纸条，问他是否可以去拿几个包裹，并"送去邮局"。

恐怖活动频繁发生，赫里斯托斯比以往更需要哥哥的帮助。他的一个队友把偷来的武器藏在家里，结果被发现了，已经被关了起来。赫里斯托斯甚至不知道他的队友被抓去了什么地方。有谣言说被抓的 EOKA B 队成员都会受刑，赫里斯托斯害怕被供出来。一定要让家里干干净净的，这比任何事情都重要。

马科斯把车停在修车厂外面，他弟弟却示意他把车开进去。赫里斯托斯一脸疲倦，眼睛里却闪烁着兴奋。

"我总觉得会有事发生，"他说，"我们必须加倍小心。"

"这不是你第一次说这话了。"马科斯透过敞开的车窗挖苦道。过去几个月真可谓多事之秋,很多人都想刺杀马卡里奥斯总统。约安尼季斯坚决拥护塞浦路斯与希腊合并,他现在牢牢控制着 EOKA B 队,马卡里奥斯的人身安全遭到了前所未有的威胁。

马科斯灵巧地把车子开进车库,但没有下车。赫里斯托斯打开后备厢,在阴影中小心翼翼地把几个包裹装了进去。正在给一辆卡车换轮胎的哈拉兰博斯在放哨。在这里工作的都是 EOKA B 队的支持者,可他们的客户却分属不同派别,甚至有些土耳其族塞浦路斯人也是常客。

赫里斯托斯砰一声盖上盖子,绕到驾驶门边,俯身和哥哥说话。

"谢谢,马科斯。这些东西很快就能派上用场,不需要你藏太久。"

"你最好多加小心,"马科斯说,"外面风声很紧。"

"知道了,知道了,"赫里斯托斯不耐烦地说,"肯定有人告密。"

"你知道马卡里奥斯说了什么吗……"

"说什么了?"赫里斯托斯一边问,一边用一条脏毛巾擦沾满油渍的手。

"他说,EOKA B 队正在威胁塞浦路斯的独立。"

"马卡里奥斯才是这个国家面临的最大威胁,"赫里斯托斯说,"不是我们。"

马科斯摇上车窗,打开收音机,开往日出酒店。

"我们的爱宛如海中的一艘船……"

这是今年夏天最流行的歌曲。马科斯把歌词都背下来了,他大声唱着。他母亲总说他有一副好嗓子,她说得没错。

这是美好的一天,大海闪烁着光辉,他看到一艘游船正在进港。

"……摇晃船儿,不要摇晃船儿,我的宝贝。"

他希望不会有人来摇晃他的"船",破坏他的计划。目前一切都在他的掌控之中,阿芙洛狄忒的爱和热情是他最美妙的享受。

接下来是新闻播报时间。马卡里奥斯总统公开致信。被约安尼季斯推上台的希腊总统费宗·吉齐基斯谴责希腊政府阴谋策划推翻塞浦路斯政府，控诉他们"破坏塞浦路斯的内政"。

新闻中特别播了这样一句话："我不止一次地觉察到，甚至几乎感觉到，一只无形的手正从雅典伸出，试图置我于死地。"

马卡里奥斯要求雅典撤走塞浦路斯国民警卫队里的六百名希腊军职人员，并不再为 EOKA B 队提供人力物力。

在这个明媚的夏日，马科斯问了每个听到广播的人都会问的问题：这样一份不客气的声明将会引发怎样的回应？没过多久，他们就知道了答案。

14

两星期后，也就是七月十五日一大早，位于尼科西亚的总统官邸遭到攻击。装甲车和坦克炸毁了大门和墙壁，袭击者闯进去寻找马卡里奥斯。总统官邸随即被付之一炬。

政变的消息很快传遍了小岛，各家各户都围拢在收音机前。在厄兹坎的平房里，在乔治乌的公寓里，在日出酒店的办公室里，所有人都目瞪口呆。广播里传来的只有军乐声。随后播放了一则通告。

"马卡里奥斯身亡。"

这之后是一条阴险的警告：

"国民警卫队控制了局势。如有不从，立即处死。"

消息很快就传开了，前 EOKA 成员尼科斯·桑普森即将就任总统。

伊里妮悲痛欲绝地哭了起来。她对马卡里奥斯有深厚的感情。他曾经在合并问题上把她弄得稀里糊涂，可不管他的政治目标是什么，她坚信所有的神父从本质上来说都是好人。

"又有人死了，"她对女儿说，"又一次可怕的死亡事件。他真可怜……可怜的人。这什么时候才是个头啊？"

她和又怀了孕的玛丽亚一整天都在听广播，瓦斯拉克斯在一旁不知疲倦地玩着积木，沉浸在幻想的世界中。马卡里奥斯成了眼下局面的罪魁祸首，广播员称国民警卫队已经掌权，不会爆发内战。

帕尼库斯提早从电器商店下班回家陪伴妻儿，伊里妮几乎要发狂了。她生命中的三个男人都不见了，丈夫和两个儿子离家大半日，至今未归。

"你们说他们能上哪儿去呢？"她不停地问着，不停地搓着两只手，"你们说他们是不是快回来了？你们说他们都还平安吧？"

这无法回答，玛丽亚和帕尼库斯只能说些无关痛痒的话来安慰她。

伊里妮走到街上，仿佛她能在那里找到他们，又失望地回屋里坐两分钟，再次起身。

"我们该怎么办？到底该怎么办呀？"她处于崩溃的边缘，不停地画着十字。

"我保证他们很快就会回来了。"帕尼库斯温柔地抚摸着岳母的手。

时间过得异常缓慢，第一个回来的是瓦西利斯。

"亲爱的，我很抱歉。路障太多，耽搁了这么久。你肯定担心坏了。"他们互相拥抱，伊里妮的泪水止不住地淌。

"早知道应该安装电话，"瓦西利斯说，"至少我可以给你打电话。"

没过一会儿，马科斯走进家门。他没料到母亲如此担心。

"酒店里有很多事情，"他解释说，"我们得安抚客人，告诉他们一切平安，照常营业。"

现在只剩赫里斯托斯了。

"他很快就回来了，妈妈。"马科斯希望她能放下心来，不过他自己也不相信他说的话。

伊里妮开始做饭，这是她唯一能让自己忙碌起来、不去胡思乱想的办法。她放好桌子，摆好赫里斯托斯的座位。大家都坐下来吃东西。前门开着，这样他一回来，他们就能第一时间看到。

就在伊里妮和玛丽亚收拾盘子的时候，一个人走了进来。伊里妮匆忙走到他身边，都没有意识到弄翻了餐具，赫里斯托斯一把抱住母亲。他是家里最强壮的人，比她高出一英尺多。

伊里妮闻着小儿子身上的汗味和车油味，紧紧地拥抱着他。终于，他脱离了母亲的怀抱。

"饿了吧。"她说。

"是呀，我饿得能吞掉一头大象。"他答。

"知道今天出了什么事吗？"瓦西利斯问，他不知道儿子是否知道发生政变了。

"当然知道了，爸爸。"赫里斯托斯费了很大的力气才掩饰住他兴奋。

伊里妮意识到小儿子并没有像她那样为马卡里奥斯的死而难过，那天晚上他的种种行为印证了她这段时间的猜测。

帕尼库斯一直在摆弄收音机，想避开干扰，最后他换了一个频道。

忽然之间，一个他们都很熟悉的声音响起。是马卡里奥斯。他好像死而复生了。他讲述了自己在总统府邸遭遇袭击时的逃生经历，告诉人们他拦住了一辆过路的汽车，那辆车把他送到了特罗多斯山。他通过那里的一座修道院，后来到了帕福斯，此时正通过当地一家秘密电台讲话。

"让我们一起发动神圣的抵抗，赢得自由，"他说，"自由万岁。塞浦路斯万岁。"

对伊里妮来说，马卡里奥斯的复活比他的死还要离奇。她固执地认为他们一起见证了一个奇迹，她哭得比早上还要厉害。她爱的几个男人都平安返回了。

"上帝肯定站在马卡里奥斯这一边。"她喜气洋洋地说。

瓦西利斯看着她。他妻子心中的马卡里奥斯是个大胡子神父。她非常虔诚，尊敬任何身着神父法衣的人。然而，瓦西利斯看到的却是一个目光锐利的政客，一个两面派。

那天，日出酒店一切如常。员工按指示告诉客人们，塞浦路斯的政权更迭对他们没有任何不良影响。港口和机场临时关闭，可一切很快将恢复正常。尼科西亚距离此地有三十英里，任何问题都将得到控制。

发生政变的那天下午，依然有人在沙滩上晒日光浴。游客听说有新总统上台，但并不觉得这是什么惊天动地的消息。美国和欧洲的度假者感兴趣的是华盛顿那起持续发酵的丑闻。理查德·尼克松的命运悬而未决，对于他们来说，这件事的影响更重要。

第二天，萨瓦斯去了日出酒店，这是几个月来的第一次。工地的许多工人都没出现，施工无法照常进行，让他心急如焚。

"马科斯去哪儿了？"他问科斯塔斯。

"他就在酒店，"科斯塔斯答，"早晨十点左右我还看见他了。"

那天早晨，马科斯和阿芙洛狄忒如平常一样见面，可马科斯来晚了。每次他迟到，阿芙洛狄忒总会焦躁不安。今天她格外紧张。她知道，刚刚发生的政变不是好兆头。最重要的是，她不希望自己的日常生活受此影响。她从未如此满足，如此富有活力，从未体会过如此强烈的欢愉，她不希望有任何变化。和马科斯在一起，她只在乎当下。衣服、鞋子、女性内衣，都被扔到了一边，但并不包括珠宝。九层、十一层、十四层……他们总在洒满阳光的地方做爱。那时太阳仍在上升，阳光经过海面的反射将她的每一寸肌肤照得亮晶晶的。而和萨瓦斯在一起时，总是光线昏暗，窗帘紧闭。

这边，萨瓦斯的妻子和他的得力助手正心急火燎地脱掉彼此的衣服，那边他把员工召集到舞厅，强调一定要照常营业，一定要想尽一切办法不让客人退房。酒店目前运转正常，他要求维持这一成果。

"大家都知道，我们正在兴建天堂海滩酒店，"他说，"日出酒店能否赚钱，新酒店能否完工，完全掌握在你们手里。"

马科斯来到舞厅，悄悄站在了最后面，静静地听着。从萨瓦斯的声音里，他听出了明显的贪婪和一丝恐慌。

他的老板还是和往常一样消息闭塞。在他看来，照常营业已不是件易事。当天早晨他去修车厂送包裹。赫里斯托斯不在，整个修车厂里只有他的一个同事在干活。

"他们的小队被派去了尼科西亚，"那人说，"赫里斯托斯已经走了。"

"不是大局已定吗？"马科斯问。

"还有人在抵抗……"修车工答，"很多左翼分子都反对新总统。"

这是不是轻描淡写已不重要了。几个小时后，关于首都局势的谣言就传遍了法马古斯塔，那样近的一座城市，却始终像一个遥远的世界。

活跃于 EOKA 的时候，马科斯曾与尼科斯·桑普森有过一面之缘。出生于法马古斯塔的桑普森给少年马科斯留下了深刻印象。他很有男子气概，外貌十分英俊，魅力超群，大家都对他又畏又爱。人人都说他是个冷面杀手，天生无情。那正是他，如他那钢铁般的目光一样，永远都不会改变。

马科斯知道，对于那些抵制政变的人，桑普森绝对会杀无赦。

很快就有消息传来：尼科西亚的医院里住满了伤患。大街小巷战斗不断。依旧能听到枪声，有时还响起坦克的炮声。医生在拥挤的走廊里奋力抢救生命垂危的伤者，其中有马卡里奥斯的支持者，有 EOKA B 队的成员，还有前一天军事政变的参与者。伤口就是伤口，一旦被子弹打得皮开肉绽，它属于谁的身体已经不再重要了。虽然他们对街上发生的一切各有看法，可在治疗伤员时，却做到了一视同仁。

消息也传进了美发沙龙，埃米内越来越心焦。那天早晨她发现阿里的床铺没有一点变化，说明他根本没回来，她再也不能假装不知道他加入了土耳其抵抗组织。战斗和受伤的消息源源不绝地传来，她发现自己的手在剧烈地颤抖。于是，她放下了剪刀。

"你干吗不去找侯赛因？"萨维娜提议，"他或许知道一些消息。"

埃米内看到大儿子正在露台前面的沙滩上耙平沙子。

"阿里昨晚去哪儿了？"她问。

侯赛因继续忙活，没有抬头。要是母亲看到他的眼睛，准会发现他知情。

他耸耸肩。

"侯赛因！看着我。"

她的声音很大，惹得在躺椅上休息的游客纷纷转过脸来。

"妈妈！"他挺尴尬，希望母亲小点声。

"快说！"

科斯塔斯出现到露台上，示意他过去。

"我得去一趟。"侯赛因说。

他三步两步地走开了，只留下母亲一个人站在沙滩上。

埃米内回到发廊，萨维娜看了她一眼，坚持让她回家。她今天没心思工作。

还没打开家门，她悬着的心就放了下来。她听到了阿里的声音。他回来了。

"阿里！你去哪儿了？你为什么没回家！"

她想狠狠打他一顿，又想紧紧抱住他。最终选择了后者，泪水开始泛滥。

哈里德坐在角落里，咔嗒咔嗒地捻着手里的念珠，沉默不语，他的担心都凝结在珠串上。

"你到外面干什么去了？"

"我必须去，"阿里操着嘶哑的嗓音，挣脱母亲的怀抱，"他们可能会杀死我们的人。"

"可你还是个孩子。你太小了，不能参与这样的事。"埃米内就要发狂了，"你得向我发誓你再也不会去了……"她央求道。

"我做不到。"他答。

那天夜里，马科斯回到家，发现伊里妮和瓦西利斯还没睡。夜总会里只有几个酒店客人，所以他提早打烊了。那些客人喝了很多酒，想平静下来。一般来说，每每快到打烊，舞台上会撒满鲜花，可今天晚上只卖出一篮康乃馨。

他的父母默默地坐在漆黑的花园里，一开始，马科斯根本没看到他们，随后他看到了父亲烟头的火光。

"爸爸？"

"亲爱的。"马科斯来到伊里妮身边时，她哭着站起来抱住了他。

"伊里妮，"她丈夫劝道，"他只是去工作了。"

他说得对，可那一天，她已经担忧心到无以复加的地步。他们没有电话，没有电视，而收音机带不来她想知道的消息。

马科斯和他们一起坐下，拿起桌子中央的半瓶鱼尾菊酒，给自己倒了一杯。在伊里妮的劝说下，白天瓦西利斯没去小农场。

"现在危险重重，"她向马科斯解释，"我真盼着局势能平稳下来。"

"你为什么会这么想？"她丈夫插口道。

瓦西利斯在小酒馆里待了一天，此时说话有些含糊不清。他听了一整天的谣言、新闻和宣传，回到家里，给他的妻子平添了新的焦虑。

"外面在打内战！"他说着一拳砸在桌子上，"他们抓了很多马卡里奥斯的人。你母亲一点也不高兴。"

瓦西利斯和很多人一样，自从马卡里奥斯不再推进合并之后，就开始反对这位大主教，可他喝醉后才会说起这个话题。他妻子很尊重那个人，他则很不屑。他清楚得很，赫里斯托斯和他一样支持合并，可大儿子的态度他就不太明了了。

"别夸大其词！"马科斯说，"你这么说只会让妈妈不安。"

"那你觉得现在是怎么一回事？你整天都和那些外国人混在一起，什么都不知道……你以为你是谁，敢分析外面的事……"

瓦西利斯醉醺醺地东一句西一句。马科斯搂住母亲。

"赫里斯托斯……"她静静地说，求助地看着她的大儿子。

"他没回家吗？"

伊里妮摇摇头。

"他会回来的，妈妈，别担心。一切都会好起来的。他昨天不是也回来了吗？"

"我有种不祥的感觉，"她说，"我昨晚做了个梦。很可怕的梦。"

她别开脸，泪珠滑落下来。

"我知道他在哪儿，"终于她说道，"他正在和那些人……打仗。"

时间一点点过去，他们都觉得十分难熬。马科斯一言不发。瓦西利斯又点了一根烟。

伊里妮回屋了。她躺在床上，直勾勾地盯着天花板，留意着任何表示她儿子回来的声响，直到天明都不曾合眼。

天亮之前，知了终于安静了下来。除了几声狗吠和鸡鸣，天地间一片死寂。如果爆发了内战，怎么可能这么安静呢？她告诉自己那不是真的。赫里斯托斯随时都可能回来。

气氛越来越紧张，真假消息开始四处传播。有的谣言夸大了事态的严重性，有的却过于轻描淡写。赫里斯托斯一直没有回来，瓦西利斯去修车厂打探消息，这才知道他已经连续两天没去上班了。

日出酒店倒是全员上岗，萨瓦斯之前吩咐过他们，只有气氛有些紧张。客人连珠炮似的向接待台员工抛出一个又一个问题。

"我们会受到多大影响？"

"回国的航班会延迟吗？"

"要是提前一两天退房，能不能退钱？"

"如果没有机位，我们还能不能住在现在的房间里？"

他们都很焦虑，突然意识到家格外遥远。

那天早晨，发廊里只有埃米内和萨维娜两个人。布鲁切梅耶夫人每月都来修剪一次头发。她在中午时分来到发廊，和平常一样准时。她顶着一头超短的头发，这种发型只适合有她这种颧骨的女人。

"早上好。"她高兴地说。

埃米内帮她穿上长袍。

"早上好，布鲁切梅耶夫人，"她答道，"您好吗？"

这完全是个下意识问出的问题。埃米内根本心不在焉。

"我很好，谢谢你，"她回答，"可我怎么看着沙龙里就我一个客人呢。"

"是的，"萨维娜说，"大多数客人都没来，我们真不知道……"

布鲁切梅耶夫人仰着头，方便埃米内清洗她的头发，但她口中的话并没有停。

"我不喜欢外面那些声音，"她说，"不过日子该怎么过还得怎么过。"

埃米内没有答话。

头发修剪好了，也吹干了，布鲁切梅耶夫人给了她们每人一先令，便离开了。午饭时间到了，她依旧去了泳池边常坐的座位，外面发生的事丝毫没打扰她。

阿芙洛狄忒告诉自己，不用等马科斯的电话，因为那天电话线基本不通。早晨她和萨瓦斯聊了几句，知道一切都得照旧，于是像平常那样精心打扮了一番，穿了一件精致的黄色丝绸长裙，搭配黄宝石，出发前往酒店。

马科斯好像不在，她去美发沙龙找埃米内和萨维娜。或许过一会儿他就回来了。对她而言,这世上再没有比和他偷偷相会片刻更重要的事情了,她坚信他也一样。

过去的几个月,埃米内和萨维娜已经习惯了阿芙洛狄忒热情洋溢的状态,可此时此刻,她像是完全变了一个人。她很紧张,而且异常沉默。

"或许她希望现在是在英国和她的母亲在一起。"

"我觉得她非常憔悴。"

"得了,埃米内!不管她的脸色怎么样,你总以为她怀孕了!她就是太担心了,和我们所有人一样!"

阿芙洛狄忒做完头发后去了接待台。看不到马科斯的影子,她只好和员工、几个打听消息的客人聊几句,消磨时间。镀金海豚依旧在喷水。

终于,她走到科斯塔斯身边。

"今天有没有见到乔治乌先生?我先生希望他过一会儿能去趟工地。"

"没见过,帕帕科斯塔夫人,"他答,"据我所知,自从昨天在夜总会打烊后,他就一直没有来过。当时应该是凌晨一点。"

"谢谢。"她说完背过脸去。她很肯定他能看出她脸上的不安。

阿芙洛狄忒开车回家。她才驶入酒店后面的肯尼迪大道,就看到了一队国民警卫队。如今法马古斯塔在他们手里。这里没有出现尼科西亚那样的抵抗活动。

一回到公寓,她就打开了收音机。广播员称岛上大局已定。阿芙洛狄忒关掉收音机,把一张唱片放在留声机上,给自己倒了杯甜苦艾酒。百叶窗仍然拉着,她伸直四肢平躺在沙发上,慢慢地喝着酒,目光落在电话上,盼着铃声响起。

卡莉·赛门在低吟浅唱,酒精发生了作用,阿芙洛狄忒闭上了眼睛。

等她睁眼时天已经黑了。再也没有穿透百叶窗照射进来的阳光，夜幕早已降临。她猛地坐起来。唱针卡住了。

"你是如此无关紧要……无关紧要……无关紧要……"

歌声重复了无数次，可她充耳不闻。

唯有电话铃声能穿透她的梦境。它终于响了。

她一跃而起，一把抓起听筒，心脏怦怦直跳。在听到对方的声音之前，她几乎就要喊出"马科斯"这个名字。

"阿芙洛狄忒！"是她丈夫的声音。

"萨瓦斯，"她说，有些喘不上气来，"你今天怎么样？"

"真是糟透了。一半工人都没来。该送的货没到……马科斯也没送来我要求的现金……"

好像萨瓦斯到现在还不明白政变的真正意义。

阿芙洛狄忒瞥了一眼挂钟。已经晚上九点了，她不由得心中一凛。她肯定错过了今晚的酒会。马科斯会不会一直在等她？

萨瓦斯还在滔滔不绝地说着。

"我先在这里处理一些案头工作，然后去一趟日出酒店就回家。我不会任由这……"

她一边听着丈夫的抱怨，一边看着电视屏幕上的画面，那是梅利纳·梅尔库里主演的一部老片子。

"萨瓦斯，"她说，"你有没有听到什么消息？"

"没有，"他回答得很肯定，"有什么意义呢？那些人无论如何都不会对我们讲真话。"

"只是……"

她丈夫听出了她声音里的焦虑。

"你瞧，我十二点左右就回去了，"他突兀地说，"别担心。据我所知，事态已经平息了。只要我们能维持营业，一切都会好起来的。"

萨瓦斯似乎毫不关心工地铁丝网以外的一切。除了黄金和宝石，他们变卖了所有的财产，投进了那项工程。日出酒店的收入和他的巨额贷款仍不足以支付当前的施工。他唯一的愿望就是赶工期，快点开业。只有到那时才能收回庞大的投资。

"那么，一会儿见吧。"阿芙洛狄忒说。她听到电话另一端传来咔嗒一声。

她打了一个寒战。空调将公寓内的温度降到了冰点，她升起百叶窗，走到阳台上，希望能暖和一点。

马科斯为什么没去工地？为什么他不给她打电话？

答案根本无从知晓。

如果阿芙洛狄忒打开收音机，就会知道土耳其政府已经要求英国干预此次政变。尼科西亚的这次政变是希腊人在背后支持，是他们实现合并的最后行动，土耳其人绝不会袖手旁观。和她丈夫一样，她只顾着自己，根本意识不到岛上的所有人正身处巨大的危险之中。

夜色宁静如水。整座城市里，无心睡眠的人都坐在自家阳台上，透过黑暗，仰望星辰。那天的温度一直在四十度左右。马科斯和母亲坐在一起，握着她的手，不住地安慰她。

厄兹坎一家也都没有睡，他们不知道明天会是怎样一番境地。

不远处，就在漆黑大海的另一边，土耳其海军正埋伏以待。

15

第二天早晨，阿芙洛狄忒醒来，只看见身旁枕头上的凹痕。萨瓦斯已经出门了。

公寓里静得令人压抑。她待不下去了，一定要去找马科斯。她匆匆套上前一天的衣服和鞋子，把珠宝留在边几上，急急地出门了。

几排行李箱整齐地放在日出酒店的大厅里。几百人围住接待台，吵吵着要结账，尽失平日的风度。接待员强压怒火，逐一满足客人的要求，查询账单、清理退款、提供咨询，还需要核对零钱，计算汇率，开具收据。

几个孩子在喷泉周围追逐，叫喊，笑闹，无视父母的焦虑。科斯塔斯正努力维持秩序，解答疑问，组织接送。他请求人们排队，却没有人听他的。

阿芙洛狄忒看着这一幕，在这几近陌生的面孔中寻找那张熟悉的脸。有人走到她身边，激动地要求快点结账，让她帮忙安排交通。

"弗朗格斯先生会帮你们安排。"她坚定地说，请他们去找那位身陷无序人群的旋涡、但依然干净整洁的酒店经理。

她去了露台酒吧和游泳池，然后俯瞰沙滩。有人依旧故我，做着在假期里应该做的事：涂防晒霜，到海里畅游，晒日光浴。他们一年中仅有这些日子能用来享乐，与阳光亲密接触，所以不愿轻易放弃。等到接待处的人少了，他们才会去看看情况，现在，他们犯不着慌神。

布鲁切梅耶夫人就是其中之一，她哪儿也不想去，这里就是她的家。坐在太阳椅上的她放下手中的书，抬起头，冲阿芙洛狄忒挥挥手。

阿芙洛狄忒不想和任何人说话，她走回大厅，刚到出口又退了回来。外面一片混乱，都是那些出租车司机惹的祸。他们大呼小叫，车子停得乱七八糟，谁都别想出去。

就在通往月光夜总会的大门边，她看到了一直在找的那个人。她强忍着跑向他的冲动，缓缓向他走去。

"马科斯！"她喊道，呼吸有些急促。

他转过身来，一大串钥匙在他手里叮当直响。

周围那么吵，他们可以放心说话，不用担心隔墙有耳。

"你去哪儿了？"

马科斯犹豫了一下："你瞧，为什么不到里面去呢？我们可以去那里聊。"

他关上门，上了双锁，带着她走下楼梯，穿过一幅天鹅绒布帘，走进夜总会。

"我很担心你。"

"不用担心，阿芙洛狄忒。"马科斯把她搂在怀里，抚弄着她的秀发。

"已经两天了！"

"发生了很多事。"他温柔地回答，但语气非常平淡。

"我太想你了。"这是她唯一想要说的话。

"我得陪陪我的父母，"他说，"他们都很焦急。"

她感觉到他的唇轻轻印在她额头上，一种陌生的感觉袭来，好像他是在应付她。

"我有很多事要做，"他说，"不过我很快就会去找你的。我肯定用不了多久时局就会恢复正常。"

"我就不能在这里和你待一会儿吗？"

"亲爱的，"他说，"如果别人知道你在这里，会觉得非常奇怪。"

"我看今天这状况没人会注意到。"她说。

"就算这样也最好不要。"他说着，温柔地抚着她的手臂，带她走到前门，送她离开。她有些不安，觉得他们之间既亲近又疏远。

门锁咔嗒一声，阿芙洛狄忒感觉他和她的世界隔绝了。她麻木地开车回家，经过了一个十字路口时，竟没注意到她险些撞上另一辆车。

空无一人的家。她想不起应该干些什么，就给母亲打了个电话。

"阿芙洛狄忒，我一直在给你打电话，却打不通。出什么事了？那边怎么样了？"

"我很好，妈妈，"阿芙洛狄忒说，"这里是有些恐慌情绪。新闻报道得要严重得多。"

"真是太可怕了。可怜的马卡里奥斯大主教！"

阿耳特弥斯至今仍把马卡里奥斯看成她的精神领袖，她最关心他被赶下台这事。

"要是形势进一步恶化，你就来英国吧，"她说，"你知道的，这里很宽敞。"

"事态不会到那个地步。"阿芙洛狄忒坚定地说。离开塞浦路斯和母亲一起生活是她最不愿意做的事情，"新酒店工程已经到最后一步了，"她又补充道，"而且萨瓦斯不打算停工！"

"好吧，那保持联系，亲爱的。我需要知道你平平安安的。"

"好的，妈妈。"阿芙洛狄忒答。

第二天太阳刚刚升起，整个塞浦路斯都听到了土耳其飞机的声音。

马科斯、玛丽亚、帕尼库斯和他们的父母围拢在一楼的收音机边上，急切地收听塞浦路斯广播公司的报道。

土耳其人要求恢复宪法秩序。他们不仅担心土耳其族塞浦路斯人的安全，还担心塞浦路斯并入希腊。他们的最后通牒没有得到回应，所以在岛国北部空降了数千名土耳其伞兵。距法马古斯塔仅四十英里的凯里尼亚遭到轰炸，这是马科斯一家最担心的局面。

"老天。"伊里妮低声说，她低着头，像是在祈祷。

玛丽亚坐在她边上，握着她的手。

"别担心，妈妈，"她柔声说，"希腊人会来救我们的。"

"会吗？"伊里妮仿佛看到了希望。

"他们一定会来。"

她的小宝宝迈着蹒跚的步子，围着桌子转圈，并不知道发生了什么。

伊里妮抬头看着马科斯。他知道她在担心赫里斯托斯。

"我肯定他很快就会回来的。"他说。

"我听不下去了，"瓦西利斯怒气冲冲地向门口走去，"为什么马卡里奥斯没和土耳其人谈妥？他们的目的不是一样的吗？他们可以联手除去那个桑普森！看看现在都发生了什么！"

他大喊大叫，屋子里没人反驳他，可局面已经超出了他们的想象，就连马科斯也觉得回答起不到任何作用。短暂的沉寂过后，无线电里忽然传出一个声音，号召所有身体健全的男性保卫塞浦路斯。

马科斯和帕尼库斯交换了一下眼神。

"我们得去，"他说，"我来开车。"

"老天！"伊里妮说着不停地画十字，"你不要去。求你了，不要去……"

广播里重复着同样的声音。事态已经万分紧急。

帕尼库斯拥抱着强忍泪水的玛丽亚，飞快地摸了一下她隆起的肚子。

"别担心，妈妈，"马科斯说，"他们能看出来我们不是打仗的料。"

他知道萨瓦斯会想方设法避免他和他的得力助手上战场，至于帕尼库斯，看他的体型就知道他不适合守卫这个国家。

他们一走，瓦西利斯就去了酒馆，他在那里和朋友争论了一个小时，回到家倒头大睡，这样才能消除鱼尾菊酒的酒劲，忘却他的愤怒。

厄兹坎一家虽没有生气，却同样害怕。土耳其族塞浦路斯人知道，事态的发展会让他们成为攻击目标。他们害怕报复，而且知道他们会成为报复的受害者。

很多年轻人都加入了土耳其抵抗组织，准备捍卫他们的社区，埃米内祈求她的儿子留在家里。

"那又有什么好处呢？"她坚持道，"你连枪都不会拿！"

阿里没有回答。他母亲的话不对。他可以在三分钟之内拆装一把半自动手枪。村子需要武装保护。他绝不能只是坐在这里听广播，却不用手指扣动扳机。

夜幕降临，他告诉同屋的侯赛因，他要走了。

"不要阻拦我。"他说。侯赛因知道自己什么都做不了。穆罕默德仍在他们旁边的小床里睡得香甜，阿里溜出了房间，离开家门。

每个人都知道，国民警卫队会袭击土耳其族塞浦路斯人的村庄和居住区。

法马古斯塔的街道上几乎连人影都看不到，人们都留在家里，守在收音机旁边。局势时时刻刻都有变化。

伊里妮和玛丽亚一面紧张地听着军事冲突的报道，一面祈祷马科斯和帕尼库斯平安无事。塞浦路斯从凯里尼亚派出海军去拦截正在迫近的土耳其舰队，却在土耳其空军和海军的联合攻击下被击沉。希腊族塞浦路斯军队的坦克和装甲车均被炸毁。战斗随后在山区里打响。

到了中午，他们听到车门的开关声。马科斯从容地走了进来，帕尼库斯跟在他后面。两个女人一跃而起，拥抱他们。

"外面一团乱，"帕尼库斯说，"没有武器，没有计划。乱成了一锅粥。他们让我们走。"

"那谁来保护我们？"瓦西利斯沮丧地问，"如果海上的土耳其军队和尼科西亚的土耳其社区军队会合，那一切都没希望了。"

"我肯定联合国会干预的，"马科斯安慰他，"好在他们不偏袒任何一方……"

"可是，听起来他们只是在谴责双方。"帕尼库斯说，他一直搂着玛丽亚，仿佛永远都不会松开她。

看到丈夫和弟弟都回来了，玛丽亚宽慰了不少。

联合国安理会提出，除非有国际协定的授权，否则外国军队不得进攻塞浦路斯。安理会谴责希腊人支持塞浦路斯政变，也指责土耳其发动军事行动。

"只要谈判在继续，局面就不会变得更糟。"帕尼库斯乐观地说。

事态随时都有可能升级，演变成一场不只局限于塞浦路斯的全面战争。希腊宣布调兵遣将，军队正向希土边界开进。

土耳其则宣称他们进军塞浦路斯纯粹是为了保护土耳其族居民，并希望两大社区能恢复谈判。

同街而居的厄兹坎一家也十分焦急。

"可能是真的，"侯赛因说，"他们大兵压境，就是为了保护我们。"

数千名土耳其族塞浦路斯人被迫离家，很多人已沦为人质，他们的村子周围都是国民警卫队。还有几百人被关押在足球场里。

"要是土耳其不发兵塞浦路斯，这一切都不会发生！"埃米内苦恼地喊道。

"你知道什么，"哈里德反驳道，"如果是那样，我们就又得过上六十年代的生活。希腊人不愿意我们留在这里！一切都是老样子。"

"可能他们真的是来保护我们的……"侯赛因重复道。

"可他们现在恰恰把我们推到了危险之中。"他母亲答。

沉默了片刻，她再次爆发，讲明了真正令她焦虑的原因。

"你弟弟……"她痛哭流涕，"阿里！他在哪儿？他去了什么地方？"

她知道问了也是白问。她走出房间，只剩下父子三人听着穿墙而来的哭泣声。

第二天，帕尼库斯如往常一样去了电器店上班，可一单生意也没有。没人会在这个时候出来买灯泡。

伊里妮不知疲倦地洗、擦、做饭，新一轮的擦洗。每个人都处在崩溃的边缘。

瓦西利斯从酒馆回到家，带回不少消息，但真假难辨。

"他们用了凝固汽油弹！"他大声喊，"整个岛都可能被他们烧光！"

伊里妮劝他镇定："这可能不是真的，有时听信谣言一点用都没有。"

赫里斯托斯杳无音讯，这给他们的生活带来了巨大的阴影，对塞浦路斯命运未卜的恐惧走进了这个家庭，进入了他们的灵魂。

土耳其军队不停进攻，两大社区的塞浦路斯人都惊恐地看着训练有素的士兵向南进发。

混乱和恐慌中，希腊族和土耳其族塞浦路斯人逃离家园，人们把钱和贵重物品埋在花园里，来到塞浦路斯独立后英国人保留的军事基地里避难。

游客现在更像热锅上的蚂蚁了。这个岛国的主机场已被炸毁，数百人被困尼科西亚的勒德拉宫酒店。在推翻马卡里奥斯的政变之后，已有数千名度假者离开，可土耳其军队的入侵让尚未离开的度假者陷入了盲目的恐慌里。

16

第二天一大早，侯赛因来到海滩，他知道那些日光浴床已无关紧要了。尽管土耳其人同意停火的消息已经传来，日出酒店前的这片区域还是一片萧条。

这片空荡荡的沙滩上只有一个人，布鲁切梅耶夫人。她依然沿袭每天的习惯，在游晨泳。大海格外平静，她轻松地游着，划破轻柔的水面。

一切都和昔日的早晨没有区别。

"早上好。"布鲁切梅耶夫人已来到海滩上。

每次打招呼，他都感动于她又学会了一点他的语言。

"早上好。"他答。

他坐在沙滩上凝视眼前的一切。就在不远处，数千名土耳其族塞浦路斯人被困在了这座城墙环绕的城市里。他不知道阿里在附近，还是去了更远的战场。没有了往来车辆和游客，一切都显得平静。他躺下来，望着天空，闭上眼睛。海水轻轻地拍打着沙滩，不一会儿他便睡着了。

他的好睡眠没有维持多久。一声低沉的轰鸣声把他吵醒，他睁开眼睛，一个巨大的影子从头顶上方飘过。那是架飞机，他几乎能看到里面的飞行员。机上的标志表明这是一架土耳其战斗机。侯赛因站了起来。片刻后,一声巨大的爆裂声响起。他难以置信地看着附近一家酒店的一侧轰然坍塌,沙堡也不会塌得这么快。

仅仅过了几个小时,停火协议便被破坏。土耳其军队依旧在空袭。法马古斯塔成为他们的目标。

萨瓦斯正在工地的办公室里计算施工中断给他造成的损失,一声炸响,超过他所听过的最强劲的雷声一千倍,他连忙跑到外面的沙滩上,附近一座十层建筑被炸成了碎片,正燃起熊熊大火。

人们纷纷涌出家门、咖啡馆和商店。和萨瓦斯一样,他们简直不敢相信自己的眼睛。怎么会发生这样的事?

那架土耳其飞机已经飞远了,可危险还未远离,几分钟后,所有人都醒悟了。飞机很可能会再回来。

萨瓦斯需要去趟日出酒店。他锁上办公室,加快脚步沿海滩步行。土耳其人应该不会向海里扔炸弹,这可能是最安全的路径。

平日里大厅一派喧忙:接待台后四个笔直的工作人员,身着制服等着运送行李的行李搬运工,为客人恭敬开门的门童,忙着擦亮巨大的盆栽植物的女清洁员,还有大厅右边露台酒吧里满满的客人,来来往往。

如今,整个大厅里只有一个人。科斯塔斯。他正在接待台后面翻看记有客人姓名的大账簿。他一抬头,看到了萨瓦斯。

"我想酒店已经空了,"他说,"我肯定所有客人都走了。"

"所有账都结清了吗?"

"有些没有。"

"什么意思……"

"人们唯一感兴趣的事是尽快离开这里。"

"你没把账单给他们吗?"

"帕帕科斯塔先生，这里乱成了一锅粥。我准备好了账单，可所有人都只顾着离开。"

"他们都结账了吧？"

萨瓦斯抱起胳膊等待回答。这足以表现他的不满。

"有些人把钥匙往接待台上一扔就走了。女服务员告诉我，几乎每个房间里都有客人留下的东西。他们肯定会再回来，取走他们的东西，再付清欠钱。"

科斯塔斯合上账簿，把两把房间钥匙挂在他身后的挂钩上，抬起接待台的活板，走到大厅里。

马科斯出现了。他看起来十分冷静。一连几个小时他都在帮忙组织客人离开。

"所有人都走了。"萨瓦斯看到他，灰心地说。

"也不尽然，"马科斯道，"布鲁切梅耶夫人还在。我带她去了夜总会。那里是地下，很安全。"

"她不想走吗？"

"是的，她没这个打算。"

"这是一座不倒的建筑，"萨瓦斯骄傲地说，"土耳其人别想用一颗炸弹就把它炸毁。"

"希望你是对的。"

"你见过我妻子吗？"萨瓦斯说，他现在想起了他的妻子。

"今天没见过。"马科斯老实答。

离开之前，萨瓦斯又和科斯塔斯谈了几句。

"你能想办法留一些最基本的工作人员吗？这一切结束时，我不希望重新开业的时候人手不够。"

"可很多人都去打仗了……"

科斯塔斯还没说完，萨瓦斯就转身大步走出了酒店。

他沿沙滩返回了工地办公室。电话又不通了，他只好开车回家，去给妻子讲讲都发生了什么。

阿芙洛狄忒在公寓里听广播，她听说了停火的消息。空调嗡嗡响着，她还不知道事态的最新进展。

她把那颗珍珠拿在手里，用指尖把玩，在手心里滚动，欣赏着它的小巧之美。她不时看向窗外，街上的建筑反射着阳光，有些刺目。那天下午酷热难耐，柏油路面都被烤化了，路标似乎被晒弯了，大多数人都留在室内躲避着高温。

她抬头看了一眼镜子里的自己。她几乎虚度了一整个早晨的光阴，虽然头发有点乱，可画了眼线的眼睛依旧很美。

她留在公寓里，完全沉浸在自己的思绪中，既没听到飞机隆隆低空飞过，也没听见前门的开关声。即便丈夫唤她的名字也没能让她回过神来。

直到她看到梳妆台镜里人影一闪，才转过身来。她把珍珠攥在手心里。

"阿芙洛狄忒！"

"怎么了，萨瓦斯？"

"你没听到吗？你聋了吗？"丈夫的声音里有明显的怒火，"这么说你不知道轰炸的事？"

"不知道！在哪里？出了什么事？"

"土耳其军队派飞机来了。他们正在轰炸法马古斯塔！"

阿芙洛狄忒站起来看着她丈夫。

"我们得到日出酒店去。即便遭到轰炸，我们在地下室也很安全。"

阿芙洛狄忒悄悄拉开抽屉，把珍珠放回原处，然后抓起手袋，跟着萨瓦斯出了门。

大街小巷里连一辆车都没有，几分钟后他们就到了酒店。还没走进去，他们就听到一连串震耳欲聋的声响。轰炸目标仍是酒店，现在国民警卫队把那座酒店当成指挥部，组织进攻这座城墙环绕的古城，而法马古斯塔的那片区域一直以来都由土耳其族塞浦路斯人控制。

"到楼下去。"萨瓦斯命令道。

她上一次来月光俱乐部仿佛是一个世纪以前的事了。马科斯会不会也在？她走下半明半暗的楼梯，打开门。所有的灯都开着，紫色的天鹅绒似乎失去了往日的魅力，显得庸俗艳丽，低级不堪。

布鲁切梅耶夫人孤身一人坐在舞台边上的长沙发里，抬起头笑了。

"布鲁切梅耶夫人！见到你真是个美好的惊喜！"阿芙洛狄忒说。

马科斯从另一扇门走了进来。

"女士们！"他说，"我最心爱的两位女士！你们都来陪我了！"

阿芙洛狄忒坐了下来。她的心突突狂跳着，既快乐又痛苦。

"马科斯。"即便只说出他的名字也让她的脊背一阵刺痛。

"我去给你们拿点喝的，好吗？免费招待。"

他的轻松无虑显得不合时宜，夜总会墙外那可怕的一切仿佛并不存在，两个女人被他逗得很高兴。他们能做什么呢？外面的一切都不受他们的控制。

他们选了威士忌，碰杯，畅饮。

"干杯！"马科斯怔怔地看了一眼阿芙洛狄忒，然后扭过头，也怔怔地看着布鲁切梅耶夫人。

"干杯！"他又说了一遍。

"我手袋里有个小玩意儿，"布鲁切梅耶夫人说，"如果得在这里待很久，它迟早能派得上用场。"

她拿出一盒纸牌，马科斯走了，两个女人玩起来。在一个没有窗户的空间里，时间失去了意义。或许太阳早已落下又升起了。

马科斯经常回来看她们，并会带来厨房里的食物。有个厨师一直在上班，履行着他的合同，而合同里并没有关于空袭的条款。冰箱里有的是食材，足够喂饱一千个人。

接下来的几天里，她们的时间就是在爵士乐和蓝调中打发的，她们听了埃拉·费兹洁拉、比莉·荷莉戴和雷·查尔斯的歌，这些都是月光夜总会最受欢迎的歌曲。马科斯还为布鲁切梅耶夫人播放了法兰克·辛纳屈的所有歌曲。

"如果有哪个男人让我甘愿与之共度终生……"她说，眼睛亮晶晶的，"那他一定要有双蓝射的押金。"

听到这样的发音，阿芙洛狄忒咯咯笑了出来。

"是蓝色的眼睛。"她用标准英语重复了一遍。威士忌带给了她们愉悦，几个小时过去了，几天过去了。她们倒是可以随便出入这个紫色的牢笼，可没有更安全的去处，她们也哪儿都不想去。

马科斯继续在月光夜总会进进出出，他通常会从保险柜里取走一个包裹。有时他会回家陪父母。郊区还算安全。

两个女人总会向他问起外面的情况，他的回答令人振奋。

"现在安静了，可你们还是暂时留在这里比较安全。"

只要马科斯在夜总会里陪她们，对阿芙洛狄忒来说，外面发生的一切就都不重要了。他和布鲁切梅耶夫人调情时，布鲁切梅耶夫人眼中的光彩比她的钻石还要明亮，可阿芙洛狄忒肯定他对她绽放的笑容是不一样的。只要有可能，他就会摸摸她的手或胳膊，动作又随意又轻快，但绝非偶然。

一起待在这个为夜晚而设的地方，她感觉自己远离了外面那个世界，不用负责任，快乐至极。她影响不了士兵或政客的行动，而且她相信，与马科斯在一起的亲密时光把他们紧密地联系在了一起，这一点是以往任何事都无法比拟的。

马科斯总是在萨瓦斯回夜总会睡觉前离开。

萨瓦斯一回来就是摊开手脚躺在长沙发上。音乐早就被关掉了，两个女人一连几个小时都得默不作声。萨瓦斯神经紧张，心情遭透了。

在过去的几天里，土耳其人又摧毁了几座酒店。

虽然发生了这么多事，可萨瓦斯依旧选择相信一切都是暂时的，事情过后，他可以照常营业。但日子一天天过去，连个解决的办法都没有，他很愤怒和泄气。政客们必须解决现在这场危机。这牵涉到所有人的利益。现在是七月，正值旅游高峰季节，日出酒店没有一个住客，天堂海滩酒店的开业又不得不向后推迟，绝对堪称一场灾难。

天堂海滩酒店的外部工程几近完工。所有窗户都已安装完毕，像镜子一样映照出天空，每当太阳升起，整座建筑仿佛都在燃烧。未来主义设计风格，让萨瓦斯相信这座酒店将把法马古斯塔带入未来。

闪闪发亮的巨大高楼很快成为土耳其飞机的目标。一个清晨，他们精准地向酒店屋顶投下几颗炸弹。顷刻间，酒店中央被炸出一个大洞，所有窗户炸得粉碎。一场大火席卷了整片废墟。萨瓦斯到现场时，只觉得自己看到了一具被剥光了皮肉的尸体，只剩下一副扭曲烧焦的骨架。

那天下午，萨瓦斯失魂落魄地回到月光夜总会，脸和头发上落满了尘土。

"这是一场浩劫……"他轻声对阿芙洛狄忒说，"一切，我曾经为之努力的一切。"

阿芙洛狄忒从没见过男人放声哭泣。即便是哥哥去世时，父亲也只是偷偷抹去泪水。

这是一种异样的悲痛。由愤怒而起。

她很想安慰安慰他，可她的话听来空洞得很。

"我们可以重建，萨瓦斯……"

"你看到外面的情形，就不会这么说了！"他喊道，"我们完了！一切都毁了！"

17

　　萨瓦斯只把注意力放在法马古斯塔的一隅，而马科斯带来了这座城市以外的消息。这场由希腊人支持的军事政变致使雅典军政府垮台。经历了七年的军事独裁统治之后，民主得以恢复，这意味着希腊前总理康斯坦丁·卡拉曼利斯将结束流亡回国。而桑普森已在土耳其军队入塞之际辞职，格拉夫科斯·克莱里季斯宣誓就职总统。

　　对于雅典新政府来说，塞浦路斯依旧是最重要的议题。

　　"所以，"马科斯向布鲁切梅耶夫人解释，"负责保护塞浦路斯共和国的党派、英国、土耳其和希腊将坐在一张桌子上谈判。"

　　"一个独立的共和国居然要外人来干涉？"来自德国的布鲁切梅耶夫人大声问道，"这可真荒谬。"

　　"要是有助于摆脱土耳其人，实现和平，又有什么关系？"阿芙洛狄忒说。

　　"或许这算不上真正的独立，"布鲁切梅耶夫人又说，"否则你肯定不愿意这些外国人不停插手你自己的事。"

　　在地下躲了数日，终于可以安全返回地面了。她们走上楼梯，来到令人目眩的阳光下，感觉自己蓬头垢面。

　　一切还是老样子。日出酒店毫发无伤；棕榈树依旧像哨兵一样矗立在入口。

两个女人走进大厅。萨瓦斯坚持让海豚喷水，水流声给这个沉寂的地方带来了一点生气。

布鲁切梅耶夫人走向电梯。

"我得去洗个澡，"她说，"希望一会儿能再见到你。"

阿芙洛狄忒向露台酒吧走去，脱掉鞋子走到沙滩上，从这里能看到日出酒店西南两侧的一排酒店。很多酒店都遭受了轰炸。有些酒店的一侧有个大洞，阳台侧倾着搭在一起，有些则以非常危险的角度歪斜着。不见人影的沙滩本就十分怪异，再加上损毁的建筑，简直是一副世界末日的景象。

她站在那里，背对大海，仰头注视着日出酒店。一切都那么整齐、对称、完整，恰如酒店完工的那一日。

马科斯开着他的科迪纳汽车离开停车场，后备厢里装了好几个包裹。赫里斯托斯依旧没有回家，可哈拉兰博斯几天前曾打电话来叫他送几个包裹到修车厂。现在 EOKA B 队和国民警卫队在政变中获胜，而马卡里奥斯的人则节节败退，所以收藏这些包裹不再那么危险了。只是土耳其军队还在推进，哈拉兰博斯希望他的队伍能武装起来。

送完东西，马科斯回到家里。他的母亲坐在花园里的小桌旁。他早晨出门时她就坐在那里。这期间她去了一趟教堂，点了蜡烛，祈祷与她同名的阿基亚埃里尼能带来和平，更重要的是，能保佑她的小儿子尽快回家。

桌子上有新鲜出炉的蛋糕。

伊里妮正在织花边。马科斯从小就见惯了她织花边。她抬起头看着他，什么都不需要问。

"修车厂的其他几个男孩子都没有他的消息。哈拉兰博斯也不在。"

"你是说他们失踪了？"

"妈妈，"马科斯说着握住她的手，"他们只是离开一段时间，不是失踪。他们可能是去参加训练了。"

现在就连马科斯也有些担心了，他母亲能感觉到。

"亲爱的，我们该怎么办？"

"我们什么都做不了，只能耐心等待。"他答，不像是儿子对母亲说话，倒像是父亲在引导女儿。

伊里妮无数次地画十字。

"今天是你的圣日！"看到蛋糕，马科斯突然大声说，"祝你长命百岁！"他拥抱母亲，"真抱歉，我忘了！"

"不要紧，亲爱的。我们都有很多烦心事……"

一时间两人沉默下来。

"这蛋糕是埃米内送来的。"

玛丽亚带着一岁多的小瓦斯拉克斯来到院子里。他们每人切了一大块黏糊糊的蛋糕吃，阳光下，黏稠的糖浆顺着他们的下巴向下流。瓦斯拉克斯咯咯笑着挨个舔手指。

"一，二，三，四。"他母亲数道。孩子笨拙地学着母亲的发音，小小的眉头皱着，一副聚精会神的样子。

他们的脸上都挂着笑容，心中的焦虑却没有一刻远离。

那一天和第二天，法马古斯塔异常安静，可在别处，土耳其军队攻克了一个又一个村庄。国民警卫队依然在顽强抵抗，却被多次击溃。

"他们每天增兵超过一万五千人。"瓦西利斯对马科斯说。

"纯属夸张！"马科斯大声说，"说这样的话只会让情况变得更糟。"

广播里报道的数字只有一半，可即便政客和外交人员一直在谈判，增兵数字还是不断增加。在日内瓦，土耳其、希腊和英国的外长正在进行密集谈判。

"土耳其人向这个岛派了这么多兵，谈判怎么可能有结果？"瓦西利斯说，"什么作用都不会有，是不是？"

帕尼库斯依然每天尽职尽责地去电器店，玛丽亚抽出更多时间在楼下陪父母。

"妈妈，我们得为那些难民提供些衣服，"她说，"我听说有人在号召捐赠。"

在凯里尼亚，为逃避入侵军队，数千人逃离了家园，现在一无所有。

那天晚上，他们一边吃晚饭，一边收听实况新闻。

"已经达成了和平协议。"广播员说。

"瞧吧，"玛丽亚大叫道，"一切都会好起来的。"

"别说话，玛丽亚！"瓦西利斯说，"接着听。"

他们听到的消息让他们放下心来。希腊、土耳其和英国三国的外长签署了协议。虽然土耳其不会撤军，可士兵人数将会减少。各方都承诺不会破坏和平协定的条款。

他们默默地坐在那里聆听好消息：土耳其指挥官收回向联合国部队提出的离开土控区域的要求，新总统克莱里季斯和土耳其族领导人拉乌夫·登克塔什的会面也将进行。

"这么说一切都将恢复正常了？"瓦西利斯说，"好像不太可能。"

"可听起来停火协议已经生效了。"帕尼库斯说。

"谢天谢地。"玛丽亚小声说。

对伊里妮来说，这一切都没有意义。如果赫里斯托斯没有回来，她不会庆祝和平。她默默地收走盘子，自己却一口也没吃。和平时一样，她为小儿子准备了一个位置。

附近的厄兹坎一家也在吃晚饭。再次听到停火的消息，他们都松了口气。

"这就是说阿里要回来了。"侯赛因安慰母亲。

"但愿如此。"她说，声音几乎细不可闻。

"赫里斯托斯有消息吗？"她儿子问。

"据我所知还没有，"她说，"他们和我们一样担心。"

"现在达成了协议，可能他就快回来了。"哈里德插嘴道。

埃米内经常去伊里妮家串门，不过最近她去得更勤了。两个女人互诉对儿子的挂心。

"你怎么还常去他们家？"哈里德说，他觉得两家人应该保持距离。

"因为伊里妮是我的朋友！"埃米内坚定地说。

一起在夜总会避难的日子拉近了阿芙洛狄忒和布鲁切梅耶夫人的距离。虽然法马古斯塔还远远谈不上恢复正常，可依旧有咖啡馆营业，所以她们结伴前往，消磨时间。

"我想我要回德国待几个星期了，"布鲁切梅耶夫人说，"等到这场灾难结束了，我就回来。"

阿芙洛狄忒的脸上流露出失望的神色。她们在一起的时光分散了她的注意力，让她不会时时刻刻都想去见马科斯。

"别担心，亲爱的，"这位上了年纪的德国人说，"我不会一去不回。只有在这里，生活才有滋有味……"

第二天早晨，阿芙洛狄忒一早就来给好朋友送行。马科斯也来酒店里为她安排交通。三个人站在一起。

"亲爱的，"布鲁切梅耶夫人说，"我将天天期盼早日回来。"

他们挥手与她道别。

"马科斯，"阿芙洛狄忒一边笑着挥手，一边轻声说，"我太想你了。"

现在空房间有的是，可他们还是小心翼翼地分别去了顶楼套房。在那里，他们宛若第一次缠绵那般，享受着鱼水之欢。

几天后，埃米内又去了乔治乌家。和平协定带来的乐观情绪转瞬间就减弱了。悬而未决的问题依然不少，预计又会展开第二轮谈判。

"亲爱的伊里妮，"埃米内泪眼蒙眬地说，"我觉得我应该道歉。"

"你？为什么？"

"为了现在发生的事，"埃米内答，"土耳其士兵怎么能干出这样的事呢？他们甚至还向妇女和儿童开枪。男人都被带走集中关在一起了。"

"停火协议根本就没用，是不是？"

两个女人几乎紧贴在一起。她们并不总能聊个不停，可她们能带给彼此慰藉。

土耳其的军队和武器并没有减少，反而越来越多。

凯里尼亚周围山区里的希腊族塞浦路斯人居住的村庄遭到了攻击并被占领，数千人为了避免成为炮弹和迫击炮下的亡魂，依旧在逃难。南海岸的拉纳卡也成了攻击对象。虽然有停火协议，可土耳其军队依旧向南推进，速度不快，却从未停止。

就在两个女人聊天的时候，远方响起了迫击炮沉闷的隆隆声。法马古斯塔的周边地区仍有战斗，数千名土耳其族塞浦路斯人依旧没能冲出重围，被隔绝在古老的城墙内。港口依然在封闭。

伊里妮一直希望马卡里奥斯能回来扭转局面。听说这位被赶下台的总统此时身在英国。

"他说过，他希望看到希腊族和土耳其族塞浦路斯人和平共处。"

"可我们首先得摆脱那些外来者，"埃米内说，"他们在这里大开杀戒，什么好结果都别想有。"

希腊族塞浦路斯人纷传处在土耳其战线后方的同族遭到了强奸

和屠杀，土耳其族塞浦路斯人则指责希腊族塞浦路斯人谋杀和抢劫。两族人互相指责对方侵犯人权，不分青红皂白就采取暴力行为。双方扣押了无数人质，两个社区的男人、女人和孩子都在逃命，虽然有了和平协议，和平却并未真正降临。

从一九二三年起，小亚细亚的希腊人和土耳其人被迫带上财产，离开家园，从东向西，又从西向东迁徙，在路上会碰到对方。只是这次希腊族塞浦路斯人和土耳其族塞浦路斯人是在逃命。和当时一样，本来和谐共处的社区被生生割离，他们赖以生存的信任毁于一旦。

被土军俘获的希腊族塞浦路斯人都被送去了土耳其的亚达那。土方公布了俘房的姓名，保证将很快释放他们。伊里妮安慰自己说赫里斯托斯的名字也在其中。

"这样至少我知道他在什么地方，"她说，"能把他找回来。"

将近四百人被俘。赫里斯托斯的名字不在其中，伊里妮哭了，她的希望又破灭了。

谈判仍在继续，土耳其要求为岛上的土族塞浦路斯人设立独立行政区。各方同意在尼科西亚划定新的分界线，双方都得遵守停火协议的命令。

"他们真觉得能解决现在的状况？"瓦西利斯含糊不清地说，"他们能有办法让我们和平共处？能在千里之外控制这里的局面？"他喝醉了，变得十分好斗。

"他们一直在尝试，"玛丽亚问，"继续谈判不是挺好的吗？"

"就算他们达成了协议，谁来执行？"这问题是问他儿子的。对瓦西利斯来说，这是男人之间的对话。

"马科斯，你觉得呢？"伊里妮问道，"赫里斯托斯什么时候能回到我们身边？"

她指望大儿子能说出有见地的话。他与外界的联系更紧密。虽说酒店和夜总会都关门了，可他似乎还是有很多事要做，经常出门。

"我真不知道,妈妈,可我相信那些大国会为我们找到解决办法。"

为了不让母亲神经紧张,他没有提到笼罩在所有人头上的威胁。希腊正向希土边界进军,这两个国家很可能爆发全面冲突,而这将会成为灭顶之灾。

"不要太担心,"他说,"我很肯定一切都会好起来的。"

他吻了吻母亲的脸便出门了。

这样随意的举动让她安心不少,她愿意相信他。

18

事实证明，一向悲观的瓦西利斯说对了。土耳其坚持要求为土族塞浦路斯人设立独立行政区，并开出了最后通牒。希腊人有二十四小时来思考是否接受这一建议，可他们当即一口回绝。和平谈判彻底失败。

土耳其军队一直在塞浦路斯待命，八月十四日黎明之前，他们得到了新的命令：进军。坦克向法马古斯塔开进。仅余的安全感消失殆尽。

"还有国民警卫队在保护我们，对吗？"脸色苍白的玛丽亚充满了恐惧。

"依我看，他们抵挡不了坦克。"瓦西利斯答。

"坦克……"玛丽亚轻声说，紧紧搂住她的孩子。

远方突然响起的炮火声好像惊扰了她未出世的孩子。她感觉宝宝在她的肚子里动个不停。还有两个月才到预产期，可她感觉十分沉重。

伊里妮注意到了她的痛苦。

"快过来坐下，亲爱的。"她说。

很快，恐惧就让法马古斯塔人手足无措。他们像是集体倒抽了一口凉气，不敢相信他们的城市会有如此遭遇。

不到一个月之前，人们在这片迷人又富饶的度假胜地上，开跑车四处兜风，炫耀最新的时装，观看戏剧，听世界级乐队的表演，享用欧式餐点，周日到萨拉米斯远足，参加庆典游行，送孩子接受洗礼，参加盛大的婚礼，调情做爱直到旭日东升。

这些仿佛都是上辈子的事了。

现在他们面临着一个新现实：他们了解和视为理所当然的一切都受到了威胁。

之前他们不愿意承认这个现实，萨瓦斯就是其中之一。他固执地拒绝承认他们身处危险的境地。日出酒店屹立不倒，毫发未损地在阳光下闪闪发亮。这将是一座不倒的建筑，它从不曾偷工减料，建造时不惜工本。他相信其他酒店都不复存在时，它依然会傲然耸立，像太阳神阿波罗的神庙一样，俯瞰太阳日日升起。

新酒店的工地已成废墟，他每天都待在日出酒店的办公室里。

"他们一定会重启谈判，"一天早晨，他对马科斯说，"他们只是想要行政区。这不过是边缘政策而已。"

"但愿我能同意你的说法，"马科斯答道，"可我不确定他们是否有意停手。你知道他们要划定界线的事吗？"

"什么界线？"

"他们要在塞浦路斯划一条分界线。这条线竟然还有个名字，叫阿提拉。"

萨瓦斯说什么都不愿意相信这一点。

"他们不能这么做！美国人和英国人绝不会听之任之！"

马科斯不愿和老板争论。那没有任何意义。萨瓦斯并不总是对的，可他向来觉得自己正确无比。

"人们可以相信他们愿意相信的事。但时间一到，自见分晓。"

随着土耳其军队缓慢却不可阻挡地逼近，他们的意图越来越明显。马科斯的消息是对的。他们意在封锁从东到西的这条线。在西边，他们把目光投到了莫尔富，在东面，则是攻克法马古斯塔。联合国命令他们停止推进，但他们置若罔闻。尼科西亚正一点点遭到封闭。

抵抗已经太迟了。郊区快速失守。港口仍有战斗发生，土耳其军舰炮击不断。逃命是唯一的选择。法马古斯塔人无计可施，寡不敌众。没人来拯救他们。就连希腊也没有插手来救他们跳出火坑。

一旦现实到了不容转圜的地步，恐惧便代替了沉寂。恐慌开始蔓延。他们应该去往何方？应该随身携带哪些东西？

那天夜里，国民警卫队意识到没希望了，他们救不了这座城市，就连附近的联合国部队似乎也爱莫能助。无论在什么地方，都能听到有人在呼喊：

"土耳其人来了！土耳其人来了！"

这个恐怖的事实在大街小巷里回荡，四万人环视他们的家，立即就明白什么最重要。有人拿了圣像，有人拿了锅罐，有人拿了毯子，有人拿了珍贵的钟表，还有人什么都没拿。有人只是抱起了他们的孩子，毕竟孩子无可取代。没时间迟疑了。要是他们在这个小决定上犹豫不定，就可能失去一切。

空袭仍在继续，滨海区和港口区不断涌起浓浓黑烟。

一颗强力炸弹落在日出酒店旁边的街道上。接待处的枝形吊灯震动不已，一枚枚小水晶叮叮当当，响了好几分钟。

"帕帕科斯塔先生，"科斯塔斯用颤抖的声音说，"我得走了。所有的客人都离开了。员工也一样。"

他合上账簿，抬起接待台的活板，走入大厅。

"我的家人在等我。我想带他们离开。"

科斯塔斯一直是恭顺的楷模，可现在他知道必须坚持自己的立场。他此时唯一在乎的是给妻儿找个容身之所。虽然他的老板不慌不忙，可他没有时间了。

又一架飞机从头顶飞过。巨大的引擎声清晰可闻。不管这飞机是土耳其的，还是如他们所愿由希腊派来的，他们都该首先寻找安全。

"我想你也该走了，帕帕科斯塔先生。大家都觉得这只是暂时的。"

"是的，你说得对。所有人都盼着斡旋；过段日子，一切就会恢复。我很肯定。"

科斯塔斯转身别过萨瓦斯，大步离去。他不知道是否会丢掉工作，可他分分秒秒都能感觉到，不管是他还是他的妻儿，随时都有性命之虞。他对帕帕科斯塔的忠诚已经到了极限。

玻璃门噔一声关上了。

萨瓦斯站在那儿。他不怕死。他只是很难过，因为他的酒店里空荡荡的。他的心里好像蓦地出现了一个大洞。

阿芙洛狄忒站在阳台上看到萨瓦斯把车停在外面，冲进了他们的公寓楼。

她向左看了一眼大海，阳光十分耀眼。平地上车流如潮。所有人都有同一个目的：出城。

海风轻柔，可空气仍是凝滞的。沿阳台墙壁种植的茉莉花依旧馥郁芬芳，他们特意为它请了一个园丁修剪枝叶和浇水。她把脸靠近迷人的白色花瓣，心不在焉地摘下了一个花枝。

隆隆的轰炸声响起，恐惧将她包围。电话根本不通。

她跑去给萨瓦斯开门。

"我们得出城了。"他说。

阿芙洛狄忒感觉喉咙发干。

"我收拾点东西。"她轻声说，用手指拨弄吊坠上的宝石。

"没时间了。我们需要安置好你的珠宝。不能留在这里，也不能随身携带。"

"那……"

"拿上所有的珠宝，放进保险库里。马科斯在那里等我们。"

萨瓦斯在他办公桌的抽屉里翻找了一会儿，拿出一些文件，然后走向大门。

"楼下见。"他说。

阿芙洛狄忒开始收拾珠宝。

梳妆台每边有五个抽屉，每个抽屉都有一把钥匙。这件特制的家具，就是个巨大的带锁珠宝盒，但它阻止不了蓄意偷窃的人。

钥匙放在一本被掏空了书页的书里，她拿出全部十把钥匙，打开所有抽屉。大部分珠宝都放在软袋或原包装里。她颤抖着双手，尽可能快地从下往上清空抽屉。三分钟后，梳妆台被掏空，只剩下左上角的那个抽屉。里面的东西很特别。

她伸手进去摸索着取出一个绿色丝绒袋，里面是一颗小小的珍珠。在阿芙洛狄忒眼中，这颗珍珠比她脚边那个鼓鼓囊囊的帆布袋里的任何一件东西都珍贵。她拿过梳妆台上的手包，找出绣花钱包，把丝绒袋装进去，扣好。

阳台下面传来一声巨大的汽车喇叭声。不用看也知道是萨瓦斯。

她向前门走去，途中冲进卫生间，抓了一条毛巾盖在珠宝上面。

她在电梯里瞥了一眼无人擦拭的镜子，打量着自己的高跟凉鞋和新裙子。危险近在眼前，可她还是用搭电梯下楼的这会儿工夫重新涂了口红。

她推开大门，酷热难耐，萨瓦斯正一手猛按方向盘，头伸出驾驶座的车窗大叫。

"阿芙洛狄忒！快点！快点！快点！"

她费力地拖着袋子，一声不吭地钻进车里，用手臂搂住放在腿上的袋子，以免它掉下去。

萨瓦斯没有熄火，她刚一关上门，车子便急驰而去。

"你刚才都干什么了？"

阿芙洛狄忒固执地不去理会丈夫。

"看在老天的分上，我都等了五分钟了！"

他一面嘟嘟囔囔地怨这怨那，一面驶向通往海边的公路。

"天啊！车太多了。要是你能收拾得快点儿……马科斯一直在等我们。"

快到酒店的时候，车流挡住了出口，他们无法驶上大路。他出发时就预见到了，可还是猛踩一脚刹车，仿佛措手不及。

"你就不能整理得快点吗？"他的语气里难掩讽刺，"就连今天这日子都不行？"

阿芙洛狄忒早已听惯了他的责备，也学会了不还嘴，否则只会大吵一架。

几分钟后，萨瓦斯强行挤入了车流。

车子一点点行进，每次踩刹车，萨瓦斯都要骂骂咧咧地用拳头重重敲击方向盘。阿芙洛狄忒汗水涔涔，焦虑，紧张，天气燥热，任何一个都足以成为她汗流浃背的理由，可真正的原因是她的期待与兴奋。用不了多久她就能见到马科斯了。仿佛已经是沧海桑田，而她每天都会思念他无数遍。

十分钟后（步行根本用不了这么久），他们终于来到了日出酒店门口。

平日里总有两个身着制服的门童迎接他们，而此时只有一个身穿白衬衫的男子在等待。他俯身和萨瓦斯说话。

"帕帕科斯塔先生，我给你找到了一些地方。"

"谢谢，马科斯。尽快，阿芙洛狄忒。我要去最后检查一遍酒店。"

"老实说，你真应该换掉这双鞋。"他又指了指她的脚。

马科斯绕过去拉开了车门。

"晚上好，帕帕科斯塔夫人。我来帮你。"

阿芙洛狄忒抬手把袋子交给他，走出汽车，"镇定"地跟着他走进夜总会的大门。

大门在他们身后关闭。

凉爽且半明半暗的夜总会大厅里，他们之间的拘谨消失了。

"马科斯……"

她跟着他走下楼梯，来到保险库的金属门边。马科斯从口袋里拿出一把钥匙，转动门锁。

阿芙洛狄忒浑身一颤。里面比冰箱还冷，灯光昏暗。

他转身锁上门，轻轻摸了一下她的下巴。

"你真美。"他说。

她机械地抬起头看着他；她盼着他能亲亲她，却感觉他并没有这个打算。

他松松地握着她的一只手，用另一只手转动着其中一个保险箱上的暗码盘。暗码组合很复杂，可门终于还是开了。里面什么都没有，阿芙洛狄忒走上前，拿出地板上帆布包里的软袋和小盒，一股脑儿地摆进去，只想尽快完成任务。

"这样不行，亲爱的，"马科斯建议道，"会装不下的。"

阿芙洛狄忒站在一边，马科斯一次拿起四五件，整整齐齐地摆放在一起。这样的事他做惯了。

"时间紧迫……"她说。

几分钟后，珠宝摆好了，他站起来退后两步，欣赏着自己的劳动成果。

"看到了吧？现在都装进去了。"他说着关上门，旋转暗码盘，用钥匙给保险箱上了第二道锁。

他转身看着她。

"这些怎么办？"他拿起她的吊坠，又摸了摸她的耳朵，"还有这些？"他拉住她那只戴着戒指和手镯的手，放在唇边，他的目光一直迎着她迷恋的眼神。

“马科斯……”

“嗯？”他答。这次，他拥抱了她。

不管她打算说什么，此时都已忘得一干二净。她的脑海一片空白，只能感觉到他的唇贴着她的唇，手指轻轻捧着她的脖子。

萨瓦斯走出没有熄火的车子，独自一人待在这个由他赤手空拳打造出来的休闲万神殿中。他扫了一眼接待台后面一排排带有编号的挂钩。五百枚钥匙都整齐地挂在一起。

自开业到现在，这里从不需要上锁。可在今天，萨瓦斯手拿一大串钥匙，跑遍了所有后门和侧门，又去了厨房。脚步声在走廊里回荡。他两次停下来呼唤了几声，以为这脚步声是其他人的，可酒店里只有他一个人。

员工虽然走得比他认为的要早，可至少算得上尽责。大部门房门都锁好了。他回到大厅，把手伸进接待台，关掉了喷泉的机械装置。两年来，水流第一次归于平静。

他转身环视着这个宏伟的大厅。一只镀金海豚口中传来了滴滴答答的水声，除此之外没有一点声响。接待台后面，硕大的电子钟依然在闪动：雅典，伦敦，纽约，香港，东京。新闻报道中，这些远方的城市都在关注这个动荡的岛国，可此时此刻，它们显得格外遥远。

酒店大门和金属护栏的钥匙放在表袋上，这是它们第一次派上用场。它们曾经如同虚设。所有的门窗锁好后，他走出酒店，在下午的酷热中，给大门上了双重锁。

汽车的发动机还在运转，却不见阿芙洛狄忒。

路上的车子越来越多，人行道上都是拿着包袱或箱子的人。有些人站在汽车前面，询问是否可以搭车。恐慌已经蔓延。

他大步向夜总会走去，还没到，就看见他的妻子出现在玻璃门的另一边。马科斯跟在她身后。

"阿芙洛狄忒,上车好吗?"他严厉地说,"马科斯,能聊几句吗?"

"我们要去尼科西亚的公寓,"他告诉马科斯,"都锁好了吗?"

"帕帕科斯塔夫人的珠宝很安全。"马科斯回答。

"那就尽快离开吧。不过走之前一定要仔细检查每一扇门。你能搞定夜总会大门的门锁,确保关闭防火安全出口吧,"他一口气补充道,"你去尼科西亚时把阿芙洛狄忒的车开来。我不想把它留在这里。"

"好的,"马科斯说,"我的车子没油了,我会按你说的做。"

"你知道我在尼科西亚的电话号码,到了给我打电话,"萨瓦斯边说边拍了一下他的胳膊,"不要在这里逗留太久。"

阿芙洛狄忒坐在车里,向她这边拉了拉后视镜。那两个男人在说话。萨瓦斯烦躁不安地抽着烟。马科斯一脸平静。她看到他用手指将了将头发,那种熟悉的感觉同时涌上她心头:爱与绝望。即便危机四伏,他依然一副大局在握的样子。这两个男人站得很近,她看到萨瓦斯把所有钥匙都交给了马科斯。他像信任兄弟那样信任马科斯。

萨瓦斯转过身,向车子走过来。片刻后,他坐在她身边,驶离酒店前院,驶出大门。阿芙洛狄忒最后回头看了一眼,却已不见了马科斯的身影。

"我叫他尽快带钥匙来和我们会合。"萨瓦斯说。

他的妻子凝视着窗外,借此掩藏如释重负的神情:用不了多久,她就能再见到马科斯了。

车里沉默了一段时间。各有心事。

"老天,希望出城后车子能少点儿。"他说。

他鄙夷地冲一对站在路边想搭车的夫妇摆了摆手。他们中间放着一个小箱子。

"我们可以让他们搭车坐在后座上吧。"

“我们还是一门心思赶去尼科西亚的好。”萨瓦斯说。

他的答复让阿芙洛狄忒闭上嘴巴。吵架是没有意义的。

又一架飞机飞过。这架飞机像是沿着出城的道路飞行。仿佛在观察他们。阿芙洛狄忒开始恐惧。

整整十分钟，他们都没说话，克制着自己的焦虑。终于，阿芙洛狄忒开口了。

“多久才能到？”她胆怯地说。

“这可真是个蠢问题，阿芙洛狄忒。这很难说。”

她不再开口。她担心自己，也担心马科斯。她不知道什么时候才能与他相见。

虽然冷气开到了最大，车窗紧紧关着，车里还是越来越热。

他们在城内最大一家珠宝店的门口堵了几分钟。店主是他们的老熟人。她身上这套海蓝宝石和其他很多珠宝都来自这家珠宝店。

扬尼斯·帕帕多普洛斯正小心翼翼地移走窗边的珠宝。他的妻子则跟在他身后，一丝不苟地把托盘摞在一起，还有好几十个没收。

“他们真是疯了！”阿芙洛狄忒大声说，“干吗不拉上百叶窗马上离开？”

“那是他们的全部家当！”萨瓦斯反驳道，“他们会冒失去这一切的风险吗？”

“可他们是在玩命。”

就在她说话的当口，另一架飞机飞过。

萨瓦斯打开了车内的收音机，一片干扰声，嘶嘶啦啦的，根本听不清。

“该死，连最新的消息都听不了！”他一拳砸在电台调节器上。

噪声消失了，萨瓦斯的怒火却越烧越旺。他低声咒骂着。阿芙洛狄忒注意到汗水从他的手心滴落。

车窗外的一切都很不真实，仿佛屏幕上的画面。半个多小时过去了，他们的汽车还不及行人的脚步快。人们带着行李，抱着孩子，有一两个甚至提着鸟笼，不停地向前走，犹如一条宽广的河流滚滚向前。但有一个人站着没动，是个小男孩，孤身一人，稳稳当当地待在人行道边上，惊讶地看着一辆又一辆汽车。

"萨瓦斯！你看，快看那个孩子！"

"孩子多的是。"萨瓦斯没好气地说。

"那个孩子似乎孤身一人！"

萨瓦斯直直地盯着前面那辆卡车，虽然那辆车子正喷着污浊的尾气，他还是死死跟在后面。他一心只顾着一寸寸地向前移动，确保别的车子不会从小路插到他前面。

车子开到小男孩身边，阿芙洛狄忒发现他们正在彼此凝视。她突然意识到她在那些看着他们汽车的人眼里是什么样子。时髦优雅，妆容精致，还戴着昂贵沉重的珠宝。

阿芙洛狄忒心中那份强烈的母性不允许她忽视这个显然已被遗弃的孩子。

"我们就不能停下吗，问问他是不是需要帮助？"她央求道。

"别傻了。周围都是人。"

"可没人注意他！"

车子仍然向前，阿芙洛狄忒扭头看向后车窗，直到再也看不到那个孩子了，才转过头来。

19

穆罕默德仍在原处，一个人看着眼前的一切。他已经不记得刚才那位戴浅蓝色宝石的女士了。

家里没人顾得上他，他溜出来已经有段时间了。他只想看看发生了什么，外面有这么多人和车，他有些目瞪口呆。

侯赛因被派出来找穆罕默德。一转到大路上，他就看到了他。他飞快地跑过去，这时，一声爆炸声响彻云霄。

"穆罕默德！"他喊道，"过来。"

他一把抱起弟弟，向家中奔去。

刚一到家，穆罕默德的腿上就挨了父亲狠狠一拳。他疼得立刻哭了出来。

"别再这样偷溜出去了。"哈里德生气地责备。他和埃米内都急疯了。

双眼含泪的埃米内把他抱在怀里，用围裙抹去他的泪水。他闻到了香料的味道，外面发生了奇怪的事情，可至少这气味是他熟悉的。

侯赛因到街上去打探情况。五分钟后他跑回来，给父母讲了他和穆罕默德都已知道的事。

"所有人都走了，"他喊道，"一个没剩！我们也得走了。"

"不行！没有阿里，我们哪儿也不能去！"埃米内哭喊道，"他不知道去哪儿找我们。"

"我们为什么要躲自己人！"哈里德说。

"他们不是自己人，爸爸。他们是土耳其人。"

"可他们来这里不就是为了保护我们的吗？"哈里德厉声说。

"他们不会杀害我们的，对吧，侯赛因？"埃米内说。

"你怎么知道呢，妈妈？"恐惧和愤怒包围了他，他不由得提高了音量，"外面已经一团乱了。他们怎么分得清谁是谁？你以前见过土耳其士兵吗？"

"侯赛因！"哈里德喝道。

"你不了解他们，爸爸。你不知道他们是什么样子！也不知道他们到了这里会干什么！"

在此之前，他们一直在维护土耳其军队的行径。他们相信土耳其有权捍卫塞浦路斯的独立。可现在看来土耳其已经越界了。如果埃米内不了解土耳其士兵的名声，那只是因为她不想了解。谋杀的传闻尽人皆知。强奸的报道更是不计其数。

"相比这座城里的男人，我更担心那些女人。"侯赛因说。

"侯赛因！别当着你母亲的面说这样的事！"

"我只是想逃生，我们得离开这里。"

"或许他说得对，"哈里德说，"或许我们不应该冒险。"

"可哈里德！"埃米内哀求道，"阿里还是个孩子！他总有一天会回来的。我们一走就等于把他抛弃了。"

哈里德劝了她几句，她听不进去。事到如今，她已几近崩溃。

"我不走！绝不！"

她冲出家门。

"再等一会儿，"哈里德对侯赛因说，"她会改变想法的。"

夜幕降临了，气氛变得更加紧张。

侯赛因搅拌着小锅里的咖啡。泡沫即将溢出，他关火，把深色液体倒进了两个小杯里。

哈里德坐在小桌边一根接一根地抽着登喜路牌香烟。

屋里安静极了，只有冰箱略略响。他们的邪眼护身符似乎正俯视着他们。穆罕默德坐在地板上，没人和他说话。

埃米内终于回来了，满脸泪痕。

"当初不让他走就好了，"她哭着坐在桌边，"我们可以一起离开。"

"还不算晚，"侯赛因催促道，"我们现在就走吧。"

他们又吵了起来，只是不得不压低声音。穆罕默德爬到母亲的腿上，用手捂住了耳朵。虽然年纪小，可他打出生到现在没有一刻不在听家里人的争吵。

"该死！"

他父亲一拳打在了桌子上。杯子弹落在石板地上，摔成了碎片。屋子里的每个人都呆住了。

埃米内又哭了起来，她用围裙捂着脸，希望能压低啜泣声。

"真不敢相信又出了这样的事，"她呜咽着说，"我就是无法相信。"

她默默地捡起了杯子碎片。

"如果不走，"侯赛因歉疚地说，"那我们就都没有希望了。"

同一条街上的乔治乌家，大部分人都聚在伊里妮和瓦西利斯的房间里。幽暗的烛火在阿吉奥斯·尼奥塞托斯的画像前闪烁，在天花板上投下了奇怪扭曲的影子。窗户和百叶窗紧紧关闭，房间里密不透风。已是凌晨两点。

桌上放着几个空空的杯子和一小瓶鱼尾菊酒。

帕尼库斯来回踱步。瓦西利斯颓然地坐在一把扶手椅上，紧张地捻着念珠，可女儿沉重的喘息声几乎淹没了珠子的噼啪声。

玛丽亚用手扶着父亲身旁的桌子，伊里妮有节奏地抚摸着她的后背，口中轻声安抚："没事，没事。"她的手又黏又冷，女儿的汗水流过后背，浸透了裙子，也濡湿了她的手。

玛丽亚不时扣住桌子边缘，发出一声长长的呻吟。她的指关节发白，痛苦的泪水滴落在花边桌布上。

瓦斯拉克斯坐在角落的地板上。他用手蒙着头，连耳朵也捂住了，膝盖抵住胸口。这么做一定可以让他隐形，何况他还紧紧闭着眼睛。

门开了又关上，一缕月光闪过墙壁，一瞬间照亮了挂在墙上的玻璃邪眼。马科斯走了进来。

伊里妮抬起头，注意力暂时从女儿身上转移。

"亲爱的！你还在这儿！"

"是的，妈妈。我还在这里。我不会丢下你们不管。"

"你应该走，"瓦西利斯说，"像别人那样逃得远远的……"

"不，"马科斯说，"我就在这里。"

他走到母亲身边，若无其事地吻了吻母亲的后脑勺，好像这不过是个普通的日子，他闲来无事来看看他们。

他挺高兴，同屋子里其他人的情绪大不一样。萨瓦斯走了。他意识到自己手里握着什么。那天早晨，他从保险箱里拿出一把抢卖了。很多人都需要武器来保护自己，甚至不惜血本。何况现在保险库里装满了比武器还贵重的东西。

帕尼库斯的声音从阴影里传来。

"外面怎么样了？"

"似乎安静下来了。大部分人都走了。"

玛丽亚什么都顾不上了，阵痛正撕扯着她的身体，她低吼一声，母亲立刻用手捂住了她的嘴。

"嘘，亲爱的，小声点儿。"

"你不能叫出来，"马科斯低声说，"不然我们都会有危险。"

"我看她快生了，"伊里妮说，"老天！为什么偏偏是这个时候？"

片刻后，外面响起了靴子沉重而有节奏的踏步声。

20

　　八月十五日是个大日子。这一天是圣母升天节，庆祝圣母玛利亚升入天堂。不论是对教会，还是对无数以圣母为名的女人来说，这天都是一个最重要的日子。按惯例玛丽亚也该庆祝一番。

　　今年的这个日子不同以往。就在最后一波难忍的阵痛侵袭她瘦小的身躯时，土耳其人攻破了法马古斯塔的最后一道防线。塞浦路斯国民警卫队残余的守军落荒而逃。和城墙内参战的土耳其族塞浦路斯人会合后，土军畅通无阻地进入了这座空城。

　　玛丽亚在父母的卧室里抱着她刚刚出生的女儿。早产了两个月的婴儿无力地吸吮着乳汁。帕尼库斯走进来，轻抚着妻子的头。

　　在过去的几个小时里，玛丽亚唯一的知觉是一阵阵侵袭着她的痛楚。窗户和百叶窗紧闭，以免有人听到她的呻吟，屋里十分闷热。

　　此时她已经筋疲力尽，闭上了眼睛，外面的世界对她来说不复存在。

　　只要保持安静，或许在一段时间内他们不会遇到危险。现在孩子已经出世了，他们小声讨论着接下来局势会怎样。他们什么时候可以离开？现在走是不是太迟了？

　　马科斯又出去了。

几个小时后他回来了，刚一进门，瓦西利斯就问起外面的情况。

"抢劫，"他说，"他们见什么抢什么……"

"老天……"

他母亲颓然坐下，身体微微摇晃。

"我们得离开这里，马科斯。"瓦西利斯说。

"现在压根儿不可能到街上去。我们得等，尽可能安静，看看事态如何发展。"

"那我们吃什么？"他母亲胆怯地问。

"等咱们的东西吃完了，我会出去找，"他说，"人都走光了。外面只有士兵。"

"土耳其……"伊里妮小声问。

"是的，妈妈，都是土耳其士兵。他们现在正在搜刮商店，迟早会抢掠民居。"

"快点，"瓦西利斯决然地说，"用家具挡住门。"

伊里妮第一次怀疑，不论赫里斯托斯身在何方，他的境遇是否都比他们的要好。

萨瓦斯和阿芙洛狄忒并没有抵达目的地。车子开了几个小时后，他们意识到必须改变计划。沿离开法马古斯塔的拥挤道路前行，却碰到了大批反方向驶来的车子。

尼科西亚的居民也在大批外逃。首都居民已经习惯了冲突和恐惧，十年来他们一直生活在两大社区之间，但这次的形势还是让很多人逃离家园。火箭弹击中了暂时被当成红十字医院的希尔顿酒店，就连精神病院也成了目标。

路边的士兵警告他们，尼科西亚现在和法马古斯塔一样危险，萨瓦斯不得不面对现实：那里已经不能去了。

他们和数千人一起改道位于德凯利亚的英国军事基地，就在法马古斯塔西南部十五英里处，那里相对比较安全。车流停滞不动。无数家庭在车流中穿行，有人甚至骑自行车驮运物品。数万人乌泱泱全都涌向了一个方向。

小轿车、巴士、拖拉机、拉水果的卡车和骡车，一辆接一辆经过检查点，进入基地。无论老幼，无论穷富，每个人来此都是为了避难，大多数人都带着茫然又恐惧的表情。几万人放弃了他们熟悉的一切，踏上了一条未知的路。

阿芙洛狄忒感觉她的体温直线下降，烈日炎炎，恐惧却令她如坠冰窖。她浑身在颤抖，手心冰凉。不去尼科西亚，马科斯在混乱中找到她的几率有多大？

两天后，这座岛国将近四成的土地都落入了土耳其人的手里。分割南北的阿提拉分界线几乎已经划好。

在德凯利亚的军事基地里，人们都忧闷沉郁。无论男女，无论教徒抑或无神论者，现在都一样。此时的他们和数日前有着天壤之别。他们已一无所有。

土军的恶劣行径在他们心里种下了恐怖的种子。有人沉默不语，有人则放声大哭。来到基地的第一天，人们麻木又疲累。许多实际问题慢慢才摆在了他们面前：在哪儿睡觉，上哪儿找吃的，病了去什么地方看医生；要挖厕所，建厨房，分配住处。

许多人回到宗教中寻找救赎。

"现在，唯有上帝、圣母和圣徒能帮助我们。"排队取食时，一个女人不停地念叨着。

"我看能帮忙的是美国吧，"萨瓦斯虽在自己嘟囔，可别人却能听清，"要不就是英国？"

"萨瓦斯！"阿芙洛狄忒责备道。那个上了年纪的女人并没有注意。

"盲目的信仰向来帮不了任何人，"萨瓦斯厉声说，"可美国人能帮我们。"

"为什么不是希腊人？"另一个声音横插进来。

人们一个挨着一个，你推我挤，生怕被挤出领饭的队伍。

"因为他们赢的几率不大，这就是原因。"

"希腊把我们推进了火坑，"萨瓦斯附近的一个女人怒斥，"也应该由他们把我们拉出火坑。"

很多人都这么想，可他们心里也明白，希腊如果有意要相来救，早就来了。希腊刚刚恢复民主，光是处理独裁政府留下的麻烦就焦头烂额，为塞浦路斯引发希腊和土耳其的全面开战，这后果它承担不起。

临时教堂建立起来，人们都去那里祷告。对亲人的极度思念使得想象上帝能听到自己的祈祷成为他们唯一的慰藉。失去家园，比起失去儿子、兄弟和丈夫，已不是最大的损失。失散者与日俱增。

"上帝啊，"所有人都在绝望地哭喊，"上帝！"

神职人员在人群间穿行，安慰，祷告，聆听。

仅仅在几天前，萨瓦斯和阿芙洛狄忒还在吩咐侍者办这办那。此时此刻，他们连床和食物都没有，只能排队领取面包，睡在光秃秃的地上。

法马古斯塔的一大部分居民都在这个营地里，帕帕科斯塔夫妇看到了很多熟悉的面孔：日出酒店的员工、天堂海滩酒店的工人、律师和会计。所有人都陷入了沉默的绝望中。

他们发现自己几乎和科斯塔斯一家成了邻居。对萨瓦斯来说，这意味着可以说说酒店的事。

"至少钥匙还算安全，"他对他的经理说，"马科斯肯定会在尼科西亚和我们会面的。"

萨瓦斯不愿放弃希望，不愿丢下他在法马古斯塔的酒店项目，虽然他的妻子看起来并不在乎。

患痢疾的人越来越多，科斯塔斯的妻子安娜一直在照顾患病的最小的孩子，而阿芙洛狄忒则帮忙照顾大一些的。这分散了她的注意力，所以她做得很起劲儿。

厄兹坎一家躲在黑漆漆的房子里，把百叶窗拉得紧紧的。他们在这个荒芜的城市里度过了第一个四十八小时，一直盼着阿里能回来找他们。

一开始，他们还会聊天。反正也没别的事可做。

"如果不是他们总把我们当二等公民，"哈里德说，"这一切永远都不会发生。"

"可并不是所有希腊族塞浦路斯人都这样！"侯赛因说。

"阿芙洛狄忒从没让我有这种感觉。"埃米内说。

"他们做的坏事已经够多了，不然我们也不会坐在这儿。"

"过去迫害我们的人并不多，哈里德，"他妻子说，"可现在这种事经常发生。"

"这么说，我们每个人都在为少数人的行径受惩罚？"

"是的，希腊族和土耳其族塞浦路斯人都在受罪。"

"为什么你总是……"哈里德提高了嗓音。他很难接受埃米内这种一视同仁的看法。

"爸爸！嘘！"侯赛因哀求道。

有时他们差一点就吵起来了，当然都是为了是否应该继续留守的问题。埃米内依旧很坚决。

"要走你走，我不走。"她总是这样说。

差不多一英里外的街道上，马科斯在悄无声息地移动。这是座空荡荡的鬼城。他留意着土耳其士兵，聆听着最细微的动静，只要一有人声，就会躲进房子里。

他在城市里迂回穿行，走过以欧里庇得斯、索福克勒斯与埃斯库罗斯命名的几条街道，它们让人想起充满传统的古典秩序。勇敢和自信是法马古斯塔一直以来的气质，古代哲学家和诗人的名字与这座城市现代化的商业主义和谐地交织在一起。现在它已经面目全非，一边转了个弯，看到了埃弗蕾希娅大街的路标。埃弗蕾希娅，自由。

宽阔的街道上满是豪华的百货商店和迷人的咖啡馆，此刻却静谧荒凉得可怕。难以相信这里曾人头攒动。

洗劫的证据随处可见。橱窗玻璃碎了一地，展柜里的珠宝消失一空，人体模特的衣服都被匆忙扒走，由此可见，机会主义更加"组织有序"。

马科斯强忍怒火，沿着街道缓缓前行，他对这座城市有着强烈的归属感。此时他的城市被出卖了，没有抵抗，拱手于人。

他是在找食物。存粮尚未耗尽，可他想再多准备些。他爬进一家杂货店，碎玻璃在他脚下吱嘎直响。货架上仍算满当，只是不见了大部分啤酒和烈性酒。但马科斯对炼乳更感兴趣。

收钱箱旁边的座位上，椅垫依然凹陷，是老板那肥大的臀部留下的。他想起了在这里打工的那个女人。她长得很美，一头秀发浓密富有光泽，体态丰满，可她确实不是他喜欢的类型。每次来买东西，他都会和她调笑几句，看看她灿烂的笑容和垂在双乳间的那个闪闪发光的黄金十字架。

他拿起依旧堆在现金箱旁边的购物袋，装了几十罐炼乳，玛丽亚尤其需要这东西。

在这座荒无人烟的城市之外，拥挤在这个岛国各条公路上的难民数量持续增加。据说超过二十万希腊族塞浦路斯人逃离家园。数千名土耳其族塞浦路斯人也背井离乡，他们知道，在国民警卫队为土耳其入侵而展开的报复行动中，他们首当其冲，纷纷奔向英国在南部埃皮斯科皮的军事基地避难。

对萨瓦斯和阿芙洛狄忒来说，德凯利亚军事基地日渐拥挤，但仍是可以容身之地。尼科西亚仍在激烈交火，他们知道，前往那里可能还需要一段时间。

又有数千人蜂拥而至，他们带来了关于首都局势的最新消息。因怀疑土耳其入侵是和美国共谋的结果，一大群抗议者冲进了美国大使馆，暗杀了大使。许多塞浦路斯人已然绝望。

"简直就是钩心斗角！"萨瓦斯说，"认为 EOKA B 队同马卡里奥斯一派仍有共同敌人的人，真是大错特错。"

"只要这个岛仍被一分为二，我们就永无宁日。"科斯塔斯表示同意。

"他们不能内部统一策略，"萨瓦斯说，"怎么能打败一支有组织的军队？"

"天知道……"科斯塔斯说，"到最后英国人一定会帮忙。他们在这里有巨额投资，坐视不管对他们没有任何意义。撇开别的不谈，他们也应该帮助保护我们的宪法！"

有传闻称，为对抗土耳其军队，有人正在组建一支游击队。营地里的很多男人都燃起了参战的热情，那些来自法马古斯塔的男人想冲去解放他们的城市。EOKA B 队、共产党和马卡里奥斯的支持者都在难民中积极活动。

"他们都有行动计划，"萨瓦斯说，"可全都不可行！都是空话！我们只能坐在这里干等，可我们等到的是什么呢？"

待在营地里无所事事，对萨瓦斯这样的男人来说当真是可怕至极。他先前帮忙搭帐篷、建公共厕所，可当这些事都完成了之后，他发现自己空落落的，整个人被沮丧包围了。

阿芙洛狄忒知道，萨瓦斯发表意见时她还是闭紧嘴巴为妙。营地里的每个人都习惯大谈特谈。接下来会怎么样？本来应该怎么样？必须怎么样？答案无人知晓，他们却争论不休。他们控制不了自己的生活，也控制不了难民营外面的事态。什么时候要去排队领救济品，什么时候能挤在一台收音机旁听到失散亲人的消息，才是他们生活的重心。

阿芙洛狄忒心心念念想着的只有一件事。当然不是希腊、美国或英国军队会不会救或什么时候来救他们，而是她深爱的那个男人会不会来、什么时候来找她。其他一切都没有意义。

在法马古斯塔静寂的街道里，没有什么能为乔治乌或厄兹坎一家提供外面的形势，哪怕是谣言。

停电好几天了，他们听不到广播。这座城市已成了世界关注的中心，可他们对此一无所知。

相距只有五十多码的两个家庭，甚至还不知道对方的存在。

厄兹坎一家尚未冒险出一趟门。十年前在飞地村庄的那段生活教会了埃米内一件事：永远都要把橱柜塞得满满的。扁豆、豆荚、大米和特殊烘干的面包向来整整齐齐地摆在里面。

"必须一直备着，以防万一。"她常这么说。

"以防万一什么？"哈里德总是戏谑地问。

此时的他可幽默不起来了，反而十分感激妻子一直以来的"受困心态"。

几天前，他们曾听到外面传来沉重的脚步声，派侯赛因爬上二层楼顶去侦查了一番。

他跑下来，敏捷又急切。

"他们在街尾，"他气喘吁吁地说，"一共六个。城里到处都是烟。"

从那以后，周围恢复了沉寂，唯有知了叫个不停。

侯赛因又去了屋顶。

"还有烟吗？"回来时他父亲问。

"没看到。"

"有什么声音吗？"

"特别安静。"

炮声停止了；也不再有枪声。

乔治乌家。玛丽亚和帕尼库斯带着他们的两个宝宝和伊里妮、瓦西利斯一起住在楼下。待在一起能让他们更有安全感。马科斯依旧睡在楼上。他经常出去，通常是天黑后出门，天亮后才回来。

"他怎么去这么久？"伊里妮焦急地问瓦西利斯。

"他在给我们找吃的！"

的确。马科斯总会带回来很多吃的。他已经摸清了情况，知道哪些商店的货架还是满的，知道土军通常只在大道上活动。

能带孩子住在房子里，玛丽亚心满意足。婴儿沿用了外婆的名字。通常情况下，她四十天不能出门，这是产后的传统。

伊里妮早把她的金丝雀拿进了屋里，让它在漆黑的房间里飞来飞去。

"瞧瞧它多开心。"她说。

可这鸟儿总是飞向透过百叶窗缝隙照射进来的那一丝光线，她只好再把它关回笼子里。

"真想让它见到阳光，"她说，"嘚！嘚！咪咪科斯！嘚！嘚！把桌子挪开。"

"可……"瓦西利斯表示反对。

"我只是把鸟笼挂在外面，"她坚定地说，"不去别的地方。"

"不安全！"

"外面没人，瓦西利斯，"她说，"要是有动静，我立刻就回屋。"

瓦西利斯刚一挪开家具，支开一条够他妻子拎着鸟笼出去的门缝，公寓内就充满了阳光。伊里妮被这久违的光亮照得有些目眩，她走到外面，伸手把鸟笼挂在钩子上。她已经七天没来她的小花园了。许多天竺葵都已枯萎，一大片西红柿却成熟了。

"噢，瓦西利斯，"她轻声喊道，"快来看！"

他们小心翼翼地采摘着成熟的果实，把它们放在一个篮子里。伊里妮又拔了一把罗勒。她笑了，思绪飘到了远方。

"不知道我们的柑橘怎么样了……"她沉思着说。

瓦西利斯没有回答。每天他都会想起他那些珍贵的果树，没有别人照料它们。伊里妮曾梦到整片果树都被拔光了，四散在地上任人踩踏。

回到屋内，她小心地把几个西红柿切成薄片，在上面洒了很多橄榄油。瓦西利斯这段时间来第一次剥开一扇百叶窗，留出一条缝，让他们摆脱了令人压抑的黑暗。

他们五个人围在桌边吃饭。这么多天以来，他们第一次吃到新鲜蔬菜，而且是最香甜的沙拉。伊里妮还用剩下的鸡肉做了一锅炖菜。新生儿在角落里睡觉。

他们安静地吃着。这已经成了习惯。

在厄兹坎家，埃米内、哈里德、侯赛因和穆罕默德也在吃饭。他们吃的是炖干豆，蔬菜都吃光了。

"我们还要在屋里待多久？"穆罕默德问。

埃米内和哈里德对视了一眼。埃米内眼睛哭得又红又肿。她放下拿了一整天的阿里的照片，把穆罕默德拉过来抱在腿上。

侯赛因每天都要在屋顶上待几个小时。他报告说土军有时会来巡逻，这表示驻军还在。

"不知道，"哈里德答，"在确定局势安全以后才能出去。"

就在这时，街上传来了一声响。

是辆吉普车。然后响起说话声：土耳其语，口音和他们稍稍不同。那些人在叫喊。

靴子沉重的踏步声越来越近，然后停了下来。

屋子里的每个人都僵住了。

门把手被从外面转了转。人们匆匆逃离这座城市，大多顾不上锁门，土军通常都毫不费力地推门而入。片刻后，他们听到了靴子在椴木门，一下，又一下，力道越来越大。

埃米内用手抱住头，拼命摇晃。

"愿真主帮助我们。"她一遍遍地无声祈祷。

门把手再次嘎吱嘎吱地响了起来。有人嘟囔了几句，听不真切，然后是一阵刮擦声。

接下来的一段时间里，厄兹坎一家都在战战兢兢地听街上士兵的声音。他们又去鼓捣了十几户人家的大门。如果门被成功地打开，声响就变了。当兵的进进出出，拿走了所有能拿走的东西，厄兹坎一家听到的就是东西被随意扔进吉普车后部的声音，还有轻松的说笑声。

马科斯带着找到的食物，刚一拐进他家门前的大街，就看见一辆吉普车停在家门口。汽车后部装满了东西，有士兵正摇摇晃晃地从邻居家走出来，一个扛着一台小冰箱，另一个抱着一台电视机。其他两三家门上有用粉笔画的标识。马科斯明白了，要是不能轻易打开一扇门，他们就会放弃，去下一家。毕竟可以洗劫的地方多的是，何必去费那些力气。门上画有粉笔标记的，说明没有进入。以后还会来。

他看到父亲的房门依旧关着。或许他的家就是下一个目标。此刻只能等待，确保自己不会暴露。他摸了摸口袋里的枪。除非迫不得已，否则不能用它。

乔治乌一家安静又惊恐地等待着。瓦西利斯已把妻女和外孙转移到后面的卧室里。要是小宝宝伊里妮这时候哭，他们就麻烦大了。

他从厨房抽屉里拿出两把大刀，一把交给帕尼库斯，示意他站在前门边上。他的女婿照办了，两个人哆哆嗦嗦地站在那里，外面的声音只有几英寸远了。

瓦西利斯懂土耳其语，知道土军的吉普车已经装满了。

"走吧，"一个当兵的说，门上响起一阵刮擦声，"今天弄的够多了。"

他们似乎还在小花园里。

瓦西利斯听到吱嘎一声轻响，笑声又响了起来，然后是一声尖厉的鸟叫。他们把金丝雀的笼子从挂钩上取了下来。

汽车声消失在了远方，瓦西利斯和帕尼库斯放下了武器。瓦西利斯打开卧室房门，只见妻子、玛丽亚、小宝宝和瓦斯拉克斯坐在床后的地板上，拥作一团。

"他们走了。"他用颤抖的声音说。他没告诉伊里妮她那只心爱的鸟被抢走了。

就在这时，敲门声响起。

"上帝！"伊里妮轻声说，用手捂住了嘴，"上帝！"

"妈妈！"是马科斯的声音。

瓦西利斯和帕尼库斯移开家具，打开门。

"他们来了！"他母亲啜泣着说，"我们还以为他们会破门而入。"她仍在哆嗦。其他人则一声不吭。

马科斯出言安慰她。

"可他们并没有进来。你很安全，妈妈。我们都很安全。他们走了。到外面来看看。"

伊里妮走进小花园，一眼就看到鸟笼不见了。

"咪咪科斯！咪咪科斯！"她叫道，"马科斯！他们抢走了我的鸟！"

她哭了起来。那只金丝雀日日陪伴着她，是她的骄傲和欢乐，它的歌声格外珍贵。

"要是我一直把它放在屋里就好了。"她呜咽道。

金丝雀不见了，她由此想起了另一件更纠心的事。赫里斯托斯依旧杳无音讯。一连几个小时，她什么安慰的话都听不进去。

虽然没有收音机，可远方偶尔会响起隆隆的炮火声，这让他们知道，塞浦路斯依旧处在战争之中。在过去的一个小时里，这个现实无比接近他们。

那天夜里，伊里妮梦见土耳其士兵横行于整个岛国，从北边的凯里尼亚到南部的利马索尔，所有塞浦路斯人都被杀了，只有她家乡的人幸免于难。

日子一天天过去，厄兹坎家的储藏所剩无几。每个人都饥肠辘辘，侯赛因尤为如此，可埃米内坚决不走。

"我出去一趟。"侯赛因说。

"去哪儿？"他母亲问。

"你瞧，我们得去找些吃的。商店里肯定还有食物。"

"让他去吧，埃米内，"哈里德说，"我们的儿子是飞毛腿。他是我们最大的希望。"

"还是等天黑再说吧。"他母亲央求。

那天夜里，侯赛因卷起一个旧面粉袋，悄悄走出家门。他迂回地穿过一条条小巷，不时停下来，躲进门廊里，以免有士兵突然出现。

他并不急着立刻回去。饿了这些天，他瘦得像根麻秆，很容易就能藏起来。他想在城里转转，看看这座从前是家现在是监狱的城市都发生了什么。

是不是所有的角落都有当兵的？是不是这城里只剩下了他们一家人？他尽量挑小路走，偶尔也会瞧一眼大道。他震惊了。

整座城市都和他家那条小街一样，一片死寂。夜里很热，一丝风都没有，这沉寂显得异常沉重。

有一两次他听到远处有动静，立马藏起来。他听到他们的笑声，看到他们的香烟闪着光。他们似乎很放松，不像是在执勤。显然他们觉得城市已空，用不着警戒了。

侯赛因提着十二万分小心向市中心走去。好几座房子里，餐桌已经摆好。其中一家，盘子里仍有未来得及吃的食物，已经长霉了。除了那些当兵的，他没看到一个活物，连流浪狗都没有。

许多店面仍是老样子。幽灵般的人体模型身着白色婚纱，空洞地盯着外面。街对面是城里最好的男装定制商店，橱窗里的人体模特穿着男式礼服，与他们的新娘对望。这些商店尚未被洗劫。

那条有很多电子用品商店的街道则是另外一番光景。曾经一连好几个月，他去海滩工作都会经过一家电子用品店，对里面的音响设备垂涎已久。所有他这个年龄的男孩子都想收集一大堆唱片，能随时播放音乐。有一次他鼓起勇气进了店里，一个年轻的销售员为他演示了一款索尼牌立体声音响。两个扬声器里同时传来不同的声音，简直像是变戏法。侯赛因知道母亲也会经过这条街，有次他听到她对丈夫说起想买台电视机，却被拒绝了。

音响和电视太贵了，他们负担不起。而此时连拥有它们的可能性都没有了。半导体、电视、唱机都被抢走了。就连现金箱也不见了。门和窗户都被砸烂，月光照射在散落于人行道的碎玻璃上，闪烁着光亮，就好像满地都是钻石。

越接近海滨区的商店里，东西就越名贵。他知道他母亲的一个朋友曾在现代摩达商店里上班。她们下班一起回家时，他母亲总是对那些价签有很多意见。

"去掉一个零，我就会买。"她和她朋友开玩笑。

如今那些人体模特都已赤身裸体。

距日出酒店和其他豪华酒店不远的泽农街上有很多家昂贵的珠宝店。它们早已被洗劫一空，有家店里只剩下一只孤零零的塑料时钟。它告诉侯赛因，现在已经是午夜了。

他来到海滩，那些躺椅整整齐齐地摆在一起，还是他当初摆放时的样子。日出酒店就在后面。漆黑的窗户让他不寒而栗。他想到了表哥那具毫无生命的尸体，心脏已经停止跳动，血液不再流淌。这座酒店恰似一具尸体。

侯赛因透过栏杆，看到了没有灯光闪烁的霓虹灯招牌和前门上的厚铁栅栏。里面好像有什么在动，可他知道他肯定看错了。

旁边的那家酒店破坏严重。侧面被炸出了一个大洞，许多阳台歪斜松垮地悬在上面。真是太恐怖了。要是轰炸时有人，生还的几率微乎其微。

有那么一瞬间，他觉得自己看够了。整座城市都被毁了，他难过不已。他深爱着这里，即便志在远方，这座城市也是他的根。侯赛因看得出来，法马古斯塔再也无法恢复昔日的盛景。

该找食物了。他按原路返回刚才经过的几家杂货店。第一家杂货店的门一推就开了。一股恶臭扑鼻而来。已经很多天没电了，牛奶和芝士早已变质腐臭。蔬菜也已腐烂。他分辨不出什么是什么，只能依据盒子里的大致形状，判断它们可能是土豆和西红柿，凭气味判断还有几根香蕉。一大群苍蝇在旁边嗡嗡飞着。

黑暗中他什么也看不见，摸索着走过通道。他往袋子里装了几包饼干，又随手拿起几个罐头，还塞了几袋米。在他之前也许没有人来过这里，货架上依然是满的。

然后，他像是踩到了瓶子，几个瓶子骨碌起来。它们滚过地板，侯赛因连忙捡起来，希望这是他弟弟馋了很久的起泡饮料。

走出商店时他又拿了几块巧克力，摸起来软塌塌的。他在回家的路上吃了一些，香甜的巧克力为他提供了急需的能量。

杂货店旁边是家肉铺。即便那里的门关着，腐臭还是弥漫到了整条街上。侯赛因没有靠得太近，可还是透过窗子看到一块肉摇摇晃晃地挂在里面，因为有无数蛆虫在分食。

他把袋子扛在肩上，选了另一条近路回家，时刻警惕着周围的动静。有很多手提箱被丢弃在街上，它们在暗示人们匆忙逃离这座城市的时候有多恐慌。

四周静悄悄的。就在距离他家不远的一条街道尽头，有个东西令他无比震撼。

他把袋子掩在一扇门后面，走上前去。他的前面是一道铁丝网。此时他正站在新城区边缘，向月光笼罩的街道两侧张望，铁丝网延伸出很远，他甚至看不到尽头。

法马古斯塔被人筑起了一道围栏。他们生活在一个巨大的牢笼里。

21

见到侯赛因回来，埃米内无限欢喜，却佯装生气。

"你去了哪里？"她微微提高声音问，"怎么去了那么久？你都干什么了？"

他拿下肩膀上的袋子，开始掏里面的东西，然后一一摆在桌上，这里就像是个小商店。埃米内拿过蜡烛。

"我干的就是这个。"他说，声音里透着一丝胜利。

"亲爱的儿子，"她说，"我的好儿子，谢谢你。"

穆罕默德指着柠檬汽水。

"我能喝一瓶吗？"他问。

马科斯也带着食物回了家。正如侯赛因看到的，现在已经没有新鲜食物了，可马科斯去别人家的花园摘了些柑橘，伊里妮种的西红柿仍在结果。

"你是不会让我们饿死的，对不对，亲爱的？"她说着拥抱了儿子。

瓦西利斯一直在留意外面是否有土军的动静，他总觉得他们会回来，可好几天过去了，或许这座城市里有的是地方供他们抢劫。

伊里妮织的花边越来越多。瓦西利斯现在允许她在白天多开一会儿百叶窗，这样就有了足够的光亮供她编织花边。一天，他甚至允许她到她心爱的花园里坐一会儿。

她很想念有她珍爱的金丝雀陪伴的日子，没有了它，她愈发怀念他们过去的生活。

"你可以待在外面，只要留意动静就行，"马科斯说，"永远不要放松警惕。"

瓦西利斯去不了小农场和酒馆，越发焦躁不安，难以相处。鱼尾菊酒也快喝光了，他快被逼疯了。

一天下午晚些时候，他们坐在伊里妮尽力救活的蓬乱生长的天竺葵后面，瓦西利斯看到人影一晃。

"伊里妮！快看！"

他们都看到街上有个越来越小的人影。那人走得很快，还回头看了一眼。

"不是那些土耳其兵。"瓦西利斯说。

"你说是不是国民警卫队的？"

"不是。看起来不像当兵的……"

他们困惑地回到屋内，拴上门，再用家具挡住。

第二天大约同一时间，他们又看到了那个人。这次马科斯在家里。

"瞧！"伊里妮小声说，"这里不止有我们一家人！"

她还没来得及拉住马科斯，他就冲出大门，疾步去追那个不停左顾右盼的神秘人。

马科斯穿着在一家鞋店里找到的绉胶鞋，走起路来无声无息。侯赛因丝毫不知道后面有人跟着他。他来到家门口，像以往一样，习惯性地转过身，仔细察看是否有人看到了他。

马科斯早料到了这一点，连忙躲进一个门廊。他观察了侯赛因的行迹。即便没和他说过话，但凭样貌他认出他是日出酒店的员工，还是他母亲的朋友埃米内的儿子。他记得他们是住在同一条街上。

几分钟后马科斯返回家中。

"是厄兹坎一家，"他告诉惊讶不已的母亲，"我想他们还在这里。"

"埃米内？"她大声说。

"嗯。我没看到她，"马科斯答，"可那人是她儿子，不会错。"

"我们应该怎么办？"伊里妮问，一想到她的朋友就在附近，不由得心花怒放。

"什么都不能做，"瓦西利斯答，"我们谁都不能信。尤其是现在，绝对不能相信他们。"

土军入侵前，瓦西利斯已经习惯埃米内来他家串门，可他不怎么待见她那个丈夫。而且，他觉得另外一家人在附近或许会增加暴露的可能性。

"可瓦西利斯，"伊里妮抗议道，"我们可以互相帮助。"

"土耳其人？帮我们？"

"爸爸！别这么大声！求你了！"

只有马科斯知道大街小巷里有多安静。要是旁边的路上有人，肯定会听到。

"他们是塞浦路斯人，爸爸，"玛丽亚说，"不是土耳其人。"

伊里妮开始在厨房里忙碌。是时候改变话题了。

"用不用我再弄一罐来？"马科斯问。他猜对了，家里的煤气不多了。

过去几年，不是他就是赫里斯托斯去换煤气罐。瓦西利斯腿上有伤，动作越来越迟缓，根本举不起煤气罐。马科斯提出的这个实际问题暂时转移了父母的注意力，打断了他们的争吵。

"好的，亲爱的。"伊里妮说。

马科斯给了母亲一个拥抱。这个温暖的怀抱传递的不仅仅是情感。她知道，他一定会让她和埃米内见面。

他有理由这么做。他觉得，如果那家土耳其族塞浦路斯人知道他们也在，反而更安全。将来若是那些土耳其人发现了他们，或许会因此对他们网开一面。这么做，百利而无一害。

很快，马科斯就掌握了侯赛因的行动规律。

城里最近出现了更有组织的抢劫活动，侯赛因注意到了这一点。他的机警程度不亚于马科斯。

卡车会在特定时间来到大型商业街，把商店里所有值钱的东西洗劫一空，然后运往港口储存。显然，它们会被运到土耳其。

行窃规模很大，这意味着食品店不会遭到抢掠。冰箱或名贵家具对厄兹坎家和乔治乌家毫无价值，他们只需要食物维持生存。两家人都不知道这样的日子还要多久，可伊里妮的梦告诉她，这样的日子不是以天计算，而是以星期计算。

整整两天，马科斯一直跟踪着侯赛因。第三天，侯赛因在杂货店里看到了一张纸条。

来到杂货店时，侯赛因的心已跳动剧烈。虽然他经出来几十次了，可还是担心会被发现。父母总说，尽管他跑起来快如黑豹，可阿里才是那个拥有狮子般勇气的人。一看到那张钉在距大门最近的货架上的纸条，他的心险些没从胸口里跳出来。他的手哆嗦得厉害，几乎连纸条都打不开。

看过里面的内容后，他拿了几袋米和干豆回家去了，而且选了另一条路，他可不希望乔治乌家的人看到他。

"妈妈——快看！"还没完全走进家门，他就给母亲看了那张字条，"乔治乌家——你的朋友伊里妮……"他上气不接下气地说。

"什么？你在说什么？"

"给我看看那张纸！"哈里德说着一把把它从妻子手里抢过来。

"还有人在这里！"侯赛因说。

"有人？"

好一会儿，埃米内和哈里德才消化了这个消息。

"我要去找她！"埃米内说，"现在就去！"

她下定决心。

"和她一起去，侯赛因。"

他们俩默默地出了门。

一声怯生生的敲门声响起，伊里妮知道她期盼的事成真了。

站在门口的两个人能听到门内的声音，然后，门开了一道缝。

"伊里妮！是我！"

门很快开大，他们俩走了进去。两个女人拥抱在一起，看了看对方，又互相拥抱。

"简直不敢相信！"伊里妮哭道。

"我也是，"埃米内说，"侯赛因拿着纸条回家，我差点昏过去。"

"这就是奇迹呢。"伊里妮大声说。

两个泪流满面的女人又拥抱了一会儿才分开，伊里妮给埃米内倒了一杯咖啡，她们坐下来互诉各自留下的缘由。侯赛因在外面边等边放哨。

"玛丽亚怎么样了？"

"她早产了……就是土耳其人来的那天生的。"

埃米内用手紧紧捂住嘴。

"她肯定是急坏了，所以才会早产。赫里斯托斯到现在也没回来。"伊里妮接着说。

"他……"

"是的，"伊里妮说，"还是一点消息也没有。阿里呢？"

"生死不明，"埃米内答，努力控制住泪水，"所以我们才没走。除非他回到我们身边，否则我绝不走。"

帕尼库斯走进客厅。他大部分时间都在后面的卧室里，照顾玛丽亚，和瓦斯拉克斯玩，在吃饭时间才过来。虽然不能让婴儿和孩子不出声，这样做却可以减少被人听到的可能性。

伊里妮立刻就注意到了他苍白的脸色。他似乎压根儿就没注意到屋里还有一个女人。

"帕尼库斯，怎么了？"

"宝宝……"

"出什么事了？"

没等回答，伊里妮就从他身边经过，走进了卧室。

虽然房间里很昏暗，可她女儿的一脸愁容还是十分明显。她怀抱着异常安静的小宝宝。

"亲爱的，怎么了？"

玛丽亚抬起头，用噙满泪水的一双眼睛看着母亲。

伊里妮把手贴在宝宝小小的脑袋上。

"老天！这么烫。"

"她一天都没吃奶了。妈妈，我真怕……"

伊里妮冲出卧室，片刻后拿回了一碗凉水，开始用海绵蘸水擦拭孩子的额头。

"我们得给她降温，"她说，"不然她会抽筋的。"

"她已经开始……"

"得给她吃青霉素。"帕尼库斯说。

"怎么才能拿到？"

"一定得想办法。医院里肯定有。"

婴儿一动不动，面无血色。就连瓦斯拉克斯也感受到了父母的焦急，乖乖地安静地坐在一边。

"我去找。"

伊里妮抚了抚女儿的头发，跟帕尼库斯走出房间。她看到了女婿脸上的绝望。

埃米内和侯赛因站在外面，正准备离开。

"我和你一起去，"侯赛因听了，对帕尼库斯说，"这样比较安全。"

帕尼库斯没有迟疑。他们此前从未谋面，可他很感激对方出手相助。他一个人出去找药没有十足的把握。何况很久以来他的身体都不好。

天色近晚，他们出发了。医院在城市的另一边，所以他们得加倍小心。

他们安静地移动着，侯赛因走在前面，觉得安全了再示意帕尼库斯跟上。终于安全来到医院门前，可遇到了第一个难以攻克的障碍。铁栅栏里，医院大楼的门半开着，栅栏门却牢牢上着挂锁。

"等等！"侯赛因说，"我到周围看看。或许有别的入口。"

五分钟后他回来了。

"这边！"

他带帕尼库斯来到一个栅栏被撬开的地方，可他忘记了帕尼库斯超重。开口不够宽，帕尼库斯知道试也没用，他无论如何都钻不过去。翻越栅栏更不可能。

"我可以一个人去，"侯赛因说，"可我不知道要找什么。"

时间一分一秒地流逝。

帕尼库斯摸了摸口袋，掏出一张碎纸和一支笔尖秃秃的铅笔。小瓦斯拉克斯生病时吃过青霉素，所以他知道这个词怎么拼写。他写下来，把纸交给侯赛因。

"你看得懂吗？"他问。他指的不是他的手写字迹是否清楚。

侯赛因接过那张纸，没有回答，只是扫了一眼。

帕尼库斯立刻就明白侯赛因精通希腊语，不免有些尴尬。

不出片刻，侯赛因就钻过了栅栏。帕尼库斯看着他全速跑过铺满砾石的院子，一转弯不见了。

医院里宽阔的走廊和病房异常冷清荒凉。这里受到了一定破坏，可看不出是蓄意的还是慌乱中无意造成的。手推车翻倒在地，柜子里的东西都掉了出来。病历四处散落。

侯赛因不知道该去哪里找。他长这么大还没看过医生，就连消毒剂的刺鼻气味对他来说也十分陌生。他跑过一道走廊，在一堆标志牌前面停了下来。其中一个写着"药房"。他得先去那里找找看。不然再去找儿科病房。没准儿儿童药物都放在那里。

药房已经遭遇了洗劫。到处都是碎瓶子、空纸盒，一片药都没剩。废弃的注射器堆放在台桌表面。房间里冷冰冰的。显然医院里有备用发电机。

侯赛因拿出那张纸，将帕尼库斯写的字与柜子里剩下的药的标签——对照。没有一样的。

他跑回走廊，根据标志牌去了儿童病房。

这里倒不怎么乱。几排小床整整齐齐地摆在那里，侯赛因注意到角落里有一盒玩具。有人在离开前还专门把它们放回了原处。医生的白袍挂在一排挂钩上，一个听诊器盘绕在桌子上，就像一条蛇。

侯赛因翻找最近的柜子。绷带。血压监视器。几个听诊器。这里没有他想要的东西。

他突然意识到药品应该都存放在凉爽的地方，他开始找冰箱。很快就在后面一个小房间里找到了，里面有好几排瓶子，其中有几十瓶的名字都和帕尼库斯写的一样。侯赛因拿了四瓶放在口袋里。乔治乌家的房子里没有冷藏设备，他没拿剩下的那些。如果需要，他随时都可以回来取。

他回到入口，转过拐角。帕尼库斯正在那里等待。

他们以胖子帕尼库斯能达到的最快速度回到家。帕尼库斯知道，每耽误一分钟，婴儿就多一分危险。要是孩子再出现发热性抽搐，很可能就没救了。他努力跟上侯赛因，跑得气喘吁吁，到家时，已经累得直不起腰了。

侯赛因谨慎地轻轻敲了门。进了屋子，他把药瓶交给伊里妮。

玛丽亚用茶匙给小宝宝喂了几滴药水。小伊里妮呼吸急促且虚弱。她的外婆一直用一块湿布轻拍她。

"我们得给她降温。"她坚持道。

那天夜里，婴儿的病情没什么变化。

玛丽亚和婴儿一样安静。帕尼库斯走来走去。伊里妮一次次地拧干湿布，不停祈祷。她的手忙个不停，所以没法画十字，可她不时抬头看看圣像。至少婴儿滚烫的体温证明她还活着。

和以前一样，瓦西利斯在鱼尾菊酒中寻找慰藉。

深夜，马科斯回来了，带回了几袋补给品。

"怎么了，妈妈？"他一进门就发现她焦虑不安。

"宝宝！她病得厉害。我想我们可能会失去她……"

马科斯坐下来和父亲一起喝酒。

焦急的气氛笼罩着他们每个人，他决定明天早晨再公布他的消息。对他们每个人来说，那都会产生可怕的后果。

早晨，新生儿的体温降了下去。生命回到了她的体内。玛丽亚喜极而泣。

伊里妮从女儿怀里接过这个和自己同名的小孩子，抱着她在屋子里走来走去。她现在能发出微弱的哭声了。经历了昨天的噩梦，现在的一切堪称奇迹。

他们继续喂她吃药。这不科学，可这么做能治好她。

玛丽亚累得躺在床上睡着了。一个小时后她醒了过来，首先看见的就是母亲的笑脸。

"她没事了，"伊里妮说，"我猜她现在想吃奶了。"

婴儿依偎在母亲的乳房边上吸吮起来。三十六个多小时了，这是她第一次吃奶。她已经脱离了危险。

晚上，一切恢复了正常，玛丽亚发现自己也能吃得下东西了。是时候宣布消息了。马科斯小心翼翼地说出他知道的信息，信息就像酊剂，在适当的时候，一点点就能起到巨大作用。

"没人来救我们了，"他说，"或者说，起码一段时间内我们得不到营救。"

他的母亲一脸惊恐。

"可……"

"你怎么知道的？"瓦西利斯问。

整日闭门不出，整天对着妻子，去不了酒馆和柑橘园，使他的脾气愈发暴躁。马科斯给他找来了鱼尾菊酒和足够的香烟，可伊里妮却让他收起他的念珠，说是它们太吵了。

"我无意中听到……"

"从谁那里听的？"

"土耳其士兵……我去了一家商店，他们就站在商店外面。从我听到的话判断，我们可能要在这里待更久。"

"可为什么？你什么意思？"

马科斯展开一张小纸片，上面是塞浦路斯地图，中间画了一条线。

"据我所知，这就是他们干的勾当。"他说。

他们第一次了解到他们身处一个被土耳其人占领的巨大区域。

"我想现在完全是敌众我寡。"

"还在打吗？"瓦西利斯问。

"好像是。"马科斯说。

"这些狗杂种！"这是瓦西利斯能用来骂土耳其人的最激烈的字眼，"现在我们隔壁就住了几个！"他愤愤地说。他对土耳其族塞浦路斯人的偏见加深了。

"没有侯赛因，"帕尼库斯说，"宝宝早就离开我们了。"

瓦西利斯放下叉子。

"这话怎么说？"

"没有他，她可能已经死了，"帕尼库斯用力地说，"他不光替我进了医院，还帮忙找到了药，要是没有他，我自己连医院都进不去。"

瓦西利斯继续闷头吃饭。

伊里妮笑了。是埃米内的儿子救了她的小外孙女。

那天，马科斯带回了一些粗面粉，她做了甜糕，还派马科斯去邀请厄兹坎一家来做客。

哈里德没来。伊里妮和埃米内早就知道，可能永远都不会有她们的丈夫坐在同一张桌子上的那天了。男人把两族之间的冲突当成自己的事，指责对方挑起了事端。相比之下，女人则把责任揽到自己一方身上。

"我们都有过错，"埃米内说，"是不是？"

"仇怨结了这么久，"伊里妮若有所思地说，"根本不可能说得清是谁挑起的。"

现在他们围坐在一张桌旁，马科斯问侯赛因，除了留字条的那家店，他是不是还知道别的什么地方有吃的。这个很警惕的年轻人不想透露细节，含含糊糊地回答说西北部有片区域有，却未提到街道的名字。

伊里妮把蛋糕分给了每个人。

"我看我得减肥了。"帕尼库斯说着，把手放在圆滚滚的肚子上，之后把他的那份推到了一边。

侯赛因和他相视一笑。

"能给我吃吗？"穆罕默德跑到桌边问。之前他一直和瓦斯拉克斯在地板上玩游戏。穆罕默德玩得太高兴了。规矩由他定，受到蹒跚学步的小孩的仰望，对他来说是一种新体验。过去的几个星期过得实在太漫长了。

"当然。"帕尼库斯说着把他的那块甜糕交给了小男孩。

22

德凯利亚的难民营里可没有蛋糕。有时候连面包都不够吃，环境越来越恶劣。

和很多人一样，阿芙洛狄忒也病了。数百人得了痢疾，病菌在不同年龄层的人身上肆虐。难民营周边出现了几座新坟。

阿芙洛狄忒本来就很瘦，重病十天后，她那条脏兮兮的裙子就显得更加松垮了。一连几天她都在一个医疗帐篷里接受治疗。那里空气不流通，她躺在一张低矮的军用床上，时不时因疼痛和恶心蜷缩起整个身子。她一直在思念马科斯。她努力记起他的脸，后来，他的脸开始模糊，她不禁怀疑他是否还活着。

自从来到难民营，她从未摘下她的珠宝。没有摘掉的理由，也没安全的存放处。她不停摆弄着那个吊坠，所以它总是暖暖的，除她之外最后一个触摸它的人始终在她心里。她想象着，在一层层她自己的指纹下面，还留有马科斯的指纹。

阿芙洛狄忒上一次照镜子还是好几个星期前在公寓里。向来精致的她竟会如此肮脏邋遢，这真是同她因照料弗朗格斯家的孩子而染上痢疾一样让人始料未及。

病情好转之后，她又回到了那个肮脏的帐篷里。现在她、萨瓦斯和弗朗格斯一家住在里面。

他们已经在这个难民营里住了五周了，都盼着能尽快离开，萨瓦斯听说来自尼科西亚的难民开始返家。而法马古斯塔的很多人也去投靠了尼科西亚愿意收留他们的亲戚朋友。

"我们走吧，"萨瓦斯说，"越快离开这里越好。"

"不带上弗朗格斯一家吗？"

"车子坐不下。"

"可我们能带上孩子。"

安娜无意中听到了他们的对话。

"不要紧，"她说，"我们不愿意分开。"

阿芙洛狄忒看着他们：安娜每只胳膊搂着两个孩子，他们像是她羽翼下的小鸭子。

她们五个人组成了一幅凄美的画面。这一刻，阿芙洛狄忒甘愿和安娜交换位置，她没有财产，却好似这个世界上最富有的女人。弗朗格斯一家住在法马古斯塔郊区的一栋小公寓里，这次逃难，他们只带上了孩子。他们手里没有照片，没有书，没有一件过往的东西供他们回想曾经的生活。他们每天排队领食物，领备用袜子这类小物品。此外便身无一物。如果衣服需要洗，孩子们就得裹着毯子坐等衣服晾干。

他们在南方也没有亲戚，不过有人说政府即将兴建特殊的难民营，为难民提供较好的条件。

"如果你们能去尼科西亚，"阿芙洛狄忒补充道，"可以来和我们一起住。"

她俯身拥抱三个小女孩和她们的弟弟。这是她第一次和孩子们相处这么久，他们都很快乐，她觉得为他们付出是值得的。其中两个开始认字了，她曾整日教她们字母，讲故事给她们听。现在要分别了，她难过不已。

"我们会想办法告诉你我们的落脚点。"道别时，科斯塔斯承诺。

阿芙洛狄忒把包背在肩上，扭头离开。和平常一样，她丈夫在车里等着她，越来越不耐烦。

他们默默开车离开难民营，向尼科西亚驶去。汽车颠簸，过去几个星期里折磨阿芙洛狄忒的恶心感又回来了，他们两次停下来，好让她去路边呕吐。

一路上他们遇到了无数废墟和被丢弃的汽车。路面凹凸不平，路上不时出现弹坑，他们只能绕行。他们美丽的岛国惨遭蹂躏，已经面目全非。他们谁都没说话。也没什么好说的。

终于他们进入尼科西亚郊区。目光所及全是数日来惨烈战斗留下的痕迹。他们经过已被摧毁的希尔顿酒店和几栋被彻底毁损的公寓楼。

阿芙洛狄忒父母的公寓靠近老城中心。许多老建筑都在轰炸中坍塌了，这座城市里所有的窗户玻璃好像都碎了。

汽车有些不对劲。速度缓慢不全是因为道路崎岖不平、瓦砾和废弃沙袋遍地。萨瓦斯把车停在路边，下了车。

"该死的！该死的！"他一边骂，一边狠狠踢了汽车一脚，"我们得走路了。"

两个轮胎都瘪了。

从弃车的地方到他们的公寓并不远。他们的行李很少。萨瓦斯有个公文包，里面装的是离开前从书房里拿走的各种文件和契约，阿芙洛狄忒只有一个手袋，里面是家里的钥匙、耳环、钱包和一枚珍珠。钥匙虽在身边，家却好似无限遥远。

他们的那栋公寓楼居然奇迹般地毫无损伤。一楼的窗户封了木板，可房主还没回来。他们一起抬头向上看。他们的公寓在三楼，从街上看，那里相对完好。

一个老妇人正在他们上方的阳台上晾衣服。她的丈夫在给植物浇水。一只鸟儿在笼子里欢快地叽叽喳喳。这是周六的早晨。

那对夫妇停下了手里的活计。

"早上好，帕帕科斯塔先生、夫人，"那个男人低头说道，"你们好吗？"

这样平淡的问候，本是日常生活中最普通的问题，但却令人无法回答。周围的城市都被遗弃了，每个人都在为死去的亲人和失去的家园哀痛，然而，花儿依旧需要照料，鸟儿依旧需要喂食。

"听到马基迪斯先生去世的消息，我很难过。"他妻子说。

阿芙洛狄忒嘴巴发干。他们已经有两年多没住在尼科西亚了。日出酒店开业之后，他们一直都在忙碌。

阿芙洛狄忒强挤出一丝笑容，没有回答，而罗伊州夫人自然知道这是什么意思。

"有没有人来这里找过我？"萨瓦斯问。

阿芙洛狄忒屏住呼吸等待回答。

"据我所知，没有。"邻居冲楼下喊道。

阿芙洛狄忒推开大门，打开开关，通道里亮了起来。至少这栋楼里还有电。马科斯还没来。他们走上三楼，萨瓦斯用钥匙开了门。这里还是岳父母最后一次来时的模样。

阿芙洛狄忒打开所有的窗户和百叶窗。

屋里强烈的霉味几乎令她窒息。她急切盼望着光和新鲜空气进入。

萨瓦斯立刻就出门了。

"我去看看这里的情形，"他说，"看看是不是有商店开门，好像有些地方正在恢复。"

阿芙洛狄忒很高兴能一个人待会儿。

虽然味道不怎么好，可整个公寓还算整洁有序。在脏乱的环境里住过后，这里宛如天堂。一切都充满了隽永的意味。和他们在法马古斯塔公寓里那种二十世纪七十年代的简式风格不同，她父母钟爱厚重的仿古制品。内室都是栗色或酒红色，公寓显得非常幽暗。

这个地方充满了回忆。她小时候住在这里，那时的一切仿佛都那么恢宏壮阔。站在房间里，往事如潮水般涌来：祖父母来看他们，小时候过生日圣日，和哥哥一起玩游戏。她猜一些旧木玩具依旧放在角落的那个柜子里。

她父母的物品都蒙了一层灰，却丝毫无损。房间里最显眼的就是那个深色木桌。桌上铺着白色花边桌布，上面摆了很多照片，有婚礼照片（阿耳特弥斯和特里福纳斯结婚时的黑白相片，阿芙洛狄忒和萨瓦斯结婚时的彩色相片），两个教子的照片，几张阿芙洛狄忒小时候梳及腰长辫的照片。还有一张特里福纳斯领奖时的照片。这张照片拍摄于五年前，他拿着一枚蚀刻有船只图案的奖章。奖章仍挂在墙上："塞浦路斯商会嘉奖特里福纳斯·马基迪斯在出口贸易发展方面取得的杰出成就。"照片里他正和一位政治家握手。

有一张照片最大，摆在最显眼的位置：她哥哥季米特里斯的毕业照。那是在伦敦的毕业典礼上，他身穿白貂毛，头戴学位帽，那样骄傲英俊。照片镶在华丽的银相框里，相框右边刻有他的名字、出生与死亡日期。

同样的一张照片位于城市不远处的一座大墓碑上，上面刻着一句话："永远铭记。从不忘却。"

过去几个月里，悲剧发生了成千上万次。不管人们怎么说，这样的冲突都不是第一次了。生命惨遭扼杀，幸福遭遇毁灭。

远在英国的阿耳特弥斯每天都会看同一张令人悲恸欲绝的照片。

阿芙洛狄忒感觉有人在狠狠抓扯着她的心。她坐了一会儿。过去几周、几个月和几年的痛苦向她袭来。一切似乎都不复存在了：她哥哥、父亲，还有那个她深爱的男人。她珍视的东西都不在。

她本来盼着能在尼科西亚见到马科斯，可这场灾难的严重程度超乎了所有人的想象。他早晚会把日出酒店的钥匙送来。仍有希望。

她坐在躺椅边上，恶心感又在翻涌，她冲进卫生间呕吐起来。抬头时看到柜子前面的小镜子时，她吓了一大跳。好几个星期了，她第一次看到自己的样子。

一张消瘦憔悴的脸，双眼凹陷，头发凌乱，皮肤松弛，肤色苍白得就像她的邻居挂出来的那件汗衫。她洗了把脸，用已变硬的毛巾擦干。真令人惊讶，罗伊州夫人居然还认得她是谁。

她头一次意识到自己的裙子有多脏，连忙脱下放进箱子里。洗了个冷水澡后，她打开衣橱，找了件干净衣服穿上。她父母在衣柜和抽屉里留了很多衣服，这些衣服在英国都派不上用场，而且他们会定期回来。

她选了一件上衣、一条裙子，又系了条腰带。两件衣服几乎要把她罩住了。她母亲比她丰满得多，好在她们两个人的脚差不多大，于是她从衣柜底下找出一双平底凉鞋套在脚上。

她把潮湿的头发向后扎成一个马尾，感觉好了许多。她那时髦的短发已经长长了。洗澡前她把华丽的耳环和吊坠放到母亲的梳妆台上，她决定不戴了。它们有些不合时宜。她打开抽屉，把它们放了进去。抽屉里面还有一封信，上面写着她哥哥的名字。现在她承受不了更多的伤心，所以没去管那封信。无论如何她都尊重母亲的隐私。

她感觉恢复了活力，决定去外面看看。和萨瓦斯一样，她也很好奇尼科西亚怎么样了。她关上门，把钥匙留在门垫下，知道丈夫会去那里找，然后慢慢地走出大门。在她恢复坚强以后，一定会去找她那亲切的邻居聊天，可不是现在。

阿芙洛狄忒走过城市的大街小巷。她觉得自己像一个乔装打扮过的女人。在没有碎裂也没用木板封住的商店橱窗间，她看到了自己的身影，仿佛是在看另一个人。

她穿行在弯弯绕绕的破败街道上，偶尔能瞥见那道把这座城市一分为二的屏障，它们由旧金属桶、临时凑合的栅栏和铁丝网组成。这道屏障已经存在了很多年，可很多地方都进行了加固。新近的暴力冲突留下的痕迹，清晰可见。街道两边的建筑物上都是弹痕，有的被轰出了大洞，暴露在日光下。

恢复营业的商店，大都是小杂货店和百货商店。她身上没钱，什么都买不了，希望萨瓦斯能带吃的回来。饥饿开始啃噬她。

阿芙洛狄忒回到公寓，萨瓦斯已经回来了。

桌子上有个袋子，她看到他买了件新西装。

即便他和他那位已经去世的岳父一样身材，公寓里的那排夹克和裤子对他来说也没用。萨瓦斯绝不穿二手衣物。还好，附近的一家裁缝店重新开业了。

"就好像他坐在那里等我似的，"萨瓦斯说，几个星期以来第一次露出了笑容，"他有三件给别人做的西装，正好符合我的尺码！"

"这是其中一件？"

萨瓦斯点点头。阿芙洛狄忒注意到他理了发。

她看了看桌上的袋子，里面有面包和牛奶。

"吃的东西不多，"他闷闷不乐地说，"老板推测供应会越来越充足。"

阿芙洛狄忒切下两片面包，狼吞虎咽地吞掉。

"城里看起来真是太恐怖了，是不是？"她边吃边说。

"是的，满目疮痍。不久前大批人都逃走了，因为他们担心还会打仗。现在普遍认为一切都结束了。"

"一切都结束了？什么意思？"

"就是结束了。那条线已经划出来了。我们已经无能为力。"

"可法马古斯塔呢？"

"噢，不用为此担心了，"萨瓦斯说，"我们一定会夺回法马古斯塔。可凯里尼亚就不行了。我看得有段日子不能去那里了。"

"我们能回家吗？"阿芙洛狄忒问，急于弄明白是否有可能过上正常生活。

"还不行，"萨瓦斯说，"不过让我们一起盼这个日子不会太久吧。"

阿芙洛狄忒去做咖啡。

"真叫人生气，马科斯居然没把钥匙送来，"萨瓦斯又说，"我想他一定会带着钥匙出现的。还有那些珠宝……"

阿芙洛狄忒在橱柜里找到了糖。她通常都喝不加糖的咖啡，可现在糖能为她提供急需的能量。

"我们也许能重建天堂海滩酒店，"萨瓦斯说，"我正在看保险单。我们或许能得到赔偿。"

"日出酒店呢？你觉得那里有没有受损？"

"希望没有吧，"萨瓦斯答，"等到回去的时候就知道了。"

几个星期来阿芙洛狄忒第一次想象着回归正常的生活：躺在马科斯的臂弯里，他的唇吻上她的唇。这样的梦或许可以成真。

虽然各有各的理由，可阿芙洛狄忒和萨瓦斯都笑了。

接下来的几周供应变得丰富起来，更多的人返回了这座城市，盼着修复他们的生活。

新的常态开始形成。酒馆一家接一家重新开张。一天，母亲常在她放学后带她去的那家甜品店在橱窗里摆放了蛋糕，阿芙洛狄忒的心中燃起了希望。第二天，她坐到店里的一张桌子边，请自己吃了一顿。她需要把失去的体重补回来，希望她对甜点的渴望能有所帮助。

迄今为止关于法马古斯塔的消息并不乐观。谈判没有明显进展。他们从报纸上得知，很多条款谈妥后，他们才能回家。

"我们得耐心点，阿芙洛狄忒。"萨瓦斯说。

萨瓦斯是她见过的脾气最坏的人，他竟说出了这样的话，她有些迷糊了。可有一天她回到家，看见他坐在她父亲的大书桌边上，很快就明白了他的想法。

萨瓦斯从现在的局面里找到了有利可图之处。他面前是一座大楼的平面图。

"天堂海滩酒店？"她问。

"不是，"萨瓦斯说，"是另一座酒店。"

她露出了极度困惑的表情。

"我之前一直没告诉你，"他说，看起来既不安又高兴，"这是个大好机会，根本不容错过。"

"什么机会？"

"尼克斯·索特里奥决定出售他的酒店。这场危机前他就想提早退休了，他准备以三成的价格把酒店卖给我。"

萨瓦斯买下的这家酒店位居日出酒店之下，是法马古斯塔第二大豪华酒店。

"即便是保守估计，这笔生意也能赚钱。其他酒店也可能出售。只要回到法马古斯塔，我们就修缮一番重新开业。要是能买下这座我正在关注的酒店，那我就是法马古斯塔最大的酒店业主了。"

阿芙洛狄忒惊呆了。

"可是——"

"我申请了贷款。利息不便宜，可我保证一定能还清。我绝对肯定。"

阿芙洛狄忒感觉微微有些头昏。真难以置信，时局如此动荡，萨瓦斯居然会干出这样的事。

"可我们身无长物，拿什么变卖还贷款……"

"没有这个必要。"他恶声恶气地说。

良久，阿芙洛狄忒一语不发，只是盯着她的丈夫看。他倒又溜滔不绝起来。

"有这个地方……你母亲在英国的房子。还有保险箱里的珠宝。那可是一大笔钱。这些都是抵押。"

萨瓦斯盲目乐观，还背着她私自拿主意，她感觉要喘不上气了。

"我出去呼吸一下新鲜空气。"她说。

她得躲开她丈夫。正值晚秋时节，微风阵阵。

来到街上，她发现自己几乎下意识地走向了那家甜品店。她只能去那里，那里能带给她慰藉。供选择的食物有限，可一小块果仁蜜饼外加一杯咖啡就能叫她心情好转，即便只是高兴几分钟。她完全不能相信萨瓦斯竟会冒这么大的风险。

她边等蛋糕，边观察其余的客人。顾客多是她这个年纪或比她稍大一点的女人，她们或许不如一年前优雅，却也打扮得漂漂亮亮。就和男人们去酒馆一样，对尼科西亚的女人来说，在甜品店里见朋友是她们的爱好。有一桌客人吸引了她的注意。

其中有个六十来岁的女人，一头黑发梳得像个头盔，正和另外三个留着同样发型的女人聊天。阿芙洛狄忒认识她。她丈夫是位政客，曾是夜总会的常客。她记得她去参加了开业派对，不过她知道对方没有认出她。

这座城市灰尘漫天，混乱不堪，这些女人衣着艳丽、唇膏闪亮，正热火朝天地闲聊着，与这条街道格格不入，仿佛与世事毫不相关。看到这样的场面，无异于看到一个奇迹。浓郁的香水味从她们那张桌子飘过来。其中有阿芙洛狄忒最喜欢的味道，但此时此刻，它只让她恶心。她的一张素脸外加母亲的衣服，使她感觉自己不再与她们同属一个国度。

忽然间一个东西吸引了她的目光。是阳光下钻石闪动的光芒。那个最年轻的女人戴了一枚戒指，只能等到她不再挥手了（显然她是想引起别人关注），她才能看个清楚。

她刚刚吃掉的甜品好像在胃里翻涌。

她看到了一颗黄色钻石戒指。圆圆的黄色钻石，一枚小硬币大小，周围有一圈小黄钻，镶嵌在白金上。这座岛上不可能有两枚相同的戒指。绝不会有错。那枚戒指是她的。

阿芙洛狄忒僵住了，但不可能走到那女人身边指责她是个贼。她身着母亲的老式衣服坐在那里，引人注意是她最不愿意干的事。

她抖得像片落叶，硬撑着付账离开。她的戒指怎么会戴在那个女人的手指上？她感觉自己不仅仅是遭遇了抢劫那么简单。一个更逼人的事实摆在眼前。

马科斯怎么了？别人怎么能在他不知情的情况下从保险箱里拿走那枚戒指？她比以往更需要弄清真相。

阿芙洛狄忒抄近路回家，两条腿抖得厉害，几乎摔倒。

23

每天去乔治乌家串门很快就成了埃米内的习惯。每次去，侯赛因都小心翼翼地陪着她，她还总带穆罕默德一起去。有了新玩伴，小瓦斯拉克斯和穆罕默德一样兴奋，不过他还不太会玩士兵游戏。

所有人都习惯了低声说话。天空已十分安静，可要是对他们身处的危险放松警惕，就可能失去一切。他们没办法得知这座城市以外发生的事。

"真有必要继续留下来吗？"伊里妮问马科斯。

"如果那些当兵的不知道我们在这里，"他回答，"待在这里比去其他地方都好。我们有吃的，现在很安全。"

"怎样才叫安全？"埃米内问，"如果确实有马科斯说的那条分界线，那所有地方都会乱成一锅粥。"

"要是那条线是想分开希腊族和土耳其族，我想很多人都没有住进他们该住的地方。"伊里妮若有所思地说。

"我们可以去分界线以北，"侯赛因说，"我们在马拉塔有家人和朋友。"

"要是你贸然出去，就会让我们也陷入危险。他们一定会来搜查其他人。"瓦西利斯说。

“不管怎么样，我都不会改变主意，”埃米内说，“除非阿里回来，不然我死也不走。”

自从瓦西利斯加入进来，讨论就升温了。玛丽亚抱起瓦斯拉克斯回了卧室，小宝宝正在那里睡觉。穆罕默德再次被留下来听大人无休止的争吵。

“侯赛因，干吗不去把你父亲喊来？”马科斯建议，“我们应该听听他的想法。”

哈里德正坐在门阶上抽烟。他一派悠闲，和以前一个样。一看到侯赛因，就劈头盖脸斥责起他来。

“你怎么丢下他们自己跑回来了？”

他一向都不放心妻儿去一栋全是希腊族塞浦路斯人的房子里，他觉得后果简直不堪设想。

“要不要一起去，爸爸？”

“什么？去那栋希腊族人的房子里？”

“我们正在争论要不要离开。这与所有人都有关系。”他坚持道。

“我们？哪个我们？”

“求你了。这特别重要。去几分钟就行。”

“我可以去，但绝不坐下。”

哈里德四下看了看，捻灭了香烟，和儿子一起穿过街道。

哈里德一进屋，除了瓦西利斯，所有人都站了起来，伊里妮热情地欢迎他。

“欢迎来我们家，”她说，“我去给你煮咖啡。”

哈里德说到做到，一直站着。其他人继续讨论着。他们消息闭塞，根本做不了决定。

就在哈里德准备说出他的想法的时候，所有人都听到了响声。是开关车门的声音。就在附近，但不在门外。接着传来了说话声。

他们都愣住了。土耳其士兵已经很多天没来这条街巡逻了。先是叫喊声和敲击声，然后是一扇门被踢开的声响。指示声不断。二十分钟后周围恢复了安静。时间是那样漫长。

伊里妮、瓦西利斯、帕尼库斯、埃米内、哈里德和侯赛因全都长出了一口气。玛丽亚和孩子们在卧室里，对外面的事茫然不知。

"我想他们都走了，"终于侯赛因小声说，"我去看看。"

他悄悄走向大门，拔掉门闩，来到街上。周围一片狼藉，他几乎立刻意识到街上的碎片正是他家的前门。

他跨出门槛。很多东西都被抢走了，翻倒的桌椅、散落在地的抽屉和橱柜里的小物品，让这栋房子显得凌乱无比。

他父亲那套珍贵的西洋双陆棋不见了，墙上的相框没了，冰箱也被搬走了。食品柜被人打开。母亲用来放丝绸的五斗橱都拉开着，里面的东西不翼而飞。阿塔图尔克的小半身像掉在了地上，但一文不值的邪眼还完好无损，于是他抓起邪眼离开。

他跑回乔治乌家报告这个坏消息。

"你知道这意味着什么吗？"埃米内大声叫道。

没有一个人说话，可答案已在所有人心里。

"他们一定知道还有人住在那里。"

侯赛因和父亲一起回家，摸了摸盛放晚餐的锅，发现它尚有余温，他知道她说得很对。就连空气里依然弥漫的肉桂香都可能告诉那些士兵，有人仍住在这栋房子里。

伊里妮仍在安慰埃米内。他们要回去，商量大家应该怎么办。

"他们一定会回来，"瓦西利斯直言不讳，"如果他们知道有人住在那栋房子里，准会回来搜查。"

"甚至还会搜寻其他房子。"哈里德说。

"这么说我们都得离开这里？"伊里妮问。

房间里的每一个人都带着恐惧和不确定感面面相觑。婴儿的哭声是唯一的声音。她彻底康复了，哭声比以前更洪亮了。

过了一会儿，马科斯说话了。

"我想我们必须离开这条街，可是……"

"可是什么？"他母亲问。她已摘下挂在墙上的圣像，放进了围裙的口袋。越来越强烈的紧迫感。

"我觉得我们不应该离开法马古斯塔。"

"什么？"哈里德气坏了，这个希腊族塞浦路斯人竟然对他指手画脚，"我们和你们面对的情况不一样！我们为什么不应该走？"

"哈里德，不……"埃米内说。

"我觉得我们别无选择。"他打断妻子的话。

焦虑在马科斯心里蔓延。他最不愿看到的就是厄兹坎一家离开。他觉得有他们在附近，他的家人更安全；况且他还需要更多时间。日出酒店掌握在他的手里，保险库里还有那么一大笔财富，他仍在想办法从中获利。

"等等，"他飞快地转动脑筋，然后说，"我有东西给你看。"

他跑向自己的房间，一次两级台阶，不到一分钟就回来了，手里拿着一份旧报纸。是一份土耳其报纸。

"我找到了这个，"他说，"肯定是当兵的掉的，我捡了起来。"

尽管下定决心要一直站在乔治乌家里，可哈里德还是颓然地跌坐在最近的座位上。

"亲爱的，"埃米内倒抽一口凉气，"到底怎么了？"从他脸上的表情她就知道，一定发生了可怕的事。

他抬头看着她，却一个字也说不出来。

侯赛因从父亲手里拿过报纸，认真读起了头版。

"老天！"他轻声说，"噢老天！这是我们的村子……"

他看看母亲，又看了看报纸。报道里有一大幅图片，人们正在挖着什么。红十字会的成员以及身着联合国制服的士兵站在那里看着他们。

大字标题十分醒目："马拉塔大屠杀。"

照片下方是这场大屠杀的具体报道。这起暴行发生在几周以前，也就是八月十四日，可直到尸体被挖出，才大白于天下。

人们从一个大坑里发现了八十八具惨遭肢解的尸体。尸体都严重腐烂。母亲依然紧紧抓着婴儿，最小的还不到一个月大，有迹象显示一些妇女在被屠杀前曾遭遇强奸。尸体被砍掉了脑袋，有几具少了一只耳朵，几具双耳都已不见。

从尸体的受损程度判断，有人用推土机把它们推进了坑里。

埃米内绕到桌子的另一边，从儿子手里夺过报纸。看着看着，泪水流满了脸庞。

据一个希腊族塞浦路斯目击者称，超过十五岁的所有男性都被带离了村子。只有老人能留下来。那个主动提供消息的人称，凶手既有希腊人，也有希腊族塞浦路斯人。他觉得这些人都是 EOKA B 队的成员。

报纸称希腊人意欲清除岛国所有的土耳其族塞浦路斯人，为了这个，土耳其军队曾向南进军营救他们。马拉塔和另外一个村庄桑塔拉里斯发生的大屠杀只能证明营救是正确的选择。

马拉塔是埃米内的老家，搬来法马古斯塔前，他们一直住在那里。黑白报纸上列出的每一个名字都是他们熟悉的，其中四个与他们流着相同的血：

嘉尔德恩·穆斯塔法 三十九岁

穆阿拉·穆斯塔法 十九岁

萨布里·穆斯塔法 十五岁

爱莎·穆斯塔法 五岁

是她的妹妹和三个外甥女。埃米内恸哭起来。她的号哭声淹没了其他所有声音。婴儿的哭声、瓦西利斯收拾东西的动静都被淹灭在了她的哭声中。

村子里有些人家里的每个孩子都被肢解，他们的祖父母遭遇相似。成年男子和大一点的男孩子沦为俘虏。

伊里妮把马科斯拉到一边。

"这张报纸在你那里多久了？"

"没多久，妈妈，"他轻声答，"我不知道厄兹坎一家是从那里搬来的。我原本不想让他们知道这些。"

马科斯知道还有其他尸体被挖出，死的不只是土耳其族，还有希腊族塞浦路斯人。双方都该为这样的暴行愧疚。他床下还有一张报纸，上面报道了凯斯里亚有很多希腊族塞浦路斯人被杀。要等到对他有用的时候他才会把那张报纸拿出来。

"可我们要去哪里？"伊里妮转身看着瓦西利斯问。

他的不耐烦溢于言表。

"那重要吗？"他厉声说，"如果不快点离开，那些当兵的就会回来，而我们还在这里坐以待毙。"

瓦西利斯只关心他的家人，可他现在渐渐意识到，这场冲突的受害者不只是希腊族塞浦路斯人。

哈里德一直在安慰妻子。侯赛因想到了他表哥的死和所有那些破碎的梦想。穆罕默德站在一边，对眼前的事迷惑不解。

埃米内的彻骨悲伤永远不会退去，她丈夫催促她站起来。侯赛因从未见过父亲对母亲如此温柔。

"我们必须走，我的宝贝，"他把她搂在怀里轻声说，"我们得自己救自己。"

"我有个建议，"马科斯小声对他父亲说，"我们可以住进日出酒店。"

"日出酒店？"

那里一夜的住宿费比他们一个月赚的还要多，可如今他建议两家人住到那里去，不免有些可笑。

"所有大门的钥匙都在我这里，"马科斯说，"栅栏门那么高，那些土耳其人是不会费力去闯的。"

"或许这主意不赖。"帕尼库斯说。

他们分开讨论了一会儿，时间紧迫，他们无法肯定还剩下多少时间。显然目前没有更好的选择。他们压根儿就不可能在不被发现的情况下全都出城。谁知道被抓住会有什么后果呢？

"路上我们得格外小心，"玛丽亚说，"我们这么多人。还有小宝宝……"

"天快黑了，"侯赛因说，"可我们还是得保持警惕。"

只有他和马科斯两个人有过在城里穿梭的经验。

"现在该走了，在附近找个地方先藏起来。等天彻底黑了，我和侯赛因就带领大家去酒店。"

"我看我们不能回家拿东西了。"侯赛因小声对他父亲说。

他知道，他母亲唯一想要的就是那些失散家人的照片。侯赛因看到它们全都被偷走了，因为相框很值钱。

玛丽亚很快收拾好婴儿需要的物品，包括一瓶青霉素和一些尿布。小瓦斯拉克斯捧着一堆木衣夹，那是他的士兵。

他们从乔治乌家鱼贯而出，在小花园里等了几分钟。瓦西利斯锁上门，拖起一个塞满了换洗衣物和个人财产的大袋子。他几乎都拖不动了。

"带这些干什么？"玛丽亚问，"我们或许不会在那里待很久。"

她抱着小宝宝，帕尼库斯抱着瓦斯拉克斯。伊里妮帮丈夫抬着那个袋子，两家人分道前行。

侯赛因选了一条不会经过家门口的路。这样绕远了，可他不愿母亲看到房子前面的人行道上遍布的破碎品。过去那一个小时，她已经受够了。

他们来到那家杂货店时，乔治乌一家已经到了。店里的东西都被抢光了。他们在那里坐了两个小时，一动不动，一声不吭，终于，街上和店内一样，伸手不见五指。

"我想现在走安全了。"马科斯看了外面一眼说。

他们站起来。是时候去新家了。

24

马科斯和侯赛因再次带领家人沿不同路线出发，他们知道怎样才最安全。

其余人在房子里藏了这么久，都被眼前的场景震惊了：街道一派沉寂，商店遭遇洗劫，建筑惨遭炸毁，花园无人打理。他们的法马古斯塔原本那么美丽，现在却笼罩在幽暗的阴影中，令人痛心疾首。

侯赛因看看他父亲，见他又怕又难过。马科斯在瓦西利斯身上看到了同样的感受。这两个男人在过去几个星期里似乎消瘦了很多。

埃米内静静地哭着，并没有注意到周围的狼藉。

马科斯让所有人都在酒店入口对面城里最大的百货公司的门廊里等。他得去打开栅栏的挂锁，打开通往主入口的金属围栏，确保两家人快速进入。这是个复杂的过程。萨瓦斯在安保方面可谓费尽心血。他把他的豪华酒店当成宝贝，希望它像放在保险箱里的钻石一样安全。

几分钟后，他们全都迅速进入，马科斯上了所有的锁。

接待处和天外来物没什么区别。离开了自己家，伊里妮和瓦西利斯感觉特别不自在，尽管马科斯曾告诉过他们这里有多豪华。

微弱的月光照亮了大厅。金色的海豚闪烁着光辉，枝形吊灯露出了神秘轮廓。他们脚下的白色大理石地面看似坚固无比，却又虚幻不实。对他们来说，这是个彻头彻尾的新世界，如此庞大，吓人又怪异。

"外国人就住这里，嗯？"瓦西利斯评论道。

回声效果放大了他的窃窃私语。

"我给每个人找一间客房，明早再带你们到处转转，"马科斯说，"天亮看方便些。"

他从接待台后面的挂板上拿了五把钥匙，领大家从主楼梯上了二楼。

借着幽暗的月光，伊里妮扶着冰凉的大理石扶手往上走。长毛绒地毯和宽面楼梯令她震撼不已。日出酒店甚至超乎了她对皇宫的想象。

马科斯逐一打开房门，酒店最新的客人进入了他们的房间。他们都住在走廊的同一面，房号从一〇五到一一三。

马科斯在他们关门之前吩咐了一些事情。

"千万不要拉开窗帘，这会引起外面的注意。最好别靠近窗户。我们都不愿别人看到里面有人在动。"

侯赛因有些生气，怎么忽然间他的家人就得听马科斯发号施令了呢。过去几个星期里，他们已经习惯了他做主，但一夜之间似乎都变了。此时此刻，他知道，唯一重要的是他们安全。

他们在黑暗中摸索着走向床边，缎子床单和光滑的棉被单是那么陌生，经历了筋疲力尽的一天，他们太需要休息了。每个人都和衣躺在宽大的床上，几乎立刻就睡着了。

埃米内和哈里德住在一〇五号房；侯赛因和穆罕默德住在他们隔壁，旁边是伊里妮和瓦西利斯，玛丽亚和帕尼库斯带着两个小家伙住在他们另一边。

只有马科斯是一个人。他记得一一三号房是他和阿芙洛狄忒最后相会的地方之一。她的香水味早已散去。他仰面躺在床上想了她一会儿，回忆着她的拥抱和亲吻。

他引诱她时她就像个孩子，可日子久了，她却成了和他上过床的女人中最热情的一个。他曾有一刻好奇她是怎么了。他一直记得她那白皙完美的胴体：不着衣衫，戴一条长长的项链，垂到双乳之间和肚脐上。他喜欢看到她一丝不挂，只戴着黄金饰物。

看了一眼手表上的夜光指针，马科斯从床上一跃而起。他得确保所有门都锁好了，特别是从酒店进入夜总会的门。他相当肯定此时所有人都睡着了。他悄悄走过走廊，却听到了闷闷的哭声。

除了埃米内，所有人都很快进入了梦乡。他们从未枕过这么柔软的枕头，从未体会过如此舒适的床垫。然而，第二天清晨六点半，他们几乎同时在令人目眩的晨光中醒来。

早晨缓缓地来临。那个巨大的橙色星球在他们面前稳稳升起，在澄澈天空的映衬下，更显庞大和有力。透过落地窗，他们清楚地看到了蔓延过大海的明媚阳光。

他们从未见过白天在如此磅礴的日出中来临。

这美景堪称恢宏壮丽。每个人的清晨，太阳都会升起。但很少人体会到，晨曦是为自己而来。

大约半个小时后，金红色的光芒消散，太阳升上天空，伊里妮和瓦西利斯大胆地走进卫生间，体验了华丽的金色水龙头。看到有水流出，他们松了口气。哈里德正紧张地淋浴，带着一丝猜疑用力闻着香皂。侯赛因在卫生间里拿起一条又厚又软的毛巾。每天他都把类似的毛巾递给客人，却从未想过他自己也能用上。穆罕默德穿上睡袍，满屋子乱跑，摔了一跤还咯咯直笑。

埃米内并不觉得这里的一切有何新鲜，她已经习惯了日出酒店的豪华。她也没有心思去惊讶。哈里德没能说服她扔掉那份报纸。

她甚至在睡觉时都把它放在枕头下面。她压根儿不可能离开房间。

"今天她肯定很难过，明天，以后很多天也会如此。"哈里德对伊里妮说，很担心她的朋友。

"这是肯定的，"伊里妮说，"我们得给她送些吃的。"伊里妮认为一顿饭能让她的朋友感觉好些。

日出后大约一个小时，其他人都来到大厅，睁大眼睛看着周围。穆罕默德和瓦斯拉克斯围着喷泉互相追逐，绕了一圈又一圈，叫个不停。他们像是被放出了笼子，兴奋地在这个巨大的空间里玩耍。

"我带你们转转好吗？"马科斯像是在对来度假两个礼拜的客人说话，"厨房是最重要的地方。我们从那里开始。"

他们惊讶于酒店厨房之大。好几排银锅从天花板上垂下来，各种刀具数不胜数，闪闪发亮的打蛋器排列在一起，好像朵朵银花，白色的盘子摞得高高的，很多巨大的铜瓮和数排燃气炉错落有致，触目所及，全是这些。虽然有些灰尘，却显得极为干净整洁。主厨是个厉害角色，在他们撤离前，他坚持把所有东西摆放整齐。

"可这里有吃的吗？"穆罕默德问。

马科斯笑了："食物存放在特殊的房间里，去看看吧？"

穆罕默德紧紧跟在马科斯身边，进入下一个参观环节。他们走进了冷冻室。

"那些银柜子是什么东西？"他问。

"冰箱，"马科斯答，"恐怕里面能吃的东西不多了。"

"我们能看看吗？"除非亲眼见过，否则小男孩绝不相信。

马科斯也不知道里面有什么，随手打开一个冰箱。强烈的恶臭立刻涌出，那种倒胃口的气味冲入鼻孔，顺着喉咙飞快地钻入了胃里。效果几乎立竿见影。

侯赛因刚一转过身就哇的一声吐了出来。穆罕默德飞奔出冷冻室，其他人也都快步跑了出去。所有人都又是咳嗽又是干呕。

只有马科斯看到了冰箱里面的东西：生牛肉都变成了蓝绿色。

他和大家一起匆匆走回厨房，连忙道歉。

"我很抱歉，"他关上了冷冻室的门，"我也不知道……"

他暗自庆幸打开的不是存放鱼类的冰箱。

"也不都是这样的，"看到他们个个垂头丧气，他保证道，"这里有很多干货，足够我们吃。"

他说得对。主厨房旁边有一间屋子，里面放着面粉、糖、豆类和大米，像个小仓库。显然老鼠已经发现了这里，不过食物依然堆积如山，足够美食厨师为好几百位客人做饭了。

虽然主厨青睐花式繁复的外国佳肴，依旧存了很多干蚕豆、鹰嘴豆、扁豆和白扁豆。

伊里妮的眼睛睁得最大。她没想到这里有这么多吃的，好几个星期了，他们都吃不饱，现在总算大大松了口气。

有番茄酱、罐装蔬菜，还有很多淡炼乳和甜炼乳。

"快看，玛丽亚！看到那些哈罗米芝士了吗？"伊里妮兴奋地说。

吃不上肉，可她依旧可以喂饱他们空空的胃。

为这么多人提供饮食，厨师们往往要走捷径，这里有很多装着浓缩固体汤料和芝麻酱的纸箱。另一个架子上有很多罐装的腌蘑菇和酸豆。还有大量基础食材：橄榄油、盐、胡椒、干香料和大量调味料。他们的每顿饭都会有滋有味。

伊里妮抬头看了看更高的架子，意识到有的是材料供她做甜点。有整箱坚果、数包花生，此外还有很多干果：白葡萄干、红葡萄干、椰枣和无花果。巨大的罐子里是用糖浆腌制的水果：樱桃、无花果、榅桲、南瓜、核桃仁，甚至还有西瓜。她从未见过这么多蜂蜜。

还有很多巧克力，这最对穆罕默德的胃口。他没见过大得像巨手的巧克力。他得到允许，可以吃一块软软的方形巧克力，即便如此他似乎怎么吃也吃不完。

伊里妮笑了。她就像个走进糖果店的小孩，已经迫不及待地要开始做饭了。

"我们可以在这里住上一辈子，马科斯，"她笑着说，"等会儿我能用炉子吗？"

她想起了小时候和刚结婚那几年吃过的饭菜，当时肉算是奢侈品，鱼更是难得出现在他们的餐桌上。她有各种法子能把豆类、大米和调味料做成可口的饭菜，用面粉、糖、坚果和橄榄油可以做出无数种甜食。

马科斯看到了母亲脸上生动的表情。

"参观完就做饭，妈妈，"他说，"顺便说一句，爸爸刚才问我酒放在哪里了。"

伊里妮给了儿子一个不满的眼神。

"不知道得在这里待多久，"他说，"没有酒，他就活不下去。"

"我知道，"她说，"可是……"

"酒确实可以缓解他的疼痛。"马科斯说。

他把他们从厨房带去舞厅，他的母亲和妹妹几乎说不出话了。

"可是……那个……我的老天……快瞧瞧……我从来都没……"

马赛克镶嵌画、家具、窗帘、壁画和其他无数细节让他们惊叹不已。

几个小时后，他们围坐在一张桌边。伊里妮建议用厨房里员工用餐的大桌子，可马科斯坚持在舞厅里吃，至少这次要这样。

伊里妮一个人做了三种可口的饭菜和一盘热乎乎的果仁蜜饼。马科斯从地窖里拿了一瓶上好红酒搭配母亲烹饪的美食。

他早已在主桌上摆好了银餐具和水晶酒杯，铺好了硬挺的餐巾。蜡烛在烛台里闪闪燃烧。他让母亲坐在阿芙洛狄忒常坐的萨拉米斯宝座上，让父亲坐在她边上，自己则坐在母亲的另一边，玛丽亚和帕尼库斯在他右边。厄兹坎一家的几位男性坐在他们对面。

一落座，马科斯就开始祝酒。

"为我们的健康干杯。"他说。

大家都举起了酒杯，哈里德除外。他小心翼翼地尝了一口伊里妮做的饭。他挺惊讶，这饭居然很好吃，而且感觉并不陌生。侯赛因很喜欢吃，吃了个精光，穆罕默德也一样。

"比我妈妈做得好吃。"他大声说。

他父亲瞪了他一眼，几乎有些庆幸妻子一直留在房间里。

见到每个人都大口小口地吃着，而且添了饭，伊里妮从未如此骄傲。

埃米内在楼上怔怔地望着窗外。那些惨遭残害的亲人一直在她脑海里挥散不去。她亲爱的妹妹，他们是先杀了她，还是逼她眼睁睁地看着三个女儿被害？她们有没有被强奸？是不是被活埋了？或许正是因为永远都不知道答案，她的心才始终无法平静。未知让她备受折磨。

有时悲伤令她几近崩溃。她很想知道妹夫和两个外甥是不是还活着。或许他们死了更好。她另外三个姐妹和她们的孩子怎么样了？

阿里是她一直以来的牵挂。如果无辜的妇女都会遭遇屠杀，那士兵会有怎样可怕的遭遇呢？

每种饭菜都被拨出一小部分送去了二楼，可收回盘子的时候，里面的食物却一动不动。

"过段时间就好了，"伊里妮不停地对哈里德说，"过段时间就好了。"

一连几天过去了。伊里妮忙忙碌碌。她以一己之力为所有人做饭。玛丽亚有空就来帮忙，可大多数时间她都在照顾婴儿。

面粉有的是，伊里妮甚至做起了面包。每天早晨人们走下楼，就有甜甜的面包香味来迎接。厨房里的托盘上摆着三块为当日烤制的面包，金灿灿的，闪闪发光，只等他们去享用。

在他们品尝热腾腾、涂了厚厚一层蜂蜜或果酱的面包时，伊里妮已在煮咖啡。他们现在围坐在员工餐桌边吃早餐。

头几天男人们要做的事很多。厨房里有一个冷藏仓库，新鲜食材都放在里面。撤离前几个小时送来了一批食物，各种蔬菜和水果整整齐齐地摆放在里面。停电几周，它们都烂了，招来了许多苍蝇，一切都乱七八糟，说明老鼠也来享受了大餐。

虽然臭气熏天，但这里不像放肉的冰箱那么令人作呕，男人们忙着将里面清理干净。

"要是不弄干净，那些耗子准会钻进厨房里，"马科斯说，"臭味也散不去。"

不到一天，储藏室就整洁一新。垃圾都装在了麻袋里。半夜，马科斯和侯赛因从酒店后门把它们倒在食品店后面。帕尼库斯太胖了，干不了这样的重体力活。

伊里妮坚持每天的饭菜里必须有新鲜食物，所以侯赛因每天都去废弃的果园里找些水果和西红柿。每次从别人的树上摘柑橘，或者揪下藤上最后一个成熟的西红柿，他依旧会内疚。

中午之前他就能弄到足够的新鲜瓜果。这之后他就无所事事了。马科斯禁止他天黑后出去。

"可晚上更安全。"侯赛因胆怯地建议道。

"不行，太冒险了，"马科斯口气不善，"我们猜不准那些士兵的行踪。"

侯赛因觉得很没面子。他会按照要求去做，却对这人的颐指气使不满。

帕尼库斯听到了他们的对话，他看得出来，如果有事可做，侯赛因肯定会很高兴。

"这里有我们需要的大部分东西，"他对侯赛因说，"可所有房间里的半导体都是内嵌式的。如果我告诉你怎么走，你能找到我的电器店吗？那里有晶体管收音机，也应该有很多电池。"

侯赛因十分乐意效劳。那间同样遭遇洗劫的店里，只有一个晶体管收音机，电池也所剩无几，但这起码意味着他们能与外面的世界有所联系了。那天晚上，他们轮流收听了塞浦路斯广播公司和拜拉克无线广播公司的报道。消息源并不重要，反正都不是好消息。整个塞浦路斯依旧纷乱不堪，困惑和恐惧笼罩着这个岛国。

不久后，帕尼库斯又给侯赛因派了任务。

"你出去的时候，"他说，"能不能找辆自行车来？"

侯赛因没叫他失望。几天后，他就带了一辆回来，他见到帕尼库斯面露喜色。

那天下午，帕尼库斯开始造发电机。

大约过了一周，埃米内终于走出了房间。伊里妮很高兴见到她的朋友。她每天都为她准备食物，她知道她开始吃饭后，用不了多久就会下来陪她。两个女人准备一起做饭，可玛丽亚给她们找了一项新工作。

瓦斯拉克斯长高了，玛丽亚很想知道几百间空客房里是否有别人留下的小衣服。最后的撤离那么匆忙，一一一号房的客人留下了整衣橱的衣服。一件件太阳裙和巨大的夏威夷衬衫对他们谁都没有用，可玛丽亚肯定一准有适合她儿子和小宝宝穿的衣服。毕竟，酒店里住过很多小孩子。

"穆罕默德的裤子也短了，"埃米内说，"我们从顶楼向下找。"

布鲁切梅耶夫人在顶楼套房的衣橱里肯定装满了漂亮华丽的衣服，可她们没去她的房间。

"如果会有人回来，"埃米内说，"一定是住在这里的女士。我们不能动她的东西。再说，也没她那么苗条……"

马科斯给了他们一把钥匙，可以打开所有的房门，她们检查被丢弃的物品时，小宝宝就躺在床上咿呀作声。许多人在离开前收拾好了房间，铺平了床单，把毛巾整齐地挂在毛巾杆上。但也有些人只顾着离开，除了护照什么都没带走，甚至连手提箱都丢下了。

检查废弃衣服的任务不仅带给三个女人很大的乐趣，还花了好几个小时的时间。

可以试的衣服有很多。客人们都很有钱，而且大多是追求时髦的人物。伊里妮和埃米内发现这些新潮衣物和她们平常穿的保守样式完全不同，但她们喜欢洁净的新衣服。她们还给男人们拿了裤子。帕尼库斯早就在酒店洗衣房里发现了很多硬挺、熨烫过的衬衫。

在两个相邻的房间里，三个女人还找到了孩子们所需的一切。

"快瞧瞧这些婴儿服！"

她们找到了小裙子、软帽、小裤子、带花边的背心和小羊毛衫。玛丽亚看了看标签。都是法国制造。小伊里妮立刻就换上了一套新衣服，玛丽亚把她举起来欣赏。她踢了踢腿，好像很满意。

待在酒店顶层，女人们感觉自由自在。她们的声音不太可能传到外面。即便有土耳其士兵站在下面的海滩上，也绝对想象不到有三个女人在他们头顶嘻嘻哈哈了好几个钟头。她们也几乎忘记了自己身处何处。

玛丽亚穿了一套长袖碎花衬衫和裙子在镜子前面转了一圈，埃米内见了大声说："你穿这衣服真漂亮！"仿佛她们正在法马古斯塔一家时髦的百货商店里购物。

"谢谢！"玛丽亚说。

"看看这些耳环！"伊里妮说，"戴上试试。"

这是一对塑料耳环，颜色很配那件衬衫。

"我们只是借用一下，对吧？"玛丽亚迟疑地说，从梳妆台上拿起一瓶被遗弃的香水喷了喷。

"嗯，我们不会把这些东西带到别的地方，"埃米内笑道，"我知道怎样能让你更漂亮……"

"是什么？"

"要是能给你弄个发型……"

她们把衣服搭在手臂上，走下漫长的楼梯。到目前为止，她们只找了一层楼。

赶在晚饭前，埃米内给玛丽亚洗了头，还修剪了一番，然后上了发卷。

那天晚上，三个女人都穿上了新衣，男人们也换了新的衬衫。就连穆罕默德和瓦斯拉克斯也改头换面，不过他们可能是最不在乎的人了。

他们又去了舞厅吃烛光晚餐。火苗在马赛克镶嵌地板上投下了四四方方的小小金光，穿过水晶杯，在天花板上反射出了五光十色的形状。

伊里妮用凤尾鱼和大米特制了一道菜。为酒店的塞浦路斯之夜供应的腌山羊肉，在冰箱里放了几个月竟然没有腐烂。她们把羊肉片放在大银盘里，还用腊肠做了烤意大利面，伊里妮和埃米内对这道菜有不同的叫法。

埃米内和伊里妮都注意到，哈里德和瓦西利斯居然开始说话了，这可是他们第一次交谈。两位妻子交换了一个满意的眼神。她们一直在期盼这一刻。日子一天天过去，男人们忘记了他们的差异。

那天晚饭后，马科斯提出了他一直在琢磨的建议：得有人去放哨。铁门和护栏是很结实，可这并不意味着那些当兵的不会前来搜刮，如果他们发现日出酒店是塞浦路斯最迷人的酒店，一定不会错过机会。其他酒店或许比较容易得手，可他们必须有所准备。

他发现了那些士兵的行动规律。他们似乎会在下午晚些时候到肯尼迪大道上巡逻。

"我想我们得轮流站岗，"马科斯说，"屋顶视野开阔，能看到所有通向这里的路，而且他们绝不会从海滩那边过来。"

第二天，哈里德主动提出站第一班岗。

"我没理由不去放哨。"瓦西利斯说。

"可是……"马科斯说。

"我还没有老到不能放哨。"

唯一的问题就是要爬上十五楼，可瓦西利斯是个固执的人。

"我们可以一起去。"哈里德说。

伊里妮听到这个提议不禁微微一笑。这可是她想都想不到的事。

两个男人决定晚饭前都在楼顶放哨。马科斯叫他们保证，必须去别人看不到的地方抽烟。天越来越黑，香烟的亮光可能会吸引士兵的注意。

每天侯赛因都在他们的值勤结束后去接替他们。只有在那里，他才有明确的目标。自从来到酒店，他一直很向往跑步，不是争强好胜，只是为了摆脱无聊的时间。除了坐在那里等，他希望能干点别的，毕竟他都不知道自己在等什么。这种缺乏运动的日子对他来说特别难熬。那周一开始，他就从一个栩栩如生的梦中惊醒，梦里他成了国家排球队的候选人。不过他太胖了，根本跳不起来，结果落选了。现在他很担心有朝一日会和帕尼库斯一样胖。

一天晚上，他怎么也睡不着，便悄悄打开阳台门，向外张望。已经进入十一月了，夜凉如水。他俯视着洒满月光的海滩，想象朋友们的声音。风不停地刮，沙滩上的每一个凹陷和脚印都不见了。太阳椅还是当初他堆在那里的样子。

他很想知道曾经一起打沙滩排球和水球的朋友们怎么样了。他最好的时光就是在沙滩上度过的，与像赫里斯托斯这样的男孩子为伴。乔治乌太太很久都没提到他了。仿佛他成了他们生活里的一个幽灵。

他知道阿里也在某地参战。或许他们两个人还曾有过交锋。没和弟弟一起去打仗，侯赛因有时觉得自己是个胆小鬼，可他想不出要为何而战。为了杀死几个希腊族塞浦路斯人？为死去的表妹报仇？似乎都毫无意义。

一个又一个晚上，帕尼库斯都在借摇曳的烛光摆弄无线电。他们知道了为解决这场国家危机而提出的最新办法，也知道了无家可归的人和难民的悲惨境遇。他们还听到了一份份名单，却从未听到他们渴望听到的名字。电池的电量越来越低，恰如他们对再见到阿里和赫里斯托斯的信心。

25

在尼科西亚，萨瓦斯和阿芙洛狄忒正在尽全力活下去。虽然他们吃的比不上乔治乌家和厄兹坎家正在享用的丰富，可阿芙洛狄忒还是感觉好了很多。所有的痢疾症状似乎都消失了，几周后，她注意到，自从十几岁以来，她第一次胖了一点点。

即便她打包了自己的衣物，并把它们从法马古斯塔带了来，她也不愿意穿；她很喜欢母亲的松紧腰带。

和伊里妮在法马古斯塔做出的蛋糕一样，她最喜欢的那家甜食店店主也能用面粉、蜂蜜、橄榄油、坚果和各种香料做出令人垂涎欲滴和发胖的各式甜点。阿芙洛狄忒知道她不应该再去那里了，可她去那里不再仅仅是为了品尝美味的糕点。

日复一日，她坐在靠窗的桌边，寻找那个戴着她的戒指的女人。有时她空等一场，有时她等的人也没有让她失望，但总是和同一群女人为伴。

阿芙洛狄忒对她们很不屑，满目疮痍之下，她们看起来那样花里胡哨。但她发现自己偶尔会羡慕她们的友情和对除甜品店外的一切熟视无睹的态度。他们甚至都没注意到她，只顾着欢快地聊天，一刻不停地八卦。要是那个女人有哪怕是一次孤身前来，她都能前去打听她那件珠宝是怎么得来的。可没有一次是这样，她像是离不开那几个人。她们仿佛一串没有扣钩的珍珠。

她很努力地不去看那枚戒指。她并不想惹人注目。虽然她戴上了海蓝宝石项链，可她知道看起来依旧寒酸邋遢。

一天，那个戴戒指的女人独自走进甜品店坐下。这正是阿芙洛狄忒等待的理想时机，她正要上前询问时，却注意到那个女人又戴上了配套的耳环。阿芙洛狄忒感觉血往上涌。虽然点好了糕点，她却一口也吃不下去。

她刚刚恢复平静，就听见铃声一响，门开了，那个女人的朋友们轻快地走了进来。她们比以往更花哨。

"生日快乐，卡捷琳娜，"她们齐声说，"长命百岁！"

咖啡立刻端了上来，一块送来的还有一个巨大的奶油蛋糕和七个盘子。

"老天！"其中一个尖叫道，"你可爱的丈夫真是大手笔呢！瞧瞧这副耳环！"

她们轮流欣赏了她珠宝藏品里的新成员。那副耳环的确夺目。

"乔治斯说了，现在这个时候最适合投资钻石，所以我不打算劝阻他。"她腼腆地说。

"我丈夫也这么说，"那个留着头盔式发型的女人说，"可我得到的可没你多。"

"或许你应该……"

卡捷琳娜伸出一只手挡在嘴边，阿芙洛狄忒没听到她接下来的话，她们又叫又笑，哈哈笑着切起了蛋糕。

阿芙洛狄忒悄悄走出甜品店，感觉像是吃掉了二十块卡捷琳娜的蛋糕那样恶心。她觉得在一百码远的街上依旧能听到她们的笑声。

她得到了很多信息，知道了那个买下她珠宝的人和他妻子的名字。打听出他们不难。尼科西亚不大，有钱的人也越来越少。她认出了那个政客的妻子，或许通过她能找到他们。

可这并不是关键。那些原本藏在保险箱里的珠宝，让她迫切地想知道马科斯的近况。

他肯定遇到麻烦了。如果他来了尼科西亚，一定会来见她。他知道他们的住址。可他没来过。只有他有保险箱的钥匙，只有他知道暗码。或许在法马古斯塔，他被逼打开了保险箱，现在已沦为阶下囚。一想到这个，她的胃里就一阵翻涌。

她必须回去。这是弄清真相的唯一方法。

回去似乎是不可能的，可一定有法子。她实在想不出如何在不告知萨瓦斯实情的情况下叫他帮她，现在他们都不怎么说话了。她只能卖掉她唯一拥有的。显然珠宝很有市场。

典当商已经开始在城里做生意了。这是门不错的生意，可以帮助那些急需食物的人。大部分人都有可以典当的物品，也愿意接受低价。

几天后，萨瓦斯告诉阿芙洛狄忒他要出门一周。虽然他肯定用不了多久法马古斯塔的酒店就能重新开业，可他还是急于寻找其他可能，去南部海岸的几个工地转转。许多酒店业主和开发商都准备离开这座岛，价格很快就能跌到谷底。

他给阿芙洛狄忒留了一点现金维持生活，便开车走了。她无法勉强自己去担心他的安全。

第二天夜里，阿芙洛狄忒赤身裸体地站在镜子前面。

她现在不仅仅把失去的体重补了回来，还胖了很多，她很讨厌腰部的赘肉。现在能吃的东西少了，她却胖了，想来真够讽刺。或许总吃面包就会发胖。

她注意到了她的乳房。乳房膨胀，乳头变大。她从侧面看了看自己。

"噢，老天！"她大声说，半是震惊，半是欣喜。

她从各个角度观察了自己。她已经很久没有仔细看过自己了。

她的身材完全变了。

她找来一张纸，坐在床边，颤抖着双手开始计算。她肯定是在八月初就怀孕了。她一直没来月经，可她以为这是生病和压力太大的缘故。现在已经是十二月初了。谁是孩子的父亲？这一点毫无疑问。

她兴奋不已。现在，她更需要找到马科斯。

第二天早晨，她抽时间和楼下的罗伊州夫妇一起喝了杯咖啡。他们聊了大约一个钟头。罗伊州夫妇一直待在尼科西亚。他们没去别的地方。几年前他们的孩子都去了英国，可他们不打算离开。

"每天都有枪炮声，"罗伊州先生说，"到处火光冲天。"

"可我们坚持下来了，不是吗？我们的家还在这里。"罗伊州夫人说，"我们的果园在北边。总有一天我们能重新拥有它。"

"这可不表示我们没当过东西。"她丈夫又说。

"是的，物价涨了这么多！"他妻子大声说，"特别是面包！"

阿芙洛狄忒竖起耳朵。她想了想。

"真遗憾，"她说，"你们都当了什么？"

"所有银相框。"罗伊州夫人说。

阿芙洛狄忒看到边上有一沓照片。

"还有圣像，当了个很高的价格……"

"我们的儿子保证会寄钱给我们，"罗伊州夫人高兴地说，"一收到钱，我们就会把那些东西赎回来。"

几分钟后，阿芙洛狄忒手里拿着当铺老板的地址，离开了公寓。

她快步穿过大街小巷，觉得自己脆弱至极。当铺永远位于破烂的区域里，轰炸后这样的地方更显衰败。她走进大门，注意到了一排银框圣像，不知其中是否有一个属于罗伊州夫妇。

典当商身着白色大褂，让阿芙洛狄忒想起了药剂师。他用放大镜观察着她的项链、戒指和手镯，确认宝石的纯度，然后抬头看着她。他看到她还戴着配套的耳环。她似乎不像能拥有这么贵重之物的女人，可他真的被这套珠宝震住了。他没法撒谎。

"好东西，"他说，"品质一流。"

"我知道，"阿芙洛狄忒答道，"可我得卖掉。"

"这一套我出一百镑，"他说着小心翼翼地把首饰放在柜台上，"宝石没有瑕疵，可别处不可能出这么高的价钱。"

她觉得自己平空生出一股勇气。

"我需要钱办事，"她说，"我不确定需要花多少钱。卖还是不卖，取决于是否去做这件事。"

典当商摘掉了眼镜。

"如果你能告诉我，或许我可以帮你做决定。"此时天还早，店里没有别的客人。

"我能坐下吗？"阿芙洛狄忒说，她突然感觉很累。

典当商为她拉出了一把椅子。

"说吧。"他说。

这或许是阿芙洛狄忒这辈子第一次感觉到自己已经没什么可失去的了。

"我要去法马古斯塔……"

那个人看着她。这女人肯定疯了。她不仅在考虑以一百镑就卖掉价值一千五百镑的一套珠宝，还想去塞浦路斯最危险的地方之一。她不知道那里已经围起了栅栏，还有土耳其士兵巡逻吗？

"可我需要有人带我去。"她又说。

他意识到她计划只身前往。她肯定是到了走投无路的地步了。

"噢……"他故作迟疑地说，"或许我可以帮你这个忙。"

他已经想好了一个主意。不管需要多少钱，这个女人自然有办法付清，而且他依旧可以从她身上赚到钱。绝望的人和需要信息的人，他就从这两种人身上赚钱。

这位典当商有很多关系，贿赂这些人，就可以被安排出一条前往北部地区的安全通路。土耳其人入侵，许多希腊族塞浦路斯人逃命前把值钱的东西藏起来，或者埋在自家的花园里，满心盼着短期内能回去，可好几个月过去了，他们已经对能让他们回家的谈判和协商失去了信心。唯一的愿望就是穿越阿提拉界线，偷偷去取回一些贵重物品再离开。这样的事不计其数，安排的人自有关系网络。只要肯花钱，没有办不到的事。

前往法马古斯塔这座废弃的城市则是另外一回事了。一些土耳其士兵愿意接受贿赂，可一旦需要翻越铁丝网，性质就变了。

"你瞧，"他说，"明天再来吧。费用不便宜，但也不是没办法。有消息我告诉你。"

阿芙洛狄忒收好她的珠宝，小心戴好，离开了当铺。

那天晚上，她躺了好几个小时，思绪万千。

她竟然怀孕了，这既令她开心，又让她害怕。她躺在那里，手放在肚子上。她以前都没意识到自己怀孕了，这太不可思议了。

她必须找到可能依旧身处法马古斯塔的马科斯。一想到可以见到他，她就感觉浑身都在颤动，她不知道是不是已经有胎动了。

终于她睡着了，却做了很多梦。马科斯在日出酒店外的海滩上等她，他们手牵着手走了好几英里，赤裸的双足踩进深深的沙滩里。

她醒来时发现枕头已被泪水浸湿。这样的幸福真的遥不可及吗？那天晚些时候她还要再去一趟当铺。这或许是她寻找幸福的唯一机会。

阿芙洛狄忒走过尼科西亚的街道。下雨了，尘土变成了泥浆。天又冷又潮湿，这样的组合会让年轻人咳嗽，让老年人关节疼。

她找出了母亲的一件旧防水外套。衣服是焦糖色的，口袋里有一条丝绸头巾，她把头巾围上，以免淋湿头发，还学母亲在下巴处系了个结。她瞥了一眼镜子，几乎认不出此时的自己。母亲的打褶裙和没有腰身的外套遮掩了她隆起的肚子，可她知道，穿上这些衣服，再加上臃肿的身材，她看起来准像个上了年纪的女人。商店橱窗里破碎的影像印证了这一点。

看到她，典当商似乎很开心。

"我找到人带你去了，"他说，"周一出发。"

萨瓦斯周二晚上回来，她希望能早点启程。

"不能再早了吗？"

"不行，"那个男人粗暴地说，仿佛她做了什么忘恩负义的事，"你知道的，愿意干这事的人不多。"

在现在的她看来，从前那段日子已经过去。在过去，没人会这样对她说话，那个时候，她既有地位，也有美貌。现如今，基本的生存需要改变了人们的行为方式，礼貌似乎不再重要了。

"几点？"她问。

"下午晚些时候，"他说，"这样的事最好在天黑后进行。你是当天晚上回来吧？"

阿芙洛狄忒没想过这件事。

"是的，是……当然了。"

"现在先结账吧。"他没看她的眼睛，而是大胆地看着她手上那枚海蓝宝石戒指。

她费了些力气才把戒指摘下来；几周以来，她的手指变粗了。没有了戒指，显得光秃秃的。

她摘掉耳环，放在柜台上。然后是手镯。

典当商一言不发。他在等着最后的"款项"。阿芙洛狄忒一直没解开外套，此刻她解开外套，摘下吊坠。

他靠过来把吊坠从她手里拿走。这是酬劳。

"是不是要给……"她欲言又止。

"收据？"

她点点头。没理由相信这个男人。她来这里只是因为绝望。

他拿出一个小本子，在第一页上写了几个字，然后撕下交给她。

"抵偿安全通行。"上面写道。

还能怎么样呢？她把纸叠起来，放进口袋里，用细不可闻的声音说了句"谢谢"。

铃响了一声。一对上了年纪的夫妇在她离开时走进来。阿芙洛狄忒看着他们面熟，可在他们心烦意乱且迷惘的脸上，没有显出一丝认出她的神情。

接下来的三天过得格外漫长。阿芙洛狄忒不知道该干什么。她睡到很晚才起床，下午就到处乱逛，有时会迷路，通常会被一排排沙袋挡住去路。空荡荡的房子里散发出的霉味无所不在。走到什么地方都不要紧，她总能找到卖水果或罐装牛奶的商店，为此还特地带了一个网兜。近来她想吃的东西不多，不再对甜品有胃口，所以自卡捷琳娜的生日以来，她没再去过那家甜品店。

她通常都是下午溜达回来，然后拉上百叶窗，筋疲力尽地跌坐在她父亲最喜欢的扶手椅上。昏暗之中，她已没有力气去听收音机，反正里面也没什么，无非就是难民营的现状，或是希腊族和土耳其族塞浦路斯领导人的谈判陷入僵局的新闻。她没心情关心政治。

一天晚上，她给母亲打电话，和平常一样，她又催她去英国。

"怎么还不来？"她问，"真搞不懂，那里有什么值得你留恋的？"

"萨瓦斯还希望……"

"过段日子，等太平了……不是还能回去吗？"

"事情要复杂得多，妈妈。"

"在我看来却很简单，亲爱的。"

阿芙洛狄忒想：要是你能知道该多好。

"好吧，你自己拿主意，"阿耳特弥斯继续说，"这里总有地方留给你。"

"下周我再给你打电话，"阿芙洛狄忒说，"再见，妈妈。"

她们的对话一向差不多。听到咔嗒一下挂电话的声音，母女二人都很不高兴。

　　启程去法马古斯塔的日子终于到了。

　　阿芙洛狄忒惶惶不安，连饭也吃不下去。她猜测日出酒店可能已经被毁，保险箱也被人打开，马科斯可能已经遭遇了不测。

　　她只能以打扫公寓来消磨白天的时间，她想起萨瓦斯第二天就要回来了，于是她开始翻找母亲的衣柜，看看有没有衣裳能让她看起来不这么邋遢。下午晚些时候，床上横七竖八地放了五六件外套。花卉图案和几何式设计都无法打动她，素色会让她没精打采。最后她选了一件衬衫裙。以前她穿绿色很好看，可现在没什么能让她的气色更好一些。不过这衣服没有腰身，从上到下都有纽扣，遮住了她的肚子。

　　站在镜子前面，她才意识到她和母亲有多像。虽然她的眼睛像父亲，可她的身材与阿耳特弥斯异常相像。

　　阿芙洛狄忒看了一眼手表。除了结婚戒指，这是她身上唯一一件值钱的东西。

　　时间一点点过去。她系好平跟鞋的鞋带，穿上雨衣，拿起背包式手提袋，里面装着钥匙、钱包和典当商给她的收据。然后，她走出前门。

　　忽然她想起了什么，在楼梯平台上停住脚步。放那颗珍珠的小丝绒袋子一直都在床头柜里，她一定要带上它。或许那就是她的幸运符。她觉得她不会再回来了。

　　她返回公寓，拿上想拿的东西，再次出门。

　　阿芙洛狄忒很明白，去岛上的土占区危险无比。她有过片刻的迟疑。这对她未出世的孩子公平吗？她坚信她是去找孩子的父亲。只有这个信念能让她义无反顾，不会回头。

26

　　现在是下午五点，她要在天黑前和她的护送者见面。时间还很充裕，可她担心会迟到。直觉告诉她，那个典当商不是个有同情心的人。

　　恐惧和兴奋在她心里纠缠不已。

　　街上的路灯还没亮，她走得小心翼翼，以免被破碎的铺路石或掉落的建筑碎片绊倒。

　　周围的人不多。街角那几个希腊族士兵似乎没注意到她走过。他们站成一圈，面朝墙壁，一边抽烟一边笑。她看到一个母亲带着两个小孩子。他们看起来穷困潦倒，可小女孩手里拿着一条面包。擦身而过时她闻到了面包的香味。

　　阿芙洛狄忒忽然感觉很饿，可现在已经来不及吃东西了。她最喜欢的糕饼店并不远，可她去不了。

　　终于她来到了目的地。当铺里没有灯光，窗户里翻转过来的标牌上写着"闭店"。她强忍着才没哭出来。

　　她站在那里，假装仔细端详没亮灯的橱窗里的商品。那里高高地堆着时钟、手表、华丽的银相框、圣像、半导体和其他曾经被主人珍视的东西，看起来和垃圾无异。

街上只有她一个人。

她想她的海蓝宝石肯定藏在当铺里，但也有可能已被卖掉了。没时间多愁善感了，她又忍不住想自己是不是被骗了。她手里不过有一张没有签名的纸片而已。

过了一会儿，她听到了吉普车的声音，一转身，那辆车几乎就停在了她身边。车窗摇下，一个粗声粗气的男声传来。

"帕帕科斯塔？"

她点点头。

"上来吧。"

没人为她开门的感觉很奇怪。

开车的人没有熄火，她刚一钻进乘客座，车子就开动了。

没有寒暄，他一上来就和她说了计划。听口音这人倒像希腊人，而不是希腊族塞浦路斯人。

"计划是这样的。我会带你去尼科西亚郊外十英里处的一个十字路口。有人从那里接应你，带你走二十英里。那得靠步行……"

"步行？"阿芙洛狄忒大声说，"可……"

"没多远，又不是你一个人，"开车的人不耐烦地说，"运气好的话，会有人在铁丝网那里等你。"

运气好的话。听起来这么草率，可她能说什么？她还有的选吗？

她把背包搂在怀里。吉普车已经到了尼科西亚市区边缘，公路凹凸不平，比以往更难走了。车子颠簸而行，她想看看外面有没有什么变化，可天黑了，什么都看不清。

司机明确表示他没兴趣和她聊天。大部分时间他都从侧窗向外观望，而没有看眼前的路，阿芙洛狄忒见状有些害怕。

一路上他们一辆车也没碰到，似乎没过多久，车就停了下来。司机吸了口烟。阿芙洛狄忒转身看着他，希望他能给她一个解释，这才注意到他看起来大概只有十八岁。年轻人没说话，只是下巴一扬，无礼地表示有人在前面等她。

她打开车门，双腿一摆，下了车。另一辆车没亮灯，而且熄着火。里面似乎没人。

她紧张地走过去，一颗心突突狂跳。吉普车开走了。她走近才看到驾驶席上有个人睡得正香。她敲敲车窗，那人一惊，醒了过来。他看也不看阿芙洛狄忒，只是斥责她来晚了。可她的命运掌握在这些人手里，她根本无法争辩。

这个驾驶员的脾气比刚才那个还差。他什么都没说，可他那一连串的低声咒骂表示他是个希腊族塞浦路斯人。

"你以前带别人过去法马古斯塔吗？"她紧张地问。

"没有，"他十分肯定，"没人想回去。太危险了。"

这段路像是走了一个世纪。烟味熏得她直恶心，可她终于感觉到车子减速了，不禁长出一口气。

"在这里下车。"他说着拉了一下手刹。

"可这里没人！"她表示抗议。

"我只能送你到这里。"他直截了当地说。

阿芙洛狄忒不知道有多少人从她给的钱里分了一杯羹。自然没有人去关注这一点。

"可我不能就这样一个人站在荒凉的地方吧。"她决心不暴露自己的恐慌。

"我不会陪你等，"他说，"他们没给我钱干这个。"

"不是应该有人在这里接应我吗？"

"我不知道你的安排是什么，"他粗暴地说，"他们只叫我把你送到这个地方，现在在你已经到了。"

一想到被丢在这个连人影都看不到的地方，阿芙洛狄忒都要吓昏了。干脆放弃了吧，她要去问问这个人可不可以把她送回他们出发的地方。

"那里就是法马古斯塔,"那人说着一指,"你可以从这里走过去。"

她透过车窗看到了那座城市令人生畏的轮廓。她并没意识到她已经这么接近了。就在那里。那是她的家。那个她深爱的地方,如今一片黑暗。

一个男人向他们走过来。他似乎是凭空冒出来似的。身材修长,中等身高。有一刹那,她还以为是马科斯来了。他来这里接她!她握住门把手,准备冲出去找他。

片刻后,那人走近,她看清了他的容貌,才知道自己弄错了。他一点也不像她爱的男人,连一点点相似之处都没有。

"我想那人就是你的向导。"司机说。

她走下汽车,一声不吭地关上了车门。

此时那个男人已经走近,阿芙洛狄忒不知道她刚才怎么会以为这人是马科斯。他和马科斯年纪相近,却更壮实,还少了几颗牙。他表情僵硬,挤出一个凝固的微笑。牙齿之间的黑洞让他看起来十分邪恶。

她立刻就意识到他不会说希腊语,就用英语问了几句,那人同样不懂。

"法马古萨达?"少了门牙的他发音很不清晰。

好像有别的地方可去似的,阿芙洛狄忒心想。

她点点头。

他们并排而行。阿芙洛狄忒的脚已被鞋子磨出了水泡,可她还是决然地向前走。这个城市在他们前面逐渐变大,她渐渐分辨出低矮的公寓楼和房屋。

周围的一切都毫无生气。路边是一些毁坏的民居和空荡荡的没有灯光的农舍。午夜时分,气温骤降。要是穿件更厚的外套就好了。即便他们走得很快,她还是在颤抖。恐惧已经将她吞噬。

直到来到一百码外,她才注意到那道围栏。她转身看向导,想看看他有何反应，只见他已经从口袋里掏出了一些刀具。

沉寂是那么沉重。她想起了她在这座城市里度过的最后一刻：所有人都在逃命，汽车疯狂鸣笛，人们大声叫嚷，飞机隆隆飞过。而此时她只能听到自己如雷的心跳。

他高效地剪断了铁丝网，让她通过，并没有把断处连接上。大概他们还得从原处返回。

她听到有人说话。是土耳其语。

她的向导一把抓住了她的手腕。她本能地挣脱了他，有点迷惑，却很害怕。这个人似乎不如之前那两个人粗鲁，她好一会儿才意识到他是不是想要她的手表，因为他正指着手表。他叽里咕噜地说了一大堆，一边指着表盘，一边竖起两根手指。阿芙洛狄忒明白她得在两个钟头以内回来。

两个土耳其士兵溜溜达达地进入他们的视线。阿芙洛狄忒转头一看，向导已经不见了。她只能呆呆地站着，双腿颤抖，仿佛随时可能瘫倒在地。

其中一个土耳其士兵轻蔑地抱着胳膊，上上下下地打量她，一言不发。这人很壮实，留着大胡子。另一个个子更高，比较有礼貌，他点了根烟，深深地吸了一口，然后说了一句希腊语。她觉得这是个好兆头。

"你来这里干什么？"

这是唯一重要的问题，可她没想到会有人问她这个问题。她可以胡编一个答案，可她必须说点什么。

"我想看看我们的酒店。"她说。

"我们的酒店……"他重复了一遍。

另外一个当兵的哈哈笑了两声。阿芙洛狄忒明白他也懂希腊语，而且他重复了她说的话，"我们"在这一刻的概念，显然让他们觉得有趣。

"那么，就让我们去'我们'的酒店吧，好吗？"

这充满蔑视的挖苦已经够可怕的了，其中一个士兵竟然还伸手挽住了她的手臂，带着她向前走。恐惧感越来越强烈。

"向海边走吗？"他问。

阿芙洛狄忒点点头。她拼命不让泪水流出来。不管会发生什么，她一定不会让他们看出她有多害怕。

另一个当兵的拉住她的另一只胳膊，他们像三个好朋友似的并肩而行。不过他俩比她高，步幅也比她大。她奋力走着，虽然无法低头察看，可她知道脚上的水泡已经出了血。

"劳驾，"她轻声恳求，"我跟不上你们了。"

两个士兵用土耳其语说了些什么，却没有放慢脚步。他们好像很友善，却假装听不懂她的祈求。

阿芙洛狄忒夹在两个人中间走在破败的街道上。铺路石间长出了野草，商店都已被遗弃了。没时间一一看了。这不是她认识的那座城市。这是一个陌生的地方。法马古斯塔已经没有了灵魂。

在前往滨海区的路上，他们好几次碰到了其他土耳其士兵，还停下了几分钟。阿芙洛狄忒不懂土耳其语，因此更害怕了。要是她以前更努力点，再多学一些该有多好。

在尼科西亚，她为自己的外表尴尬不已，可此时她十分感激这些宽大的衣服，它们使她看起来像个平凡的中年妇女。看到她这么个邋遢的希腊族塞浦路斯人，大多数士兵都会有些好奇，但转瞬就当她不存在。

他们看起来那么悠闲，聊天、给对方点烟、传着喝一瓶威士忌。街道空荡荡的，除了他们，唯一的活物只有老鼠，显然在这里巡逻只是例行公事。即便醉了也不会妨碍他们完成这几乎形同虚设的任务。

这个时候最让阿芙洛狄忒烦心的就是她只有两个小时。时间正滴滴答答地流走，可她知道，向那两个当兵的指出这事可不是明智之举。

在第一座酒店映入眼帘的时候，高个儿士兵问她：

"'我们'的酒店在哪儿？"

壮实的那个问得更具侵略性。

"哪儿呢？"他重复道。

有那么一刹那，她觉得最好别带他们去日出酒店，否则他们会以为她很有钱。然而，她甩掉了这个念头。她走了这么远才站在了希望的门口：见到马科斯，弄清楚他到底出了什么事。这给了她勇气，让她的两腿不再发软，不再去央求这两个当兵的把她带回铁丝网那里。

"酒店名叫日出酒店，"她说，"在沙滩尽头。"

两个士兵说了一会儿话。她感觉他们的情绪变了。和刚才一样，她不知道他们在争执什么，可这只会令局面更加可怕。

阿芙洛狄忒知道，即便按照他们这种毫无同情心的步速，也还要再走十分钟。唯一能令她迈动双脚的就是希望。可是这座衰败的城市里，似乎不可能还住着人，她的力量开始一点一点消失。他们走过德穆克拉提亚斯大道和厄鲁姆街，这里有她最喜欢的几家商店，曾经闪闪发光的厚玻璃此时已被砸破，参差不齐。几乎一切都成了废墟。

她看到了远处的日出酒店。它还矗立在那里，完好无损，但在黑暗中十分古怪。她离它这么近，只有一百码的距离。不知是因为希望还是兴奋，她又有了力量。

两个士兵在酒店对面的一个小旅馆外停了下来。

"现在我们要去休息一会儿，"高个儿说，"我们的朋友会带你去你想去的地方……"

第四拨接应阿芙洛狄忒的人。有两个士兵出现在她旁边的人行道上。他们的年纪比之前的两个人大，弯曲的头发中有几绺灰白的发丝。其中一个在制服外面套了一件厚外套。

即便隔了几英尺，阿芙洛狄忒还是能闻到他们呼吸里的酒味。其中一个人伸出手摸了一下她的下巴。被他的指甲刮到，她感觉很痛。

他用土耳其语说了句什么，其他人都笑了。

头两个当兵的肯定告诉过他们她想去哪里，因为新来的这两个人向日出酒店走去。她不情愿地跟在后面，估摸着这两人应该不会说希腊语。

瓦西利斯和哈里德正在酒店屋顶放哨。不久前他们发现有士兵在不远处的小旅店里驻扎。马科斯坚持延长监视时间。

他们刚享用了一顿美食，瓦西利斯还喝了点酒窖里的葡萄酒。为了保持清醒，他们一直在聊天；过去的几天里，他们互诉生活里的点点滴滴。但他们执勤时十分警惕。虽然被旁边的酒店遮挡了视线，但他们没有放松对那些士兵的密切观察。

"你隔多久整一次枝？"哈里德一边捻着念珠一边问。

"得看降雨量……"瓦西利斯回答。他正在给他们在屋顶上种的西红柿浇水。

瓦西利斯的柑橘园一直是哈里德最喜欢的话题，虽然他带家人从马拉塔搬到法马古斯塔时放弃了他的柑橘园，可还是梦想着有朝一日能再次拥有。

他们俩都面冲大街，一直关注着那里的动静。偶尔会有一辆汽车朝他们的方向开来，在酒店对面转弯，驶上出城的小路。也会有士兵步行经过酒店，只是可能性更小。

"瓦西利斯！快看！"哈里德轻声说，"看下面！"

三个人从左边走了过来，在酒店围栏前停了下来。

"都上锁了，哈里德。没人能进来。"

"我知道，这个地方就像个堡垒，可……"

"别担心，帕帕科斯塔早有准备。"

又过了一会儿。

"把望远镜递给我，"哈里德说，"有点古怪。"他的声音中透着实实在在的焦虑。

刚住进日出酒店的时候，侯赛因便带回了一个被扔在街上的望远镜。那是个军用望远镜，在暗淡的光线下也能看清士兵的制服和样貌。

"有两个当兵的，"哈里德说，"还有一个女人。"

"女人？你没看错吧？"

"你自己瞧瞧！"

瓦西利斯的确看到一个女人跟在两个士兵后面。那两个男人昂首阔步，十分悠闲。女人明显和他们不一样。

他离开屋顶栏杆，害怕被发现。哈里德一动不动，用望远镜看着他们越走越近。

阿芙洛狄忒发现他们已经来到日出酒店门前。它看起来是如此陌生，酒店周围的围栏显得充满敌意。她以前从未见过栅栏门上锁。栅栏高过八英尺，无法攀爬。透过栅栏向里看，酒店大门依旧在铁围栏后面完好无损，铁围栏没有被强行打开。

她站在栏杆前面，望着黑洞洞的窗户，两个士兵依旧一左一右把她夹在中间，越过她的头顶交谈。她真希望能听懂他们的话。

哈里德掩藏在阴影中，尝试调整焦距，以便看清那三个人的脸。但一根根栏杆挡在他们面前，很难看得清楚。

阿芙洛狄忒想：如果能让他们带她绕到酒店的另一边，或许她就能想出个办法了。她只能向他们比画。除非想办法进到酒店里面去，否则她就算是白来了。

一个士兵低头对她说了什么。他的脸近在咫尺，口臭和刺鼻的汗味呛得她直恶心。看到她一缩，他勃然大怒。

　　他一把抓住她的胳膊，粗鲁地拖着她离开了铁栅栏。他的厌烦和冷漠毫无预警地转变成了攻击。此时另一个士兵也在大呼小叫。他把一口唾沫吐到她双脚前面。

　　前一个士兵依然拉着她的胳膊，拽着她走进酒店一侧的过道。阿芙洛狄忒希望去那里，却不愿这个样子去。

　　哈里德从屋顶上看着三个人消失在视线里。那两个士兵的叫喊声一直传到了屋顶。

　　"我不认识她，"他说，"可我希望我们能帮她。"

　　"不行，"瓦西利斯说，"不然所有人都会有危险。"

　　"可我们得去告诉侯赛因和马科斯！得让他们知道有几个士兵就在外面。"

　　"你去！我留在这里。把望远镜给我。"

　　那天晚上马科斯没通知任何人就出去了。等到他向南来到酒店前的大路上，那两个士兵已经进了通道。他们粗暴的声音提醒了他当兵的来了。更要命的是，他关上了防火安全门，却没有上锁。

　　他迅速躲进日出酒店对面的小路，蹲伏在一个门廊里。从藏身处他能看到通道里的情形。他意识到里面是有两个士兵，却并不只有他们两个人。

　　还有第三个人。那人的个头要小很多。不是孩子，很可能是个女人。她被夹在两人之间，根本不可能逃脱。她的双脚刮擦着地面。她是被那两个人拖着走的。

　　然后他听到了尖叫声。

　　他父亲在屋顶上也听到了。阿芙洛狄忒使出了浑身力气大叫。用希腊语。用英语。只为了能让人听到她的呼喊。

　　哈里德敲了马科斯和侯赛因的房门。他不想吵醒女人，只是轻轻敲了敲。侯赛因立刻就出来了，可马科斯的房里没有回应。

侯赛因把父亲甩在后面，飞一般地冲上了屋顶。

"从这里看不到他们，"瓦西利斯说，"不在视野之内。几乎就在我们的正下方。"

他们依旧能听到女人的尖叫声，片刻之后，传来了啜泣声，声音很大，而这无须翻译。

是她的声音。马科斯心绪翻涌。他认得那个声音。他以前听到过这啜泣声。不可能……他回想最后一次和阿芙洛狄忒做爱时她发出的声音；她那时也在啜泣，只是声音里充满了欢愉。正是这个声音告诉他那个人就是她，可在两个士兵挡住她前，他曾飞快地看过一眼，她的样子和他脑海里的那个女人没有一点相同。

两个士兵并没有把阿芙洛狄忒带到很远的地方，就在日出酒店粗糙的混凝土墙上，他们野蛮地强奸了她。到了最后，她虚弱得连喊都喊不出来了。她失去了所有斗志。

侯赛因从瓦西利斯手里拿过望远镜。他看不到通道，却看到了别的。街对面有什么轻轻动了一下。白衬衫一闪。他调整了焦距。

一个男人在街对面看着通道里面的一切。是马科斯。

侯赛因感觉血往上冲。所有理智都离他而去。他把望远镜交还给瓦西利斯，一转身冲向通往楼梯的门。气喘吁吁的哈里德刚刚来到屋顶，却见他的儿子冲下来，没有停下来解释。

阿芙洛狄忒颓然地靠在日出酒店的墙壁上。那两个士兵有些进退两难。他们不能把这个女人留在这里，得把她送回去。否则就得把她弄死。弃尸的地方多得是。可若是杀了她，就得面对没完没了的问题。他们可不愿意眼见着即将到手的钱飞了。

虽然一个字都听不懂，阿芙洛狄忒也知道他们在为她争吵。

他们拉她站起来。她的雨衣奇迹似的一个扣子都没开，就连腰带也系得好好的。

侯赛因走出防火安全门来到通道里，只见那两个士兵拖着一个大布娃娃似的人向大街走去。他来迟了，没有帮上忙。

就在那一刻，理性回到了他身上。如果他现在露面，走出酒店，就把两个家庭都置于危险之中，还可能无济于事。

他的心猛烈地跳动着，良心和责任在交战。他紧紧靠在墙上。他只穿了一件衬衫式长睡衣，他知道，他这个样子没法伪装。

过一会儿，马科斯肯定会从这条通道返回防火门。他为什么会在晚上出现？要是那两个当兵的走到通道尽头发现防火门半开着，后果会怎样？想到这种种可能，侯赛因不由得哆嗦了一下。

他最不想与马科斯起冲突，于是他转过身，走了回去。

马科斯尽全力藏好不被发现，可他仍有些怀疑那个女人就是阿芙洛狄忒，不禁从黑暗中跨出了一步。

两个土耳其士兵反拖着那个女人往前走，她只是脚后跟着地。这比让她面冲前方更省力。他们向小旅店的方向走去，完全没注意到有人正从后面看着他们。

阿芙洛狄忒昏昏沉沉的，士兵把她的眼睛都打肿了，可她还是强迫自己睁开了一条缝，不知道是否可以解脱了。眼前是不是画家和诗人笔下的天堂？强奸结束了……月光满地……马科斯……他正用手捋着头发……是的，那是马科斯，不会错。她想喊他的名字，却发不出任何声音。

在好奇心得到满足之后，马科斯退回到阴影里。

侯赛因匆匆回去，一只脚被什么挂住了，险些绊倒。他俯身想把东西拿开，却发现是条背包的带子。他拾起背包，把它带进了酒店，径直回到屋顶。

"他们走了。"他说。

"那个女人是谁……你看清她长什么样子了吗？"瓦西利斯说。

"没看清，"侯赛因答道，"我甚至不知道她是不是还活着。"

"可怜的女人，"哈里德喃喃地说，"一群浑蛋。居然伤害一个手无寸铁的女人……"

"不能告诉你妈妈，也不能告诉玛丽亚或伊里妮，"瓦西利斯强调，"无论如何都不能说。"

"当然不会，乔治乌先生。"

"不然她们准会吓死。"哈里德补充。

"你拿的是什么？"瓦西利斯问。

"我在通道里捡到的。我想可能是那个女人的包。"

"里面有什么东西吗？"哈里德问，"或许能知道她的身份。"

侯赛因打开拉链，倒出了里面的东西。只有一个钱包、一把钥匙和一个小小的丝绒袋。钱包里有几张纸币和六枚硬币。他倒了倒丝绒袋，有个东西掉在了他的手心里。三个男人全都倾着身体想看个究竟。

"你见过这么小的珍珠吗？"哈里德问。

侯赛因小心翼翼地把它放回去。包里没有能认清主人身份的东西。

"好了，"他说，"我要去睡觉了。"

他立刻转过身，没让两位长辈看到他眼里的泪水。

不管她是谁，他都没能救下她。

他气自己，更气马科斯。

"该死的，"他喃喃地说，"天杀的，马科斯。"他肯定看到了整个过程。

侯赛因睡着了，却噩梦连连，耳边充斥着各种声音。阿芙洛狄忒的背包就在他的床头柜上。

第二天早晨，他来到厨房，热腾腾的面包的香气依旧在迎接他。穆罕默德、瓦斯拉克斯正和马科斯用长柄木勺当剑玩。

侯赛因坐在马科斯对面打量着他。此时他食不知味，浓浓的黑咖啡在他胃里翻腾着。

马科斯一直是众人瞩目的焦点。这不仅因为他永远都很快乐，还因为他和每个人都有说不完的话。侯赛因不知道他的这种魅力是否来得就像别的男人穿上裤子和衬衫那么简单。他意识到，马科斯是个技艺精湛的演员。他一定是经过了深谋远虑，才会把注意力放在某个人身上。

这个早晨，他选择了孩子们作为他投注注意力和旺盛精力的对象。他是在花时间陪穆罕默德玩，可这也是他取悦埃米内和哈里德的方式。他的办法奏效了。侯赛因从他们眼里看出他们很喜欢马科斯。

可恰恰是这个男人，在昨夜眼睁睁地看着一个女人被人强奸，却没有出手相救。

27

两个士兵把阿芙洛狄忒拖回小旅店，把她丢进一辆吉普车。早先遇到的那两个年纪较轻的士兵再次出现，开车把她送回了铁丝网。身体上的疼痛渐渐将她淹没，也唯有疼痛昭示她还活着。不再有可以减轻疼痛的幻觉或妄想。吉普车每一颠簸，剧痛就在她体内蔓延。

她对回途中的一切都漠不关心。危险、焦虑和急躁，这种种感觉都已消失。她不再关心她要去哪里，也不再关心她来自何处。她是死是活再也不重要了。麻木的她甚至都感觉不到绝望，也不再惦念之前经受煎熬时无数次想起的孩子。或许从此刻开始，要想继续活下去，就得这样。

送她回去的还是来时的那几个人。到了最后一程，那个粗暴的希腊人虽然一根接一根地抽烟，至少还注意到了她的不适。他把自己的水壶交给他那位一语不发的乘客。对阿芙洛狄忒来说，这简直是令人难以承受的好意。她接过水壶，喝了起来。

"找到你要找的东西了吗？"他问。

羞耻感铺天盖地地袭来，她根本无法回答。她感觉自己的眼睛和嘴唇都肿了，雨衣脏兮兮的。天很黑，说不定他根本没看到她这副鬼样子。到了这时她才意识到鞋子和背包都不见了。

她根本不可能从当铺走回去，所以请那个希腊人把她放在家附近。他进城顺路，也没有拒绝。

阿芙洛狄忒挣扎着下了车，跟跟跄跄地向公寓楼入口走去。背包丢了，她没了钱包，没了钥匙，也失去了那枚珍珠。

一阵美妙的声音从上方的阳台传来，是那只金丝雀在叫，它快乐无忧，对世事浑然不觉。凌晨六点，这只鸟儿的破晓歌声，昭示着新的一天已然来临。罗伊州夫人出来给鸟喂食。看到阿芙洛狄忒僵直地站在下面，她连忙跑下楼去。

"我把钥匙丢了。"阿芙洛狄忒无力地说。

"别担心，亲爱的，"罗伊州夫人回答，掩饰着眼前这个年轻女子带给她的震惊，"你父母在我这里放了一把备用钥匙。他们也有我的。我肯定能找到它。"

她拉着阿芙洛狄忒的手臂，带她走进走廊。她很快就在一个旧锡罐里找到了钥匙，然后搂着阿芙洛狄忒，打开了楼上的公寓门，一起走了进去。

"我们先把这些脏衣服脱下来，"她说，"我想我们得洗洗脸。"

阿芙洛狄忒坐下来，罗伊州夫人轻轻地帮她脱掉了衣服。阿芙洛狄忒甚至连雨衣的扣子都解不开。她有几根手指骨折了，只能像个孩子似的任由别人帮忙。

这位好心的邻居发现她的裙子已经被扯破，血迹斑斑。

"我可怜的孩子，"她不停地说，"我可怜的小羔羊。"

她帮阿芙洛狄忒脱得只剩下内衣时，才意识到她伤得有多严重。肩膀和后背上的伤已经由红变紫，眼睛肿得几乎睁不开。她开始不受控地剧烈颤抖。罗伊州夫人扶她站起来，想带她去洗个澡，却看见她刚才坐的床已被血浸透。

"我可怜的孩子，"她说，"看来我得去给你找一位医生。"

阿芙洛狄忒摇摇头，"不要。"她虚弱地说。

她感觉到了汩汩流出的热血，可不愿意面对任何人的问题。她只想让身子暖起来，再睡上一觉，或许再也不要醒来。就这么一直睡下去。这很适合她。

　　"让我帮你去洗澡吧。"罗伊州夫人说。

　　她找到了几条新毛巾，拉起阿芙洛狄忒的手。她此时的状态让她震惊不已。她像是出了车祸，又像是遭到了暴徒的袭击。罗伊州夫人不敢想象她到底遇到了什么。她只知道阿芙洛狄忒需要洗个热水澡。她想先满足她身体的需要，再追问她究竟为什么会成这样。

　　她用海绵和香皂轻柔地帮阿芙洛狄忒洗干净。

　　阿芙洛狄忒几乎一句话也不说，这才是最让人担心的。好像她失去了所有的感觉。罗伊州夫人在她的伤口上擦了抗菌剂，用纱布缠住了她骨折的手指，她没有挣扎，也没有大声叫嚷。仿佛她并不在这里。她的灵魂已经离开了身体，好像啪的一声熄灭了所有灯光。

　　罗伊州夫人帮她擦干身体，穿上睡衣，扶她上床。她点着了卧室里的煤气取暖炉，还在一个抽屉里找到了几个垫子。

　　她在床边坐了一会儿。这个年轻女人似乎只剩下了一具躯壳，还处在极度惊恐中。

　　"你确定不用去看医生吗？"

　　阿芙洛狄忒点点头。现在做什么都挽救不了她肚子里的孩子。

　　罗伊州夫人用蜂蜜和从储藏柜里找到的几种药草做了浸液，放在床头柜上。

　　"帕帕科斯塔先生什么时候回来？"她问。

　　"今天。"阿芙洛狄忒小声说。

　　看到阿芙洛狄忒睡着了，罗伊州夫人回自己的家去做饭。

　　浓汤的香味把阿芙洛狄忒从睡梦中唤醒，她还听到了说话声。其中有萨瓦斯的声音。她再次闭上眼睛，不愿面对丈夫的质问。

　　她听到罗伊州夫人告诉萨瓦斯他的妻子似乎遇到了小事故，接着说她一定会康复。

阿芙洛狄忒听到萨瓦斯沉重的脚步声穿过房间，靠近床边，便离开了。接着她听到了关门声。

没过多久，她的邻居悄悄走了进来。

"你还好吗？"她轻声问。她掀起毯子，看得出又得换床单了。

"卫生间的柜子里有新的。"阿芙洛狄忒小声说。

罗伊州夫人不声不响又麻利地换上了床单，甚至都没叫阿芙洛狄忒下床。

"很多年前我是护士。"她解释道。她把床单边角塞整齐，递给阿芙洛狄忒一支体温计，"量一下你的体温，"她说，"要是你发烧了，我们就得去找医生。要是没有……"

"谢谢你对我这么好。"

"不要紧，亲爱的。要是你愿意，可以和我聊聊。要是不乐意，我也能理解。不管是什么，已经发生的事情，没法再改变。"

这个年长的女人折起被血染红的床单。

"我拿到楼下去洗，"她说，然后仔细看了看体温计，"体温正常。"她说着给她盖好毯子。

她又在屋子里忙活了几分钟。

"我小产过一次，"她平静地说，"我知道在这样的时候吃东西尤为重要。我去给你拿点吃的。"

就在罗伊州夫人为阿芙洛狄忒掖被单的时候，埃米内也在日出酒店里换床单。她每周都会换一次床单。她算了算，酒店一共有五百张床，每张床有七套亚麻床单，十五年后才会用完。到时候她就得洗床单了。不过想想那还早着呢。

她正在整理侯赛因和穆罕默德的房间，看到椅子上有一个背包。她最初以为这是以前的顾客留下来的，可为什么她之前没见过它。

248

更奇怪的是，这个背包居然有些眼熟。阿芙洛狄忒经常带着同一款背包来发廊。

她打开背包。里面有一个小钱包，上面绣着几只鸟儿，阿芙洛狄忒曾无数次从同样的钱包里拿小费给埃米内。它不在主人的手里，不安在她心里蔓延。

她把背包放回原处，那天晚些时候她向侯赛因问起他是从哪儿得到这个背包的。

"我在街上捡的。"他如实回答。

"哪里？告诉我具体地点。"

侯赛因的脸腾的一下红了。母亲的盘问让他很不自在，好像这包是他偷来的。

"离酒店不远。"他说。

"什么时候捡的？告诉我时间。"

"什么时候重要吗？"

"是的，时间很重要。"

"妈妈，我本不想告诉你……"

"什么事，亲爱的？你不想告诉我什么？"

"这是一个女人的……"他说，"她在酒店旁边的通道里遭到了攻击。"

"是什么时候的事？你怎么知道的？"

"昨天晚上……我跑下去想阻止他们，可太迟了。他们把她拖走了。"

"噢，老天！"埃米内惊恐地说，"噢，老天……"

"我本来准备杀了他们的。可下楼用了太多时间……"

"你不必自责,侯赛因。要是你这么做了,我们肯定会被发现的。"

侯赛因看到母亲泪流满面，伸手搂住了她。

"可怜的阿芙洛狄忒，"她哽咽着说，"可怜的女人。"

"你认识她？"侯赛因问。

"阿芙洛狄忒·帕帕科斯塔……天知道她为什么会回来。可能是来拿东西的，"埃米内说，"我只希望她能活着离开这座城市。"

真相让侯赛因顿生憎恶。马科斯眼睁睁地看一个女人遭受攻击却袖手旁观已经够糟糕的了，何况这个女人是他的老板娘，真是令人震惊。

"你能保管这个包吗？"侯赛因问。

埃米内从儿子手里接过背包，仿佛那是一件名贵的瓷器。

知道了是谁惨遭那两个士兵的侮辱，侯赛因更坚定地要弄清楚马科斯凌晨时分跑出酒店都做了什么。接下来的几个晚上他格外警觉。

他确定机会会送上门来。一天晚上，他正脱衣服，觉得海岸边有什么东西一闪，不知是不是月光照在波涛上制造出的假象。

侯赛因违抗了马科斯的命令，壮着胆子走上阳台，轻轻滑上门。他不想吵醒穆罕默德。

下面有个人。他绝不会搞错那个人的身份。月光闪闪，白衬衫反着光，一眼便知。

天黑后不是应该留在酒店里吗？这可是马科斯亲自吩咐的。看到马科斯沿滨海区越走越远，快要消失在远处的沙滩上，侯赛因的好奇心被勾了起来。他们在屋顶上只会监视冲着街道的那一面，没有人会关注这个方向。

或许他只是出去透透气。侯赛因决定按兵不动，第二天夜里，他又悄悄地站在阳台上。

几个小时后，他放弃了。没人。第三个晚上，马科斯的身影再次出现了。

侯赛因知道他必须动作又轻又快，不能弄出任何动静。他跑回卧室，确认穆罕默德没醒，扭头走进走廊。带着愤怒和好奇，他一次跨两级台阶。他必须在马科斯走远之前来到沙滩上。

没一会儿工夫，他就来到了酒店的防火安全门前。从那里就能走向沙滩。

脚印暴露了马科斯的去向，他小心地将每一步都踩在马科斯留下的凹痕里。

脚印离开了沙滩，走向两座酒店之间的巷道。一拐入那条小巷，侯赛因就看到了巷子尽头马科斯的身影。他知道，自己必须万分小心。踩在石头地面上容易发出声音。

他悄无声息地跟着马科斯穿过法马古斯塔的大街小巷。马科斯选了一条迂回路线，走路时异常警惕，偶尔会在街角停下来观察接下来要走的路上是否有土耳其士兵。

最后他来到了城市的边缘。自从上一次见到铁丝网，侯赛因还从未如此靠近这条界线，他躲进了旁边的花园，能看到马科斯向分界线走去。

马科斯在玩命。他和栅栏之间有一大片空地，如果此时有士兵过来，一定会暴露。侯赛因难以置信地看着他，心里充满了惊惧。

马科斯走向临时搭建的栅栏，又看了看四周。一转眼他就像开门那样打开了一截铁丝网，走到另一边。之后他小心翼翼地把铁丝网复原，来掩藏行踪。侯赛因前一秒还能看到他，可他下一秒就离开了侯赛因的视线。

侯赛因无意继续跟踪。至少今晚不行。

为了去这个出口，马科斯选择了一条奇怪又无章法的路线，侯赛因很久都没有走过这些街道了。他找水果时大都去住宅区，今夜他发现自己来到了曾经热闹非凡的广场和街道，利昂提奥斯街、沃尔特街和齐非街这些昔日的繁华之地，如今只剩下断瓦残垣。

回酒店的路上他十分警惕，可眼前的景象还是分散了他的注意力。店铺被搜刮一空，无比荒芜。起风了，树叶沙沙作响。冬夜里的黑暗和这座空荡荡的城市让他感到彻骨的寒冷。

有东西从他面前飞快跑过，黑乎乎的，拖着长长的尾巴。侯赛因浑身一颤。他向来讨厌老鼠。可现在这座城市里，老鼠比人还要多。

他加快脚步返回日出酒店，按照原样将安全防火门留出一道缝，然后跑上楼。

回到房间，他躺在床上，怎么也睡不着。

马科斯到底在干什么？他没告诉他们就离开了这座城市，这让侯赛因惊讶，也令他摸不着头脑。

他又监视了好几个晚上，只要看到马科斯出去，他就匆匆下楼跟着他去市郊，然后看着他穿过铁丝网，消失不见。

侯赛因知道马科斯白天有时会去夜总会。回来时不是给他父亲拿来一瓶威士忌，就是带来一支雪茄，可现在侯赛因想知道他在底下还干了什么。因为夜总会的大门向来锁得很紧。

马科斯有时会在白天出去给小宝宝找补给，比如一次性尿布之类。帕尼库斯依旧干不了这种跑腿的活儿，就连走上二楼他都气喘吁吁。

一次外出时，马科斯又找到一份被丢弃的报纸，这次是一份《自由报》，上面报道了针对希腊族塞浦路斯人的暴行。在过去几天，这两家人都在讨论是否可以离开，可这个豪华的住所外危险重重，没有人敢再提这样的想法了。焦虑再次冲击了每个人的神经。

他们几乎忘记了确切的日期，可广播会提醒他们。他们互相庆祝各种节日，更多的是为了打发时间。十二月初古尔邦节过去了，每逢此节，厄兹坎一家都会宰羊献祭，享用一顿羔羊肉。

"我们也会给孩子们买新衣服，"埃米内对伊里妮说，"在这里起码不缺衣服！"

"可是，羔羊肉……"侯赛因充满向往地说。他想念美味多汁的羊肉片。

不久之后，就该伊里妮烤制传统的圣诞丁香蜜糕了。这种用蜂蜜调制的点心，塞满了椰枣和坚果。

"真好吃，"埃米内说，她正在吃第三块，"我喜欢你们的圣诞节。"

为了烘托欢庆的氛围，马科斯从夜总会拿来了一台电唱机，把它安装在舞厅旁边的一个小休息室里。帕尼库斯想办法用他做的发电机给电唱机供上了电。

马科斯找来了一些传统的塞浦路斯音乐唱片，既有希腊语，也有土耳其语。听到他放这些音乐，瓦西利斯和哈里德也加入进来。就连穆罕默德和瓦斯拉克斯也被鼓励去学舞步。

玛丽亚更喜欢流行歌曲，马科斯又去楼下找来了更多唱片，有阿巴合唱团的，埃斯里兄弟合唱团的，还有史提夫·汪达的。他们说服了伊里妮下去跳舞；被劝了几句后，埃米内很快也站了起来。哈里德并没有阻止她，不过她感觉到了反对的目光。

"亲爱的，"伊里妮喊她的儿子，"过来和我们一起跳舞。"

"等一等！"马科斯说。他走到电唱机边上，换了一首歌。这是他母亲的最爱。

侯赛因看着他们跳舞。

"天堂，我置身天堂。"法兰克·辛纳屈柔声唱道。

马科斯把伊里妮拉到近前，她把头靠在他的肩上，小号、鼓和歌声完美一致，他带着她随着这欢快节奏轻轻摇摆。她闭着眼，脸上挂着笑容。在一个儿子的臂弯里，她忘掉了对另一个儿子的担忧。

侯赛因看到母亲望着正在跳舞的两个人。马科斯感觉到了她的注视，一曲完毕，就去邀她跳舞。音乐向所有人施展了它的魔力，马科斯同样如此。

他们几乎忘了自己身在何处，也忘了他们为何来此。这就像一个派对，马科斯是主角，他笑着换唱片，为人端饮品，舞了一曲又一曲。他看起来潇洒如常。他的鞋子闪闪发光，皮尔·卡丹牌西装（从一位有钱客人的衣橱里借来的）完美无瑕，闪亮的头发已被埃米内修剪整齐。

侯赛因一直在看马科斯。他听说法兰克·辛纳屈是个恶棍，可这并非他不跳舞的原因。

28

　　大家跳了半天都累了，纷纷回房间去睡觉了，两个年长的男人爬上屋顶，继续放哨。

　　侯赛因在阳台等待着。知道马科斯随意进进出出，加重了他深陷牢笼的感觉。虽然他们在以某种方式生活着，却与世隔绝，被剥夺了接触外界的权利。不管马科斯在做什么，他都是为了自己，对此侯赛因十分肯定。

　　几天后的夜里，他跟踪马科斯出去，发现有人在围栏另一边等他。马科斯交给对方一个小包。那人接过打开。月光下，金属光泽闪动不已。

　　那人随后递给马科斯一个信封。他打开信封看了看，显然很满意里面的内容，然后装进口袋，转身离开。

　　侯赛因意识到马科斯这次不会穿过围栏，要想在他之前回到酒店，就得快点了。他拔腿就跑，不停地回头张望，然后一把推开防火安全门，确保它开着，冲进了大厅。

　　他停下来刚刚喘了口气，就只听吱嘎一声，防火安全门就被从里面锁上了。马科斯肯定也是跑回来的。侯赛因已经来不及上楼了，他躲进阴影，藏在看似支撑着天花板的巨大装饰立柱后面。

他看到马科斯穿过接待处，走到了夜总会门前。片刻后，他打开门锁，走下了楼梯。

白天马科斯总是小心谨慎地锁上大门，可这次他甚至把钥匙都留在了外面。他以为没有人看到他。

刚才的奔跑，让侯赛因的心怦怦直跳，可此时他心跳得更厉害了，因为他冲出阴影推开了夜总会的门。他蹑手蹑脚地走下铺有地毯的楼梯，进入了马科斯的地下世界。

楼梯左侧有扇通往夜总会的门。侯赛因推开一条门缝，里面黑洞洞的。就在走廊的右边，他看到了一束移动的手电筒光柱。他知道自己抵挡不住诱惑，也难以逃脱危险，早早就脱掉了鞋子，把它们放在楼上的柱子边，悄悄地向跳动的光亮走去。通往保险库的里外门都开着，透过第二道门的门缝，侯赛因能看到马科斯。

眼前所见在他的意料之中，却也在意料之外。

马科斯面前的桌上堆满了枪支。这一点不足为奇；侯赛因早就猜到马科斯在卖枪。他估摸不管是希腊族还是土耳其族塞浦路斯人，为了保护自己的家人，一定会倾其所有获得武器。不管马科斯从哪里弄来了这些金属死亡工具，它们都和等重的黄金一样值钱。侯赛因看到马科斯每拿起一把，都用手摸摸枪管，然后用布包好，把它们放回保险柜。保险柜里还有一堆堆牛皮纸信封，一定是之前交易的收入。

马科斯继续忙活着。这会儿，侯赛因看到了他的脸。一盏小煤油灯朦胧地照在他脸上，投下了扭曲的阴影。他一脸恶魔似的贪婪表情，在这幽暗的光线下，侯赛因看得却无比清楚。

另一个保险柜里整整齐齐地堆满了小盒子和丝绒袋。马科斯从里面拿出来一件件珠宝，铺开，全神贯注地看着，算着，然后在一个本子上写着什么。

看到一堆堆闪亮的黄金和令人目眩的宝石，侯赛因大吃一惊。

他看着马科斯拿起三四件珠宝，随意地放进外套口袋，把其他的再收起来，放回保险柜。

侯赛因退了回去，悄悄走上楼梯。事情已经明朗。他终于明白为什么马科斯经常离开这座城市了。钱，枪，黄金。一切都一目了然。

马科斯锁上保险柜的时候，突然抬起头来，他觉得自己好像听到了什么动静。可外面一个人都没有。他满意地扫了一眼本子上的数字，把它收了起来。

早在七月份，马科斯就发现他为弟弟藏在保险库里的那些东西突然变得十分紧俏。土耳其人入侵后，枪支和黄金都升值了。光是阿芙洛狄忒的珠宝就价值好几十万镑。他还利用保险库为当地几家珠宝店保存项链、手镯和戒指。他在外大肆宣扬日出酒店的保险库有好几道门和暗码锁，是塞浦路斯最安全的地方。人们都很放心把他们的贵重物品放在那里。有些人早在七月二十日就把他们最值钱的东西存在了马科斯这里，那时第一批土耳其军队刚刚登陆北方。

房产、土地、股票和股份都大幅贬值，而马科斯成了岛上少数几个拥有真正值钱财物的人之一。他现在唯一的问题就是找到足够的空间来储存他所有的现金和珠宝。

在接下来的几个星期里，只要可能，侯赛因就会跟踪马科斯。他发现马科斯居然清清楚楚地掌握了军队的位置和他们的换岗时间。通过判断他选择前往铁丝网的复杂线路和进出的时间，可以看出，对于土军在哪里驻防，在哪里站岗，他都了如指掌。他还意识到马科斯甚至考虑到了月相。满月前后的几天里他特别小心。

每次出去，他都蹑手蹑脚地躲开土耳其士兵。尽管如此，侯赛因还是意识到，马科斯把日出酒店里所有人的性命都置于危险之中。

他不知道马科斯从哪里弄来的那些枪，可令他厌恶的是，他在把明显不属于他的珠宝贩卖到城外。

一天晚上，侯赛因看到马科斯来到了铁丝网边上，决心跟着他出去。那里有很多建筑，树也不少，足够一个瘦人藏身。只要马科斯不在不合适的时间回头，他就不会暴露。

他跟着他走了三四英里，来到了一个十字路口，看到马科斯走到了一堆废弃汽车旁。侯赛因推测自法马古斯塔居民大批离去时，那些汽车就在那里了。他听到一个旧发动机粗糙的声音，然后一辆车开走了。马科斯在这些破旧不堪的汽车里找到了一辆仍能开的车。

他渐渐消失了，侯赛因不知道这个阴险的人如果遇到土耳其士兵会怎么样。他凭直觉知道马科斯必定能脱身。就像他热衷在厄兹坎一家面前表现那样，他能讲一口流利的土耳其语，语言就是他的通行证。何况他身上还有大量现金和黄金，可以大行贿赂。

侯赛因小心翼翼地回到了围栏里，他的好奇心得到了满足。他开始怀疑马科斯是在利用他们一家当保护伞，确保自己家人的安全。侯赛因觉得这一点不足为怪。他只想知道他们在多大程度上被人摆布了。

当然，他知道不能声张。即便马科斯不让他们离开酒店是为了一己私利，也没有证据证明。

第二天，浓雾从海上弥漫过来。日出酒店里的人都陷入了低落的情绪中，马科斯却依旧笑眯眯的，充满魅力，侯赛因看到他，却无法回之一笑。他无法和这个希腊族塞浦路斯人一样兴致勃勃。

他们独自留在法马古斯塔已经七个月了，在日出酒店里也住了将近半年，依旧享受着酒店里充足的储备食物。对埃米内和伊里妮来说，豪华的卧房，细亚麻床单，配备齐全的卫生间，可谓十足的享受。

两个年长的男人逐渐放下了对彼此的戒备。他们一起抽烟，有时一起喝酒，甚至还讨论各自的政治观点，几乎节奏一致地捻动他们的念珠。

帕尼库斯一直在动手制作用具，玛丽亚会去帮忙做饭，但大多数时间都忙着照顾小宝宝。

两个小男孩成了形影不离的好朋友，每天都一起玩，在楼梯上跑上跑下，你追我赶，在走廊里踢球，用垫子和椅子搭营地。他们都很清楚不能大喊大叫。他们在日出酒店里要比藏身在家里更自由。

春天带来了绵绵春雨。成为禁区的海滩却已魅力不再。

29

　　阿芙洛狄忒在床上躺了好几个星期。萨瓦斯很感激罗伊州夫人来照顾阿芙洛狄忒，也很乐于她出入他们的公寓。他已经搬进了客房。

　　罗伊州夫人几乎一直守在阿芙洛狄忒的床边，处理伤口，更换床单，握着她的手给她安慰。显然阿芙洛狄忒不愿说她遇到了什么，这位上了年纪的女人不难猜到有些事她也不想告诉自己的丈夫。

　　萨瓦斯相信了妻子脚一滑从楼梯上跌下来的故事。这合理地解释了她的手指为什么会折断，脸上为什么会有伤。他为她的身体担心，却没有过分打听。局势已经平稳，他的乐观复燃，对塞浦路斯蕴藏的商机更感兴趣。

　　去利马索尔的时候，他联络上了一些人，已经开始接洽兴建新酒店。

　　"我知道这是一笔长期的生意，"他说，"可我们得有超前意识。或许再过段时间我们才能收回日出酒店。"

　　他坐在床头边的椅子上，絮絮叨叨地说了好几分钟，压根儿没意识到阿芙洛狄忒毫无反应。

　　"我不知道马科斯出了什么事，"他说，"他到现在也没把钥匙送来。"

阿芙洛狄忒扭过头，不让他看到她的脸。

"你的伤好了很多，"他欢快地说，"我觉得我们应该用防滑材料重铺楼梯。现在好材料很多。所有酒店都在用。我能拿到好价钱。"

那天下午，罗伊州夫人发现阿芙洛狄忒在哭。这是她第一次哭。

萨瓦斯提到马科斯的名字时，她想起在法马古斯塔的那个可怕夜晚，她看到了马科斯。忽然之间当时的一切都变得清晰无比。她十分肯定她看到的不是幻觉。

老妇人握住阿芙洛狄忒的手，看着她的眼睛，发现悲伤又回来了。此时她的痛苦就和她带伤回来的那天早晨一样深刻。

阿芙洛狄忒没有吐露一个字，可她的状态告诉了罗伊州夫人很多。那天，她打算讲出一切。

"你有没有犯过很严重的错误……错到无法弥补？"她哭着问。

罗伊州夫人握住了她的手。

"人时不时都会犯错。"她亲切地回答。

"不只如此。"阿芙洛狄忒说。她一边哭一边似乎在自言自语："他就在那儿。他看到了。所有的一切，他都看到了。"

"不管你遇到了什么事，"年长的女人安慰她，"我肯定那都不是你的错。"

她陪了阿芙洛狄忒好几个小时。她的泪水没完没了地向下淌，枕头都被浸湿了。罗伊州夫人看得出来，不管这个年轻女人做了什么，都已付出了惨痛的代价。

似乎从那天开始，她痊愈的速度快了一些。几周后，她已经可以走出房间，小心翼翼地扶着栏杆下楼。罗伊州夫人扶着她的一只胳膊，她们一起去晒太阳。

阿芙洛狄忒重新闻到这座城市的气味的那一刻，她知道自己必须离开。从这一刻开始，这里的气味对她来说将永不改变。灰尘、老鼠屎、腐烂物、鲜血和怨恨的气味一股脑儿向她涌来。无处不在。

"或许都是你的想象，"罗伊州夫人说，"那些气味已经消散了。我就没闻到。"

"可对我来说，却很强烈，"阿芙洛狄忒的眼里满是泪水，"有这些气味，我根本没法活下去。"

那天晚上，她告诉萨瓦斯她想去和母亲一起住。

她给阿耳特弥斯打电话，得到了她想要的答复。

"我就知道你一定会想开的，"她母亲满意地说，"我会派人到希思罗机场接你。"

离开十分容易，毕竟她什么都没带来。

她那位友善的邻居坚持要陪她去买几件新衣服，虽然这里的衣服并不适合在英国穿。

"你总不能穿着你母亲的裙子去，"罗伊州夫人说，"虽然到了那里你也得买几件厚衣服。"

几天后，阿芙洛狄忒坐上了从拉纳卡至伦敦的飞机。

那一天万里无云，飞机渐渐攀升，她清楚地看到了她的岛国的全貌。绵延空旷的地域，宁静平和的海岸，海龟产蛋的沙滩，这片土地上不可能发生那么多的流血冲突，不可能被一分为二。她能辩认出遭遇重创的土地，可那些柑橘园、群山和村庄看似毫发无损。无须飞机从法马古斯塔上方飞过，她也能想象到那里犹如鬼城的街道和已然失去生气的建筑。

阿芙洛狄忒拉下了遮光帘。她不愿看到这片土地在她下方消失。自上次去日出酒店时产生的麻木已经退去。

感觉恢复了，痛苦才刚刚开始折磨她。

30

　　侯赛因大为惊讶，马科斯居然如此随意地游走于这座城市，好像他永远都不会被发现，似乎每个人都有一个价钱，只要出得起钱，他就能收买他们。

　　侯赛因已经跟踪马科斯好几个星期了。他像是着了迷，却依然没有勇气与他发生冲突。

　　一天晚上，在他跟踪了大约十五分钟后，他发现一个土耳其士兵出现在他和马科斯之间，大约距马科斯三十码远。侯赛因感觉自己的心快跳到了嗓子眼了。

　　这个年轻的新兵显然没有注意到侯赛因，即便他们之间的距离也不过三十码。侯赛因忽然觉得这个人可能已经跟踪过马科斯，已经知道了日出酒店。

　　他们就这样你跟我、我跟你地走了几分钟。马科斯突然停住了，他弯下身子，像是在系鞋带。就在这个时候，侯赛因看到那个士兵正在掏枪。除非他喝醉了，否则毫不知情的马科斯就会成为活靶子。

　　侯赛因惊讶地发现自己居然为此产生了一丝快感，但他紧接着意识到如果他没被打死，就会被抓。

　　马科斯能守住日出酒店的秘密吗？他怀疑背叛对马科斯来说已

是家常便饭。

他观察着周围。他唯一能利用的武器就是一截截碎金属、碎玻璃和其他建筑碎片。突然他发现一块不规则的混凝土块。他毫不犹豫地抄起来用力扔了出去。即便砸不中，也能吸引那个士兵的注意，向猎物发出警告。

虽然已经很久没打排球了，可侯赛因没有丢掉技术，也没有失去力气。坚固的混凝土加速飞行，正中目标。

士兵毫无预警。他的后脑被砸中，立刻瘫软在地。

马科斯只听到砰的一声，立刻转身，只见一个士兵一动不动地躺在地上。侯赛因出现在他身后几码远的地方。

两人看了彼此一眼，同时跑向那具已无生命迹象的尸体。

"必须把他藏起来。"马科斯说。

没时间提问也没时间解释，更没时间容侯赛因细想他刚刚杀了一个人。

"快点。如果他们找到尸体，准会来查是谁干的。"马科斯说。

"得把他搬得离日出酒店越远越好，"侯赛因表示赞同，"那条小巷里有个大杂货店。后面有很多空麻袋。"在他们搬进日出酒店前，那里是侯赛因定期取食物的杂货店之一。

两个人默默地把尸体拖过街道。尸体很重，他们费了很大的力气。

侯赛因不知道他是不是攻击过阿芙洛狄忒的士兵。而马科斯甚至连想都没想过这一点。

杂货店的门开着，他们把尸体拖进后面黑漆漆的地方，在上面盖了很多层麻袋布。只有尸体腐烂的气味才会暴露位置，可到了那个时候，或许看到的只是一具骷髅。

马科斯看了一眼手表。这件事弄得他迟到了，与他接头的那个人肯定已经等得不耐烦，他得尽快脱身。

"你为什么跟踪我？"处理完尸体，他漫不经心地问道。

在拖尸体的那几分钟里，马科斯一直在琢磨消除侯赛因疑心的最好办法。这可能是他第一次跟踪他。

"你告诉大家都留在酒店，自己却跑出来，所以我想看看你在干什么。"侯赛因大胆地说。

"我有东西要卖。"马科斯说着探身摸了摸侯赛因的胳膊。他不过是想表现得像是在和这个年轻人说心里话，甚至还表现出了一丝自责："我知道这是在冒险。"

如果侯赛因没在保险库里见过马科斯，也没有亲眼见过他捧着枪支和宝石时贪婪的表情，他或许会相信这个男人刚才的话。然而，在过去的几个星期里，一个不一样的马科斯渐渐浮出水面，而且他知道，真实的马科斯和眼前这副表情的人有很大区别。

侯赛因知道他是唯一知道真相的人，可他不会掩饰。对他来说，真相最重要。

"我以前也跟踪过你，"他说，"不光是今天。"

马科斯没有立刻回答。遭到这么直接的质问，一时难以想出该如何解释。他自觉已经十分小心，却还是被发现了，不禁大为惊讶。事实上，他很生气。他从未遇到过这种情形，就像有无数盏探照灯对着他的脸。

他的体温骤升。竟然有人敢跟踪他，更过分的是，这个土耳其族塞浦路斯小子居然敢评判他？马科斯很少生气，可在这个城市的隔绝区域，在这间巨大的杂货店里，他悄悄地把手伸进了夹克。

黑暗中的侯赛因看不见马科斯的脸，可在保险库里见到的邪恶表情又出现在他的脑海里。有个画面在他脑中闪过：马科斯拿着一把小枪。那把枪此刻一定就在他身上。

掩藏尸体的时候，侯赛因曾注意到附近的柜台上有把小刀，是用来分割这些麻袋的工具。

少年的反应十分迅速。就在马科斯从口袋里掏枪的当口，侯赛因已经一把抓起柜台上那把生锈的刀。这是他那天第二次快于思想的行动。他知道马科斯不会犹豫。这个年轻的土耳其族塞浦路斯人早就知道，有时杀戮只是为了自卫。

侯赛因出手快如闪电，让马科斯大为震惊。他还没来得及摸出枪，那把刀就已经插进了他的胸腔。

侯赛因以前帮父亲宰过羊。刀子划破血肉时，那么静寂又令人惊惶。而抽出刀子后，血汩汩地流到地上的声音更令人震撼。

在这个晚上之前，侯赛因不知道夺走一个人的生命是这么容易。他转过身，充满懊悔和厌恶，趔趔趄趄地靠在柜台上。他的手哆嗦得厉害，刀子当啷一声掉落在地上，他担心几英里外都能听到。

刀子刺穿了马科斯的心脏。他向后倒在了地上，身体已被鲜血浸透。有那么一刹那，侯赛因的思绪回到了十年前，表哥穆罕默德的染血衬衫在他面前闪过。

侯赛因不相信他竟然干出了这样的事，可他得把马科斯的尸体掩藏起来。马科斯的尸体轻飘飘的，比起那个土耳其士兵的，就好似一根羽毛。地上留下了一道血痕，他必须在离开前清理干净。尸体被藏在那具士兵的尸体附近，却没有放在一起。侯赛因做完这一切，拿走了那把枪。

城市另一端与马科斯接头的人终于失去了耐性。他愤怒地意识到当天别想拿到货了。那个希腊族塞浦路斯人让他失望了，而他按规矩已经掏了预付款。他从来不问问题，因为知道自己能从中大捞一笔，他的收购价钱还不到真正价格的一半。对方承诺这次卖给他的比以往的价值都高，可现在他觉得自己被骗了。他每天晚上都会来这里等马科斯。他和这位月光夜总会的经理是老熟人了，他不允许他这么容易就逃脱。

侯赛因匆匆返回日出酒店。天蒙蒙亮，他希望能神不知鬼不觉地进入房间。

一〇五号房的房门突然打开了。埃米内看到儿子站在那儿，面色苍白，衣服上沾满了血。

"侯赛因！老天！"她说，"老天！到底出了什么事？"

侯赛因留在走廊里，埃米内立即叫醒了哈里德，让他去看看穆罕默德是否还在睡觉："回来时带一件侯赛因的衬衫过来，再拿条裤子。"

天还很早，哈里德没争辩，连问都没问就照办了。等到他睁着惺忪的睡眼回来时，侯赛因已经进了浴室。

看到母亲惊恐的表情，侯赛因才知道自己从头到脚都沾满了马科斯的血。他洗掉手和胳膊上的血，将刚才穿的那身衣服团成一个球，扔在角落里。

"现在跟我们讲讲吧。"等他穿好衣服，他母亲轻声说。

侯赛因一五一十地向父母讲述了事情的经过。他们没有打断他，连一秒钟都没有。他说了这段时间来他如何跟踪马科斯、看到他离开法马古斯塔、卖掉保险库里的枪支和珠宝。

一开始埃米内一个字都不信。她早已被马科斯的魅力征服。他让所有人都有一种被爱的感觉。

"你认为他卖掉了帕帕科斯塔夫人的珠宝？"哈里德问。

"听着有这个可能。"埃米内说。

侯赛因讲了夜里发生的一切，他如何杀死了那个跟踪马科斯的士兵。

"我不是要救马科斯，"他说，"我要救乔治乌一家……还有我们。"

侯赛因坐在父母的床上，像是一个刚刚做了噩梦来寻找安慰的小孩，控制不住情绪地大哭起来。埃米内坐下来，伸手搂住他，等着他宣泄。

第一次杀人感觉不那么真实。他和那个士兵没有身体接触。或许开枪打死人也是这种感觉。可杀马科斯就不一样了。他把刀捅进了他的心脏,真真切切地体会到他杀死了一个人。即便他厌恶那个人,即便他是在正当防卫,但一个人死在他手下这件事本身带来的恐惧仍令他难以承受。

"亲爱的,"埃米内说,"你这么做也是不得已。你没有选择。"

哈里德在房间里来回踱步。

"你早就该这么做!"他喊道,"他活该!这个浑蛋!"

"哈里德!嘘!可不能让别人听到。"埃米内提醒道。

他们默默地坐了一会儿。侯赛因渐渐平静下来。他已经是个少年了,可在这一刻,更像个孩子。

"妈妈,你知道他干的最坏的事是什么吗?"

"他干的坏事太多了。"哈里德插嘴道。

"是他要杀你?"埃米内说。

"不是,"侯赛因坚定地回答,"他干过的最坏的事是没帮帕帕科斯塔夫人。"

"什么意思?"埃米内问。

"那天晚上,他在场。我想他全看到了。"

侯赛因讲了他看到的情形。他父亲一时都说不出话来。

"什么样的人会干出这样的事?"他咆哮道。

"哈里德!求你……我们不想吵醒任何人。"

"现在有个问题,"哈里德说,"那就是怎么告诉乔治乌一家真相。他们有权知道马科斯已经死了。"

埃米内哭了。"可怜的伊里妮,"她轻声说,"他是她在这世上最爱的人。"

"他们必须知道他的所作所为。"哈里德坚持。

"可真相会让她痛不欲生,"埃米内说,"而且我不知道她能不能相信。她没理由相信。"

他们都同意要把这件事说出来。哈里德最关心的是如何保护他的儿子。埃米内也一样，可她还想保护乔治乌一家，而且希望尽可能委婉地向他们说出真相。

夜幕降临，乔治乌一家越来越着急。伊里妮尤为如此，不管发生了什么，马科斯向来都是主心骨。他不在的时候，仿佛永不散去的乌云遮住了太阳，又似鸟儿不再在春日的早晨歌唱。

侯赛因一直留在他的房间里，埃米内为他编了个理由。她告诉别人他生病了。

事实上，侯赛因确实病了。在真主安拉的眼里，他犯下了可怕的罪行。

那天晚上，就像他和父母计划的那样，侯赛因下楼来到厨房，被告知马科斯失踪了。伊里妮泪流满面。瓦西利斯沉默不语。侯赛因知道，伊里妮那张和蔼又布满皱纹的脸将是他一生都挥不去的梦魇。他看到了疯狂的焦虑，却也看到了感激，因为他主动提出去寻找马科斯。

凌晨时分，侯赛因漫不经心地穿梭于大街小巷，几乎有些盼着被人抓住。他回到了那间杂货店，麻袋下面的隆起依旧。马科斯平日像是会巫术似的，侯赛因竟有些盼着他的尸体不翼而飞。他从两具尸体中拽出较轻的那一具，这时，一串钥匙从衣兜里掉了出来。

他发了一会儿呆，然后，虽然鄙视自己的行径，却还是决定检查马科斯的其余衣兜。夹克里没有别的东西了。他在裤兜里找到了一个丝绒袋，和帕帕科斯塔夫人背包里的袋子一模一样，外面印着法马古斯塔一家珠宝商的名字。侯赛因把它放进左兜，右兜里装了钥匙。他忽然感觉到马科斯那毫无生气的目光落在了他身上，他忍不住去看那双眼睛。他英俊的面容没有任何变化，令人十分不安。他最后看了一眼马科斯的脸，在上面盖了一块麻袋片。他突然有了力量，将马科斯的尸体搬到了距日出酒店更近的一家空商店里。

"发现"了马科斯后，他回到日出酒店，他的父母正在等他。

"我找到他了，"他轻声说，"等到帕尼库斯准备好了，我就带他去。"

埃米内说她和哈里德会去告诉乔治乌一家这个消息。

那对夫妇正坐在厨房的大桌边，手牵着手。埃米内什么都不必说。伊里妮看她的表情就明白了。语言已经多余。年长的女人向前一瘫，头伏在桌子上，失声痛哭。瓦西利斯紧紧搂着她。

表哥死了，马拉塔的姨妈和几个表妹也死了，侯赛因永远不会忘记亲人的死带来的巨大伤痛。这种死亡让人始料不及，而且异常残忍，释放着惨烈的伤悲。侯赛因悄悄走回房间，用被子把自己蒙住。他听不了伊里妮的哀号，他无法承受。

几个小时后，他们同意让帕尼库斯和侯赛因一起把尸体带回来。天一擦黑，两个人就出发了。来到商店，侯赛因才意识到帕尼库斯太胖了，根本帮不上忙，主要由他一个人负担马科斯的重量。这几乎是他人生中最漫长的十五分钟。帕尼库斯帮他把尸体从侧面的通道拉进安全防火门。

他们把马科斯放在接待处的软垫沙发上，埃米内和玛丽亚给他换上了新衣服。他身着深色西装白衬衫，和以前管理夜总会时的打扮一样。他们把他整理干净，他看起来那么平静、帅气，和生前一个样。最后玛丽亚小心翼翼地把哥哥那一头丝绸般的黑发梳成了他喜欢的发型。

见到尸体，伊里妮更伤心了。她的悲伤无穷无尽。埃米内知道，即使知道了儿子的真面目，她一样会这么痛苦。

"爱是盲目的。"她轻声对侯赛因说。

侯赛因由母亲对自己的爱，了解母爱，母亲一向认为子女没有不是。可即便如此，他还是注意到伊里妮对马科斯的感情像是在崇拜英雄。

玛丽亚在舞厅里准备好了一张长桌，上面铺了白色床单，还收集了酒店走廊各色花瓶里的假花。伊里妮从家中带来的圣像此时放在附近的桌子上，在一盏油灯的照耀下闪着微光。

马科斯的尸体就安放在这里，他的家人在他旁边祷告，守护。即便没有神父，他们也要举行仪式。

除了伊里妮和玛丽亚的哭声，四下一片寂静。瓦西利斯低头坐在那里，帕尼库斯在他旁边。埃米内和哈里德夫妇礼貌地隔开一段距离。一夜未眠。

下葬地点是个现实问题。酒店周围能挖坟的地方并不多。

"那边有玫瑰花坛。"埃米内建议道。

露台酒吧外的确有玫瑰花坛。没有其他选择，初春时节下了雨，土地已经十分松软了。

第二天一大早，马科斯下葬。

帕尼库斯找来工具，费了很大劲挖坟。凌晨五点，他们鱼贯而出。穆罕默德和瓦斯拉克斯睡眼惺忪，不知道出了什么事，却还是被大人叫醒带到了楼下。

马科斯的尸体被床单包裹着，由他父亲和妹夫送入墓穴。除了侯赛因有些畏缩，其余的人都向墓穴里扔了一朵玫瑰，然后开始填土。

"愿上帝怜悯你，愿上帝怜悯你。"他的家人念道。他们已经记熟了葬礼用语。

侯赛因低着头。泪水滴在他的鞋子上。尽管这个死去的人本想杀他，可毕竟马科斯才是丢掉性命的那个。没有正义感，亦没有快感。侯赛因看到伊里妮的脸上生出无数道皱纹，心中顿生怜悯。

他观察着坟墓周围所有人的表情，然后意识到，对每个人来说，这个下葬者都有不同的身份。每个人都有一个属于他们自己的马科斯。

葬礼结束后他们吃了传统的丧葬食物克里瓦饭。是玛丽亚用大米代替小麦做的，其他配料如芝麻、杏仁、肉桂、糖和葡萄干，他们的仓库里还有很多。

这是伊里妮一生中最黑暗的日子。她的泪水已经流尽。葬礼后的下午，她和瓦西利斯静静地躺在他们漆黑的卧室里。

厄兹坎一家都洗了澡，换了衣服，这是土耳其族塞浦路斯人的传统。

"希望厄运不要降临在我们身上。"埃米内说。

"现在才祈求，有点晚了吧？"哈里德道。

侯赛因感受着肩上的水流，他的双手好像仍然沾满了鲜血，他知道他这辈子都摆脱不了马科斯的血，也摆脱不了负罪感。每次看到马科斯的父母，这样的感觉就会加深。

几天后，伊里妮问帕尼库斯附近有没有教堂。

"有，"他说，"可我不知道那些地方怎么样了。"

"伊里妮，你不能离开酒店，"瓦西利斯说，声音很轻，语气却很坚定，"外面都是土耳其士兵。就是那些土耳其士兵杀了儿子。"

"可是……"

在日出酒店的这几个月，她很少想起上帝。她依旧把阿吉奥斯·尼奥塞托斯的圣像摆在房间里，可他似乎永远不会保佑他们。赫里斯托斯音讯全无，她日日祈祷，却没得到任何回应。她的信仰渐渐消失了。现在马科斯死了，她更是心灰。这个女人曾画过无数次十字，可她再也不会了。

通过广播，他们得知马卡里奥斯依旧在努力让这座小岛恢复和平，可她甚至也不再信任他。

或许她能在教堂里感受到来自上帝的慰藉，他或许能听到她的祷告。上帝的缺席让她陷入了空虚，她渴望恢复信仰。

侯赛因知道大多数教堂的惨状，可他不愿意把实情告诉乔治乌夫人。很久前，里面的圣像和珍贵物品就被洗劫一空，它们大多是蓄意破坏的目标。在把马科斯的尸体带回酒店的途中，他们看到了这样的几座教堂，甚至大门都掉了。

"那些教堂已经不是当初的模样，"帕尼库斯轻声说，"而且，你出去无论如何都不安全。"

侯赛因无意中听到了他母亲和乔治乌太太的对话。

"不去教堂我还能忍，但这些衣服……太不合适了。"伊里妮说。

客人们在酒店里留下了很多衣服，却没有一件适合用来服丧。伊里妮不能再穿那些五颜六色的花衬衫或从上到下都缀有扣子的裙子，埃米内也没有衣服可以借给她。

"我知道哪里有这样的衣服，"侯赛因插嘴道，"我现在就去拿。"

侯赛因已经熟悉了城市的每一条街巷。他知道哪些商店已被抢空，哪些完好无损。有些小商店里卖的女装对土耳其士兵来说分文不值，甚至都不值得他们寄回去给妻子，因为它们是老年女装。

侯赛因在这样的一个店铺里，找到了人想活得像个影子时所需的衣服，摆了好几个货架。他带回去很多件，伊里妮穿都穿不完。

葬礼后的第三天和第九天，乔治乌一家在马科斯的坟边上举行了追思会。伊里妮再也没有提过要去教堂。

她明白，此刻她经历的每一分痛苦埃米内都经历过。她们的生命中，灾难接着灾难，痛苦连着痛苦。每天忙着打扫、清洁、做饭，留给她们沉思的时间极为有限。有时候，她们忙完了，就会坐在一起流眼泪，她们失去了太多亲人，都有一个儿子下落不明，她们没有一天不在思念。有时候她们一起用咖啡渣占卜，给自己打气。没有了信仰，这样有助于伊里妮挺过黑暗的日子。

马科斯死后，酒店里的气氛就变了，就连两个小男孩都情绪低落了几个星期。他们想念马科斯为他们表演的戏法，想念他和他们开玩笑，想念他走到哪里就带到哪里的笑声。吃饭变成了敷衍，再也没有了音乐。舞厅一角的那台留声机已积满灰尘。

伊里妮依然坚持给大家做饭。就在埋葬儿子的当天，她也做了蜜制圈饼和达克替拉饭。只有在忙着揉捏面包和做饼干时，她才能忘记马科斯的死，虽然不过几分钟。

瓦西利斯只是安静地伤心。他大部分时间都待在屋顶上，不是照料在阳光下茁壮成长的药草和西红柿，就是在放哨。有时他一连几个钟头都在看大海，不停抽烟，小心地隐藏烟卷的光亮。他还在屋顶上放了很多酒。哈里德一直陪着他。

侯赛因一连数日沉默寡言，吃不下东西。母亲经常会把食物送进他的房间。

"乔治乌夫人很担心你。"一天，她轻抚他的脸颊说。

侯赛因躺在床上，泪水滑过他的脸。

"我可怜的孩子，"埃米内说，"你也是不得已。"

唯有时间能淡化他对善良的伊里妮的愧疚，即便在那一天，她还特制了他最喜欢的食物，希望能唤回他的食欲。

侯赛因很快就意识到，长辈们需要他提升士气，也需要他做很多事。两个家庭少了三个儿子，他一定要比以往更加坚强。

他把那串钥匙和丝绒袋塞进了抽屉。一天晚上，接待台周围没人了，他试了试那几把钥匙。其中一把打开了接待处通往夜总会的大门。

他悄悄下了楼梯，走向保险库，打开里外两扇门。钥匙能插进保险箱，锁里的机械装置当啷一声，但保险箱的门纹丝未动。

侯赛因明白还得输入暗码。暗码很可能已随他进了坟墓。

他回到房间，把钥匙放回抽屉。那个绿色的丝绒袋塞在角落里，他把它拿出来，想看看里面装了什么。有东西在闪光。他一倒，一条耀眼的蓝宝石项链落在他手里。宝石是半透明的蓝色，宛若窗外的大海，即便光线黑暗，它们也依然闪烁着光芒。每一颗都嵌在黄金上，唯有搭扣上的那颗比其余的大。

他把项链也放回抽屉里，项链的归属让他良心不安。它不属于马科斯，也不属于他。

现在它属于乔治乌一家吗？抑或属于原主人？他暂时会把项链和钥匙放在抽屉里。没有暗码，钥匙串一点也没有用，可那串珍贵的宝石项链一定还有价值。

31

七月。天气炎热，夜晚很短。

瓦西利斯和哈里德从屋顶注意到军队的人员调动频繁了很多。侯赛因也注意到了，不知和那名失踪的士兵有没有关系。同伴不见了，肯定会提升他们的警惕。

闷热的天气，让他们在酒店里愈发难熬了。帕尼库斯从前因自己的大肚子羞于游泳，可现在就连他也渴望和孩子们一起下海消暑。对侯赛因来说，海水轻柔冲刷海岸的声音比海妖的歌声更充满诱惑。一天晚上，他悄悄溜出防火安全门，来到海滩上。他明白不能有一点动静，于是连一滴水花都没溅起便钻进了水中。他这辈子还从未一个人独享过大海。浓稠的黑暗笼罩住他，偶尔有磷光一闪。他把整个身体置于海水之下，挥动四肢游了起来，几乎没有在海面上留下任何痕迹。

他游出很远，换成仰泳，凝视星辰。自由令他欣喜若狂。

他父亲和瓦西利斯一直监视着道路上的情况，可即便他们看向这边，也看不到海里有个人。

过了一会儿，侯赛因开始游回岸边。面前的海岸线上有一排巨大的混凝土楼群。在海滩远端，庞大的起重机仍在俯视萨瓦斯的工地。

这让他想起了坟地，忽然感觉海水冷冰冰的。他哆嗦了一下。

他望向日出酒店黑漆漆空荡荡的窗户。他们的酒店看起来和其他酒店一样杳无人迹；没有人能猜到里面住着十个大活人。他看到一辆吉普车的车灯。它正沿希波克拉底大道向北行驶。几乎同时，另外一辆吉普车从南边开了过来。两辆车都停在了他看不到的地方，侯赛因推测它们就在酒店前面的某个地方。

他不知道父亲和瓦西利斯是否也看到了。他使出浑身力气游了回来，悄无声息地沿着海滩跑回酒店。浑身滴水的他轻轻进入防火安全门，拿出那条他藏在接待台后面的毛巾。

他飞快地冲上十五楼，来到屋顶，那两个男人正愣愣地观察着停车场对面的情形。

他轻声和他们打了个招呼，可他们没有回头，必须时刻关注事态的发展。大门上的坚固栏杆足以作为他们和那些士兵之间的屏障，他们听到了叫喊声，铁栏杆挡不住那些声音。

"能听到他们说什么吗？"瓦西利斯问。

"离得太远了，听不见，"哈里德答，"我只知道他们从未对这个地方这么感兴趣。"

"我有些害怕。"瓦西利斯说。

"我也是，"哈里德承认，"感觉很不好。"

"能给我望远镜看看吗？"侯赛因问。

他调整了焦距，仔细观察大门边的那几个人。其中一个没穿制服，是个小个子，比那些土耳其士兵矮很多，光头，留着整齐的络腮胡子。侯赛因记得他见过这个人。他就是和马科斯在铁丝网接头的人。

从马科斯没露面赴约的那夜起，这个土耳其族塞浦路斯枪支珠宝贩子每天都会去他们交易的老地方。

他气自己上当受骗，更气马科斯。他真不该相信他，那个希腊族塞浦路斯人。几个星期之后，他意识到那个姓乔治乌的家伙永远都不会出现了。尼科西亚有人威胁他要么拿钱回来，要么拿回那套约定好的蓝钻石。他没有选择，只能进入空城。

战前他和马科斯做过交易，知道他在日出酒店工作，决定去那里找他。他解开铁丝网，然后系好，出发去找马科斯。

他只来过几次法马古斯塔，对这里的街道一点都不熟，花了一个小时才找到大路。他估计能从这里找到滨海区。

老鼠在阴影中四窜，它们已经接管了这座城市。这些老鼠足有一码长，完全不害怕他。

他贴着建筑物穿梭，就在穿过一条满是商店的街道时，他惊扰了一条蛇。他肯定是踩到蛇身上了。自小时候一条毒蛇从他床上爬过后，他就患上了恐蛇症。蛇蜿蜒着爬走了，在满是灰尘的地上留下了一道痕迹，他不由自主地尖叫起来。

他觉得靠近建筑物不再安全，就微微向人行道的方向挪了挪。这样一来，他就很显眼了。一辆军用吉普车从一条小路里拐出来，里面的两个士兵立刻瞧见了他。他被车头灯照得什么都看不见，汽车轰鸣着在他身边停下，他甚至都没有尝试逃跑。两个士兵跳下车，对他大呼小叫，不停挥动枪支，嘴里骂骂咧咧。他们表现得无法无天，这是一种疯狂状态，毕竟一连几个月了，他们几乎无事可做，只是看守这座除了害虫和爬虫外什么都没有的空城。此时他们闻到了行动的气味，异常兴奋。

这个土耳其族塞浦路斯人缓缓举起手。负责开车的那个士兵用枪口抵住了他的胸膛。

"你！"他吼道，"你在这里干什么？"

"你在这里干什么？"另一个问了同样的问题，只是声音更大。

他们怀疑这人和他们同伴的失踪有关。

"回答！"第一个士兵喊道，"回——答！"他差一点就要向那个人的脸上吐唾沫了。

"他是个希腊人！"一个士兵哈哈笑，"他听不懂我们的话！"他手舞足蹈，准备好以这个人的沉默为暴力的借口。

"我听得懂。"那个土耳其族塞浦路斯人回答。他的声音颤抖得厉害，不确定他们能不能听懂他的话。

一个士兵向他走近一步。仅凭能讲土耳其语这一条是不能把他列为朋友的。

"别让他跑了。"他对他的下属厉声说。

土耳其族塞浦路斯人没有挣扎。这么做没意义，这两个士兵比他壮，力气也更大，只用了一会儿工夫他就全招了。如果他承诺分给他们一些好处，或许他们能帮他找到马科斯。他认为钻石还在日出酒店里，要是运气好，那里还会有更多值钱的东西。能捞上一笔，对他们所有人来说都是不可抵挡的诱惑。

侯赛因一看到那些当兵的和他们的俘虏，立刻就明白是怎么回事了。虽然从外面看日出酒店死气沉沉，可马科斯的中间人显然知道那些宝贝来自何处。

他们有危险了。必须离开。

他们和土耳其士兵间唯一的障碍物是那些坚固的铁栏杆。能轻松劫掠的地方多的是，土耳其士兵懒得破坏这些栏杆，可现在他们或许知道了里面有值得他们费事的宝贝。

三个人看着士兵把车开走了。那个俘虏和他们一起走了。等听不到吉普车的声音后，他们才看着对方。

"今晚就得离开，"侯赛因说，"不能等了。"

过去几个月的经历让侯赛因有了一种超乎他年龄的成熟。瓦西利斯听从了这个少年的建议，并且很高兴有另一个人能来继续判断眼前的局势，正如过去马科斯做的一样。

哈里德却不同意了。他不能任由儿子指挥他。

"可我们在这里一直很安全。"他说。

"不再可能了。即便他们能宽大处理我们，但乔治乌一家呢？"

"你母亲不会同意的。"他厉声说，仿佛这能说服侯赛因。

"如果伊里妮走，"他坚定地说，"母亲也愿意走。"

现实明摆在眼前。哈里德无可反驳。

三个人走下楼梯，分头去叫醒家人。还不到凌晨五点，大家仍在睡觉。

瓦斯拉克斯和小伊里妮蜷缩在一起，十分可爱，睫毛一扇一扇，好似在做同一个梦。玛丽亚抱起伊里妮，帕尼库斯把瓦斯拉克斯抱在怀里。两个孩子都没醒。除了孩子，没有任何东西值得他们耽误时间。

穆罕默德一做噩梦就会在酒店走廊里梦游，现在他常和母亲一起睡。他总梦到炸弹落在海滩上，把沙子炸得满天飞，周围的一切都燃起大火。自这个岛国支离破碎的那天起，无数塞浦路斯人都反复做着相同的噩梦。不管是成人还是孩子，轰炸机从头顶飞过的画面和被毁灭的威胁都难以摆脱。

埃米内睡得很轻，一叫就醒了。她摘下墙上的邪眼。离开房间时，想起阿芙洛狄忒的背包还在椅子上。她拿出丝绒袋和钱包，没动那把钥匙。

对伊里妮来说，最珍贵的莫过于她的邪眼、赫里斯托斯的照片和圣像。

侯赛因只带走了那条项链。

五分钟后他们集合。

"我们去哪儿？"伊里妮问。

谁都没认真想过这个问题。

"回家？"哈里德说。

"家"这个字眼显然奇怪又空洞。他们面面相觑。如今这个词的意义已经和过去不一样了，可目前来说倒不失为一个去处。

"我一直盼着有朝一日我们能离开……却不是像现在这样，"伊里妮含泪说，"这太突然了……"

瓦西利斯知道妻子想的是儿子的尸骨。她以后要如何纪念他，如何在他的坟墓边祷告呢？她怎么能在不知何时才能回来的情况下离开他的尸骨呢？

瓦西利斯说出了她唯一想听的话。

"我肯定我们能回这里找他。"

伊里妮是离开时唯一掉泪的人。其他人都在担忧下一刻他们是否性命不保。

一部分人悄悄走出防火安全门，向海滩走去，另一部分人穿过侯赛因打开的栅栏门。两家人分开走，避免泄漏行踪。

太阳刚刚露头，晨光照亮了他们半年未曾走过的街道，衰败一目了然。只有侯赛因和帕尼库斯熟悉眼前的情形。其他人则惊惧不已。

春雨过后，从铺路石之间，从道路上被炸出的裂缝中，冒出野草。建筑物的毁坏程度比他们所有人印象中的都要严重。街道上尽是废墟和弃物。油漆都已剥落，商店的招牌掉了，金属阳台脱离了建筑物，门被踢毁。他们痛心疾首地看着曾生机勃发的城市变成这般模样。

两家人分头快速赶路。出发前他们已经定好了路线。

城市郊区的树上开满了花，大片的野花丛蓬乱却透着生机。它们冲淡了周围的衰败感。

厄兹坎一家先回到了埃尔皮达大街。他们的家还是离开前遭到土军破坏时的样子。

哈里德迈过已成为碎片的前门。

房子里的所有东西都蒙上了厚厚一层灰。

埃米内站在那里，用手紧紧捂住嘴。藏在日出酒店期间，她怀念的家不是这样的。她留在火炉上的那锅肉饭已经腐烂殆尽。老鼠咬破了米袋和面袋，一地碎纸片，橱柜上落满了黑乎乎的老鼠屎，它们还爬上了帷帘织物，咬碎了窗帘去铺窝。

穆罕默德和侯赛因留在楼下，埃米内和哈里德去了二楼。上面同样一片狼藉。气味令人作呕，床上用品都被撕扯成碎片。敞开的大门为附近的动物开了方便之门。

"我们需要重新开始了，"哈里德说，"要做的事太多了。先来打扫，然后看看能不能把门修好。"

侯赛因看着母亲。她不住地摇头。

"我们不能留在这里，哈里德，"她说，"他们已经把我们的家毁了。"

"可我们要住在这里。"

"或许我们得去找别的地方住，"侯赛因说，"反正这不是我们第一次搬家了。"

侯赛因通常不愿和父母顶嘴。可如今受损的不只是家里的东西，他们心中的圣殿已被破坏，永远都无法复原。

乔治乌一家比厄兹坎一家回来得稍稍晚些。玛丽亚抱着小宝宝，帕尼库斯把瓦斯拉克斯扛在肩上。瓦西利斯拄着拐杖一瘸一拐地费力行进，伊里妮则担心拐杖的嗒嗒声会被听到。终于他们来到了埃尔皮达大街。他们的四层楼看起来和离开时一样。唯有那些植物有变化，它们不是枯死就是长得过高。

他们六个人穿过低矮的铁门。门上锈迹斑斑，需要上润滑油了。一回到外祖父母的花园，瓦斯拉克斯兴奋极了。他的小三轮车依旧在花园一角，他跑过去，高兴得直叫。

"瓦斯拉克斯！"母亲示意他安静，"过来！嘘！"

一家人都站着不动。他们不愿进屋。并不是因为害怕看到什么可怕的场景，而是知道里面什么都没有。马科斯死了，赫里斯托斯失踪，对每个人都是沉重的打击。

土耳其士兵并没有费力闯进他们的房子。门和百叶窗都完好无损。

伊里妮瞥了一眼花园里的空挂钩。咪咪科斯。她永远都不会再养会唱歌的鸟了。

回家的痛苦要比她预计的强烈。小花园让她深切地意识到大儿子已经不在了。从前的每天早晨他们都坐在这里，他喝她做的咖啡，拥抱她，给她唱歌，那歌声比所有金丝雀的歌声都甜美。

瓦西利斯和帕尼库斯拿出藏起来的备用钥匙，她默默地坐在一把椅子上。她看着她的丈夫走进他们的公寓，玛丽亚和帕尼库斯带孩子们上了楼。

过了一会儿，玛丽亚回来，挤出一个笑容。

"一切都是我们离开时的样子，"她说，"有些潮，也落了些尘土，可没人进来过。我们马上就能把家里恢复正常。"

瓦西利斯也出来了。他像以往一样，板着脸。

"还是老样子，"他直截了当地说，"就是有点脏。"

他妻子总是一丝不苟地把一切弄得干干净净，整整齐齐，如今家里落一点灰尘就会很显眼。

伊里妮依旧坐着不动。

"进去吗，妈妈？"玛丽亚问，搂住了母亲的肩膀。

伊里妮静静地摇摇头。她没有力气站起来。他们一起回来的这个地方再也不能称为家。在她看来，他们为自己的家人和未来而建造的这座楼就像一个坏了的柑橘篓，已经支离破碎，无法使用。

赫里斯托斯依旧生死不明。在他们离开前，他的房间就已经空了。最上面一层也不会有人住了。他们原本有个儿孙满堂的梦，希望儿媳妇能住在这里，生儿育女，可这个梦无法实现了。总有一些生活无法实现。

埃米内来了。哈里德和穆罕默德跟在她后面。

"你都想象不到那里乱成了什么，"她说，"你真该去看看老鼠都干了什么！它们搞出来的破坏比那些士兵还严重。"

她坐在伊里妮旁边，把一只手放在她朋友的手臂上。

"我们没办法住在那里，"她接着说，"已经被彻底毁了，臭气熏天。"

伊里妮看着她。

瓦西利斯又回到花园。刚才伊里妮没跟在他身后一起进去，这不像她。他原以为她早已穿上便服，开始除尘和清洁。

可她仍然坐在那里，那对土耳其族夫妇在她旁边。穆罕默德已经跑到楼上找瓦斯拉克斯了。

"伊里妮？"

"埃米内和哈里德需要找个地方睡觉，"她说，"侯赛因和穆罕默德也是。你能找到赫里斯托斯和马科斯房间的钥匙吗？"

瓦西利斯默默地按妻子的要求做了，然后交出钥匙。

"万分感谢，我的朋友，"哈里德对瓦西利斯说，"愿真主保佑你。"

伊里妮站起来，走进她的家开始打扫。她可没法在一个脏兮兮的房子里睡觉。

不管说话还是干活，他们的动静都很小，可即便他们用正常的音量说话，哪怕使劲关门，也没人会听见。附近连一个当兵的都没有。大部分人都被派去了日出酒店。

父亲和弟弟去了乔治乌家，侯赛因出去找吃的。

"杂货店不可能都空了，"他父亲说，"要是你能找到烟……"

侯赛因穿过大街小巷，记下几个地方，稍后再来。他现在的重中之重不是食物。

他才意识到自己落了一样东西在日出酒店，现在想去取回来：

马科斯的枪。那把枪就在他的床垫下面，或许能给他们一些保护。他们别无所有。他去那儿还可以带走一些吃的。

还没看到酒店，他就知道出事了。除了偶尔经过的吉普车，日出酒店附近的街道总是静悄悄的，今天，情况变了。

他又听到了工地施工的声音，可当他转过街角，才意识到他听到的是拆除声，而不是建造声。

日出酒店前有三台推土机，发动机隆隆旋转。发动机每边有四个人，每人操一把风钻。即便离得很远，响声也震耳欲聋。

稍远些的地方有一队至少十二名的士兵。栅栏门轰然倒塌，栏杆上开了一个大口子，一台推土机隆隆地开了进去。士兵们一面欢呼鼓掌，一面跟在那个怪物似的机器后走进去。推土机开始铲断保护酒店前门的金属围栏，接着弄碎后面的玻璃。这些士兵对这样野蛮的破坏居然这么着迷，更显凶残。有几个人甚至开始对天放枪。

他推断他们的目标是保险库。那个土耳其族塞浦路斯人也在现场，毫无疑问是他告了密。侯赛因怀疑他事后根本得不到任何好处。

几分钟后，侯赛因离开了。接下来的事对他一点吸引力也没有。他知道就算有钥匙也打不开那些保险箱。已经找不回那把枪了，现在最重要的是去找食物。

他拐上了一条小路。他已经看够了这些野蛮行径。那些士兵针对混凝土和玻璃的暴力行为，十分丑陋，让他充满恐惧。

他去的第一家杂货店已经空无一物。除了几块香皂和一些盐，什么都没剩下。到了第二家，他找了所有货架，只在最后一个货架的最里面找到了两罐凤尾鱼。差一点就没看到。他把罐头放进口袋里。在下一家店他发现了几罐鹰嘴豆，还找到了一个小麻袋。大米、豆子、面粉和糖这些干货都没有了。地上有大量老鼠屎。日出酒店真是个天堂。

他又去了三四家商店；每个地方都一样，地上是一堆堆动物粪便、碎纸和碎纸箱,那些曾是饼干和糖的包装。在大街小巷里穿行了两个钟头,他只找到了三罐番茄酱和两罐炼乳。他累了,不再抱有幻想,于是回到了埃尔皮达大街。

一跨过门槛,寂静就告诉他,这里只有他一个人。他慌忙用手捂住鼻子。太难闻了。

他把一小袋食物搭在肩膀上,去了乔治乌家。

"你父母在楼上。"瓦西利斯说。

侯赛因把食物放在花园里的桌子上,这时伊里妮走了出来。

"找到了什么?"她问,知道所有人都饿了。

"只有一些罐头,"他说,"别的都没了。"

"我可以用这些东西做出好吃的,"她说,"你能把它们搬进来吗?"

伊里妮把罐头一个个从小麻袋里拿出来,看着上面的标签。有些生锈了,可她知道里面的食物还能吃。

"有没有看到我们的药草怎么样了?"

侯赛因礼貌地摇摇头。

"它们长得很好!"她努力用积极的语气说,"看看这株罗勒!还有墨角兰!"

她拿起两大捆放在水槽里的绿色植物,递到他面前让他闻。那股混合的芬芳甜美新鲜,令人心醉。

他把脸埋进这些植物里,以免泄露自己的情绪。几个小时前他们撤离日出酒店时,他甚至都不敢看伊里妮。她的悲痛对他来说是巨大的负担。他知道这一切都因为他,虽然他是正当防卫,但这丝毫不能减轻他的愧疚。此时她在厨房里忙忙碌碌,还告诉他她准备用这些贫乏的材料做出什么饭菜。

给大家做饭对伊里妮来说是一种慰藉,可做完饭,端上饭菜,大家吃完后再收拾好刀叉,她的悲伤好像一件挂在门后的外套,依旧在那里等她。

他把药草还给她，希望她没有注意到他眼里闪烁着泪光。

"有了这些，这些，还有这些，"她指着三个罐头说，"我可以做一锅炖豆。我们还有一些蜂蜜，今晚我们还能做甜点。干得好，亲爱的。"

侯赛因慌忙转身走开。她那样温情地和他说话，仿佛他是她的儿子。他承受不了。

"告诉你母亲我一小时后把饭准备好。"伊里妮在他身后说。

侯赛因一步两级台阶。到二楼时，他几乎撞进了母亲的怀里。

"噢，你还好吗？"

"有点喘不过气，妈妈，"他说，"没什么。"

她拥抱了他。伏在母亲肩上，他用衣袖揩掉了泪水。

"我找到了一些吃的，"他说，"就在楼下乔治乌夫人那里。她正在做饭。"

"我去帮她。"

"你去她会很高兴。"侯赛因没话找话。

"噢，"他母亲说，像是这会儿才想起来似的，"这里是赫里斯托斯的房间。如果你不想和穆罕默德住一起，楼上还有……"

"你是说马科斯的房间？"

埃米内立刻就意识到她提出了一个糟糕的建议。

"我睡沙发上。"侯赛因说。

所有人都聚在一楼的餐桌边吃饭，但根本坐不开，要从楼上拿下几把椅子才够。瓦斯拉克斯坐在父亲的腿上，小伊里妮坐在母亲的腿上。穆罕默德坐在一个小凳上。

侯赛因提出去花园里坐同时放哨。现在他们不能放松警惕。

伊里妮为他送来一盘饭菜。

"还能闻得到吗？"她问。

他低下头去闻。那些药草的香气扑面而来。"能，"他回答，"谢谢你，乔治乌夫人。"

不出几分钟，他就把盘里的饭菜吃了个精光。

瓦西利斯为他自己和帕尼库斯各倒了一杯鱼尾菊酒。

"干杯。"他们说着碰了碰杯。

瓦西利斯很高兴回家。他一直很想念自酿的烈酒。月光夜总会的上等威士忌和法国白兰地根本无法替代它。他们都狼吞虎咽地吃了起来。

日出酒店华丽宽敞，摆满瓷器、水晶和银器，可眼前的一切对他们来说更自然：一缕缕阳光透过百叶窗照射进来，花边桌布，破损的盘子，大家围坐在一张小圆桌边，胳膊碰着胳膊。

圣像回到了特制的架子上，邪眼继续俯视他们。照片还在原来的位置，伊里妮甚至抽时间擦去了上面的灰尘，只是小心翼翼地不去看两个儿子的眼睛。照片里的他们都看着镜头。但一个已不在人世，另一个则下落不明。

第二天中午时，侯赛因已经弄清楚了食物的情况。他一大早就起来了，去了附近的所有街道，查看了每一家食品店。大部分都无须强行破门。门多半开着。他们去日出酒店前，很多店里都还有大量食物，可现在干货都被吃光了，大部分罐头也不翼而飞，他推断都是那些当兵的拿走了。

他回来时就看见母亲和伊里妮坐在厨房的桌边。

"你去哪儿了，亲爱的？"埃米内说，"我们都很担心！"

"我们还以为你出事了。"伊里妮关心地补充道。

"我去找吃的了，"他答，"我以为你们知道。"

"可你去的时间太长了……"埃米内说。

"抱歉让你们担心了，"他说，"可是……"他犹豫了。事实上他一整个早晨几乎什么都没找到。绝望之下,他甚至闯进民居去找食物。

如他几个月前观察到的,很多房子还保留着他们的主人离开时的状况。盘子里还有食物残渣,一些干透的花瓣落在花瓶底部,形成了一个规则的圆形。婴儿围嘴和围裙随意搭在椅背上。到处都是正常生活被突如其来的逃离遗弃的迹象。一切寂静无声,仿佛他们的主人随时会回来,继续生活。

那些遭到洗劫的房子就是另一番景象了。看到它们,他想起了自己的家。椅子不再整齐地摆在桌子下面,盘子不再耐心地等待扒羊排。家具都成了木条,瓷器都变成碎片。柜子门大敞,贵重物品不翼而飞。有传闻称人们都把钱和珠宝藏在床垫里或地板下面,所以那些土耳其士兵把房子拆得四分五裂。虽然绝大多数都是希腊族塞浦路斯人的房子,可土耳其族塞浦路斯人的家里同样遭到了疯狂破坏。

到处都臭烘烘的,充满潮湿和腐烂的味道。如果建筑是人,那么眼前的这些已奄奄一息。

不管进去的地方是怎样的光景,侯赛因都只有一个目的:找吃的。东西少得可怜。一整个早晨他只找到了四个生锈的罐头,这连一顿饭都不够。

两个女人期待地看着他。她们的注视令他有些不舒服。自从马科斯死了之后,他就意识到长辈们都指望着他出谋划策。

"只有这些。"他说着把罐头放在她们面前的桌上。

伊里妮和埃米内默默地站起来。她们无法掩饰失望。

"外面几乎什么都没剩下。"侯赛因说。

"去找你父亲和乔治乌先生吧。"埃米内说。

两个男人正在楼顶抽烟。他们在赫里斯托斯房间里的一个锡罐里找到了一些陈年香烟。听到脚步声,他们扭过头来。

"侯赛因!"哈里德笑着说。

"你下楼吗？"他问。

"抽完烟就去，"哈里德答，"你母亲有需要我干的活儿吗？"

侯赛因耸耸肩。风拂过他的脸颊。

几分钟后，他们五个人聚集在乔治乌夫妇的房间里。

"侯赛因有话对我们说。"

"我想我们必须走了。"

"为什么？"瓦西利斯问。

"我们都不知道外面的情况……"哈里德补充。

"一点吃的都没有了，爸爸。是时候离开了。"

他说的都是事实。

他们面面相觑。但越来越饿的肚子告诉他们侯赛因说得对。

"我们最好告诉玛丽亚和帕尼库斯一声。"瓦西利斯说。

"可怎么出去呢？"伊里妮问，"安全吗？"

侯赛因亲眼见过那些士兵的暴行，外面的确不安全。

"如果离开这里，"哈里德说，"我们就什么都没有了。一无所有。"

"而且阿里不知道去哪里找我们……赫里斯托斯也是。"埃米内说。

"我们还有小农场，"瓦西利斯说，"还有果树。"

"但是没有地方住。"伊里妮补充道，声音细不可闻。

帕尼库斯出现在门口，而且听到了他们的话。

"如果侯赛因说我们得离开，我们就应该听他的，"他说，"孩子们一直都很饿。要是外面没吃的了……"

"可我们必须找到安全通道，"瓦西利斯说，"不能贸然出去。"

"谁去找？"帕尼库斯问。城里到处是土耳其士兵。

侯赛因发现所有的目光又都落在了他身上。

"等我到明天，"他说，"不过一定要准备好，我一回来就走。"

他们看看彼此。要带走的东西并不多。只要将圣像、照片和邪眼重新打包。其他的东西都不重要。

侯赛因跑回赫里斯托斯的房间。那条项链在他睡觉的沙发下面。他把项链从袋子里拿出来，举到阳光下。即便他对珠宝一窍不通，也觉得这条项链堪称绝美。

"侯赛因！"

他一转身，发现母亲跟着他走进了房间。她的眼里闪烁着怒火。

"侯赛因——这条项链哪儿来的？"

"马科斯……我杀了他后从他口袋里找到的。"

"让我看看。"她要求道。

侯赛因很少见母亲这么生气。他把项链交给她；她反复看了看，瞧着那独特的扣钩。

"塞浦路斯只有一个女人有这样的宝贝。"她立刻就认出这条项链属于阿芙洛狄忒。

侯赛因很担心她不准备把项链交还给他。

"我们现在只有这些蓝宝石了，妈妈，"他央求道，"得把它们卖掉，才能找到安全通道。"

她看看他，又看看手里的项链。和侯赛因一样，她清楚这是他们唯一的机会。总有一天，他们会补偿阿芙洛狄忒。

"你得知道，"她说，"这些不是宝石，而是钻石。这条项链是阿芙洛狄忒的父亲送给她的结婚礼物。"

"这么说，我卖掉它一定能换来我们的安全？"

"但愿如此，"埃米内说，"它很稀有。"

她并不想打探侯赛因的计划，她相信他一定都考虑好了。

"能给我理理发吗？"侯赛因问，"我要很短的那种。"

埃米内没问为什么。

他们在赫里斯托斯的房间里找到了一把剪刀。她用这个简陋的工具熟练地剪短了儿子的头发。

他经过小花园，伊里妮正坐在那里。植物长得那么高，她觉得很安全，阳光穿透初夏的树叶照射下来，暖暖的。她以为侯赛因是出去找吃的，便画了几个十字，祈祷他能安全返回。她从前的习惯又回来了。

32

计划的第一步：弄一套士兵制服。以平民的身份，侯赛因很难安全前往目的地。

他知道只有一个地方能找到制服。他清楚地记得他杀了马科斯的那个杂货店在哪里。根本不可能忘记。他花十分钟到了那家店，一进门，就脱下衬衫捂住口鼻，在尸体的腐臭间快步走向里面，拉开一堆堆麻袋。没有任何动物发现这具尸体，它躺在那儿安静地腐烂。

侯赛因迅速解开制服的纽扣，尽量不去看死人的脸。靴子很容易就脱了下来，然后他拽下裤子。衬衫比较难脱，需要让尸体侧身，才能拉下衣袖。士兵腐烂的尸体上只剩下了内衣，他用麻袋片再次把他盖好。

侯赛因拿起衣服用力抖了抖，确保里面没有蛆虫。他压抑着内心的恶心，换上制服，没有忘记把钻石从自己的衣兜里掏出来。

制服微微有些大，塞进裤腰才正好。靴子很合适，像是他自己的。他从脏污的商店橱窗里看了一眼自己，觉得应该可以蒙混过关。他记不清那个士兵戴没戴帽子。或许他倒下的时候帽子就掉了。

侯赛因去了马科斯出城的那段铁丝网附近，一路上连一个当兵的都没碰见。天刚一擦黑，他就悄悄溜了过去。

他尽可能地贴着树走，直走到一条大路上。十分钟后，他身后传来了卡车声。是一辆军车，一队士兵坐在车后。车子在他前面停下来，放下了后面的铁围栏等他上车。

车里的士兵挤了挤，在长凳上给他让出一个位置，继续饮酒唱歌。他们在传一瓶烈酒，每人一口。侯赛因假装唱着，假装喝了一大口。没人瞧他第二眼。大部分人也都没戴帽子。

他们经过了两三辆联合国的汽车，又停下一两次搭载其他士兵，最后终于在凌晨时分来到了尼科西亚。车子停在郊区的一个兵营里。大部分人进了兵营，另外一些则闲逛着向市中心走去。侯赛因混进进城的士兵中，尽量隐藏可能暴露身份的塞浦路斯口音。从对话中他得知他们是要去找妓院。他跟着走了一段，然后停下来假装观看商店橱窗，等着那群人走远了。

他并不熟悉尼科西亚。小时候来过一两次，那时这座城市尚未画出绿线，可他没什么记忆了。为了避免和闲逛的士兵打照面，他尽量选择小巷穿行。没过多久他就觉得累，躲进一个黑乎乎的凹进处睡着了。第二天早晨，店主拉开百叶窗，他才醒来，意识到自己在一个钟表铺外睡了一夜。那个灰白头发的钟表匠看到他并不特别惊讶，毕竟城里当兵的太多了，一个士兵蜷缩在他店铺的门廊里也不值得大惊小怪。

"进来看看，"他说，很多士兵都愿意买手表，"里面的样式很多。"

侯赛因刚一进去，就听见钟表齐鸣，片刻之内根本别想说话。像是打击乐团在演奏，又如由单个声调不断重复组成的晨乐。报时完毕，嘀嗒声响起，持续不断，永不停歇。

"我真是再也听不下去了，"钟表匠说，他知道这个年轻人在想什么，"他们说我要是继续听，准会发疯。"

"要是想仔细看看哪一款，就告诉我，"他又说，"喝咖啡吗？"

侯赛因点点头。

他感觉每过一刻，就距离他说出最想问的问题近了一刻。

钟表匠走到商店外，向一个在对面咖啡店外徘徊的男孩子招了招手。几分钟后，那个孩子走进店里，托着一个托盘和两个小杯子。钟表匠知道咖啡有助于客人集中注意力。

"你从什么地方来？"他抿了一口咖啡问。

"不远，"侯赛因巧妙地回答，"海岸那里。"

钟表匠以为他说的是梅尔辛附近的某个地方。大多数土耳其士兵都是从梅尔辛港上船来到塞浦路斯的。他开始给钟表上发条，有些用手，有些则用钥匙。这项工作需要极大的耐心和技巧，而这个钟表匠二者兼具。

"有时候，"钟表匠说，"我感觉自己拥有世界上所有的时间！"

侯赛因知道他肯定不是第一次这么说，但还是笑了笑。

"你也修表吗？"他没话找话。

"当然，今天就有块表要修。一会儿有人来取。"

"大部分人都有块坏掉的手表。"

"可人们也喜欢奖赏自己一块新的，你们当兵的似乎都喜欢表。"

侯赛因走向对面的一个女表柜台，向里看了看。这里的表带不是黄金的就是铂金的，有许多表盘上还镶有珠宝。

"现今手表和珠宝差不多。"钟表匠嘿嘿笑道，"拥有那些手表的女士根本不需要看表，总会有男人围在她们身边报时……"

"一定很贵。"侯赛因评价道。

"的确。十年来，我才卖掉不超过四块。一乱生意就差了很多。我的很多土耳其族老顾客都离开塞浦路斯了。希腊族塞浦路斯人又不会来这里。"

侯赛因知道他必须胆大一些，目前为止这个人表现得还算亲切。

"你瞧,"他说着带出了口音,"我不是土耳其人。我是土耳其族塞浦路斯人。我买不起手表。"

修表匠停下手里的活计。他从前听过这样的故事。

"我的家人失去了一切,"侯赛因说,"除了这个。"他从衣兜里拿出项链。

修表匠惊奇地睁大了眼睛。他只知道镶嵌在手表上的小粒宝石的价钱。这个年轻人手里的则不同。他很久没见过这么大的宝石了。

"我能看看吗?"

侯赛因递过项链,钟表匠把它们举到阳光下。

"我从未见过这么美丽的蓝宝石。"他说着交还项链。

"这是蓝钻。"侯赛因用颇具权威的口气说。

"蓝钻!"修表匠再次向项链投去欣赏的目光,"你是要卖掉它?"

侯赛因点点头。"我要尽快卖掉,我需要钱。"

"这是自然。现在没人不需要钱。"

"这钱是用来帮他们的。"他说。

听到这里修表匠有些糊涂了。这个年轻人的表情脆弱又绝望。显然他非常在意要帮助的"他们"。

"我会尽我所能,"他说,"我可以安排卖掉这条项链。在那之后,你得告诉我你为什么要帮那些人……"

"谢谢。"侯赛因说。

"我会给我的朋友打电话,看看他能做些什么,"他说,"中午闭店时,我们可以一起去见他。不过,要是你不打算买我的东西,我就要开始工作了。十二点再来吧。记得要准时。"

"我不会迟到的。"侯赛因承诺。

他在城市里闲逛,消磨接下来的几个小时。他喝了两次咖啡。这种花钱的感觉挺奇怪的。一阵羊肉的香气传来,他备受诱惑,买了些土耳其烤肉,狼吞虎咽地吃了,这可是他几个月来第一次吃肉。

他回到钟表店，几百块钟表的指针都即将垂直。他迈步进去，它们开始报时。修表匠已经准备好。"我找到人了，"他说，"或许卖不到理想的价钱，可今天就能成交。"

这个年轻人用卖项链的钱帮助别人这事很让他感动。看到他，他想起了自己的儿子，他也当兵了，不过正在这座岛的另一边。

他们在城市里穿行，侯赛因说明了他需要这笔钱的目的。

"我的朋友肯定有门路。"修表匠说。

他领侯赛因走进一条小巷，来到了一家昏暗的小咖啡馆。里面烟雾缭绕，一个面色苍白的胖子独坐一桌。其他人大都三五成群，或是玩牌，或是高声交谈。

修表匠大步向那个胖男人走去，同时示意侯赛因跟上。他们坐在了那张桌子旁。那男人大约六十岁，留着浓密的灰白胡须，和人说话都不看对方的眼睛，一直冷漠地盯着前方。侯赛因怀疑这人是个瞎子，不然怎么对一切都毫无兴趣。但是在看到钻石时，他的表情变了。

"把东西给我，别叫其他人看见。"

侯赛因从桌子底下把项链递给他。钻石在那个男人的摸索下发出轻微的丁零声。他觉得他一定是个瞎子。

"两万。"他说。

"两万？"侯赛因难以置信地重复。这可是一大笔钱。

"他说的是土耳其里拉，"那个修表匠小声说，"大约是五百塞浦路斯镑。"

侯赛因重复了一遍。他不知道够不够。

"我只能出这么多。"那个人说，目光依然飘忽。

"这笔钱不是为了自己。跟他说，侯赛因。"

"有两个家庭，一家是希腊族，另一家是土耳其族，一共九个人和一个婴儿，需要安全通道离开法马古斯塔。"

"可法马古斯塔已经没人了，只有土耳其士兵。"那个人生硬地说，语气不容辩驳。

侯赛因没说什么。这个人冷冰冰的，不是那种任由别人与他争辩的人。

修表匠转头看侯赛因。"但这怎么可能……"他说。

侯赛因摇摇头。他不愿解释。和这个男人在一起，保持警惕似乎更安全。

"我希望把他们安全接出来。就是今天，"他小声说，"可以来尼科西亚。"

"这十个人到底是谁？"修表匠问。

这个老人忽然起了极大的好奇心，问了许多问题。侯赛因急于行动，他在这家咖啡馆里坐得越久，撤离就越迟。

那个胖子向前探身，第一次直接与侯赛因说话。

"传言那里有地雷，"他露出了一口肮脏的牙齿，"所以费用不便宜，正好是这些宝石的价值。"

侯赛因本来盼着能剩下些钱。离开法马古斯塔后，他们需要生活费，可他似乎一次只能解决一个问题。

那个胖子在桌下紧紧攥着钻石。他在修表匠耳边说了些什么，侯赛因听不见。

修表匠示意侯赛因该走了。那个胖男人轻轻一扬下巴，一个站在门边放哨的人走过来，与他们一起离开了咖啡馆。

这笔交易神神秘秘的。侯赛因很高兴离开那个难相处又有侵略性的男人，这人没准儿能把所有人都吓破胆。

走在外面的人行道上，修表匠道明了详情。

"现在有人带你去法马古斯塔。到了那里，他们等十分钟，然后带你们回尼科西亚。"

很快侯赛因就踏上了返回法马古斯塔的路。开车的是个土耳其士兵，路上没说一句话。

他们经过了几个检查点，每次都是一番激烈的交涉，然后放行。坐车行驶在法马古斯塔安静的街道上，显得那么不真实。侯赛因要求在距家还有一段距离的地方下车。他不相信任何人，担心被这个大兵发现藏身地。刚刚拐过埃尔皮达大街，他就爬下了吉普车。

"你只有十分钟。"那个大兵吼道。

他跑进乔治乌家。他们正等着他，带着兴奋与恐惧。他说出了他的安排。

"一旦到了尼科西亚，乔治乌先生和夫人就能和玛丽亚、帕尼库斯以及孩子们到绿线那一边。到时候，我们所有人都自由了……"

他的声音渐渐低下来。自由。

每个人的目光都落在他身上。可他的计划只涉及接下来的几个小时，那之后，他就一无所知了。

数月前，坦克开进法马古斯塔，他们曾以为一切都会很快恢复正常。而此刻他们知道，那只是假设。

"你在尼科西亚有熟人吗？"埃米内问。

伊里妮摇摇头。

埃米内记得帕帕科斯塔夫妇在尼科西亚有一套公寓，不过她没有提。

"他们肯定会帮我们找到住地的。"她欢快地说。

就连埃米内自己也不知道她口中的"他们"是谁。

在马科斯带去日出酒店的最后一份报纸上，有一张关于难民营的照片。对伊里妮和埃米内来说，那里比地狱还要可怕：没地方做饭，没有隐私，夏季闷热难耐，冬季阴冷潮湿。或许，他们已别无选择。

他们出了门。瓦西利斯走在最后。他锁上门，把钥匙交给伊里妮，然后默默地跟着侯赛因，像是队列整齐的小学生。

转过弯，就是那辆军用卡车。瓦西利斯爬不上去，侯赛因拉了他一把。他们面对面坐在长木凳上，汽车沿着坑洼不平的街道颠簸前行。来到法马古斯塔界外，开车的大兵和执勤的士兵交涉了很长时间，递过去一个大信封和几张文件。谁也没看清楚，他们都盼着自己最好能隐身。

发动机的轰鸣浇灭了想说的话，就连瓦斯拉克斯和穆罕默德都默默无语，看着路边的一切。他们经过被毁坏的房屋、农场建筑和教堂。看不到农夫在田里工作，也看不到一只动物，没有山羊，没有绵羊，更没有驴子。

看到尼科西亚的郊区他们大吃一惊，正如几个月前阿芙洛狄忒的反应。他们不熟悉这里，可对于一个首都而言，这里破败得令人痛心。卡车轰鸣着穿过北部郊区狭窄的街道向市中心驶去。

衣衫褴褛的人们似乎仍过着平常的日子，老人坐在咖啡馆里，女人观赏商店橱窗，孩子们穿着破旧的鞋子缓步从学校回家。

车子终于停下了，一道屏障出现在眼前。是绿线。

他们一动不动地在卡车里坐了一会儿。螺栓向后拉动发出刺耳的刮擦声，铁围栏降了下来。该下车了，有一种卸牲口的感觉。

侯赛因第一个跳下去，玛丽亚把小伊里妮交给他。这是他第一次抱这个小婴儿，也第一次意识到她身上的气息是那么甜美。小伊里妮伸出手，抓住了他的鼻子。

帕尼库斯费了很大劲儿才下来，然后帮其他人下车，先是岳父母，然后是埃米内和哈里德，最后是玛丽亚。穆罕默德表演了高空跳，自己蹦了下来。侯赛因还抱着小宝宝。他真不想放开她。

玛丽亚站在他旁边，犹豫地伸出手。她看得出来，小伊里妮很喜欢待在侯赛因的怀里。

大兵越来越不耐烦。他可不准备在这里等上一整天，但只有完成任务他才能拿到钱，也就是说，他得把这些希腊族塞浦路斯人安全地送过绿线。

"快走！"他指着屏障命令。

两家人彼此看着，一时间说不出话来。他们很害怕大兵的命令，却更害怕说再见。离开得如此仓促，都没来得及细细思量分别的时刻。

然而最后一刻终会到来，只有直觉告诉他们该怎样度过这短短一刻。瓦西利斯用一块餐巾包住了乔治乌家的邪眼，把它递给哈里德，好像是在送出一件包装精美的礼物。哈里德则不假思索地把他的邪眼送给了瓦西利斯。两件护身符差不多大小，都用闪亮的蓝色玻璃制成。唯一的差别是埃米内用红绳悬挂，而伊里妮用的是蓝带子。

埃米内飞快地拥抱了一下伊里妮。

"我们永远也不会忘记你救过我们的孩子。"帕尼库斯对侯赛因说。

侯赛因摇摇头，什么也说不出来。

两个小男孩绕着大人形成的圈子互相追逐。玛丽亚抱着小伊里妮站在一边。

大兵重复了一遍他的命令，这次更大声了。

"快走！立刻！"

乔治乌一家听不懂土耳其语，可大兵的手势清楚明白。没时间了。他们突然意识到在一起的生活至此告一段落。他们被硬生生地分开了。

从政变那天到现在，已经一年了，一切都变了，没时间流眼泪，也没时间话别。

路人注意到了一个身着黑衣的老妇和两个比较年轻的女人，其中一个穿着一身香奈儿的连衣裙。她们的孩子也衣着高贵。在这种时候，这样时髦的人似乎不可能站在这条大街上。忽然间他们一分为二。伊里妮、瓦西利斯、玛丽亚、帕尼库斯和孩子们听从命令向前走；埃米内、哈里德、侯赛因和穆罕默德原地不动。

乔治乌一家向屏障走去，那边有几个戴蓝色贝雷帽的联合国士兵。大兵交涉了一会儿。他们听不清楚，似乎没有身份证明并没有关系。很快，他们被放行了。

　　厄兹坎一家看着他们的朋友渐渐走远。他们没有回头。

后来······

当乔治乌一家跨过绿线，他们就和厄兹坎一家一起成为统计资料的一部分了。

超过二十万希腊族塞浦路斯人失去了他们在塞浦路斯北部的家园，四万土耳其族塞浦路斯人被迫离开南方的家。他们都成了难民。

对这两个家庭来说，尼科西亚并不是他们的家。唯有法马古斯塔担得起这个称呼。首都只是他们背井离乡的起点。

两家人分到了冲突发生后空下来的房子，有了栖身之所，厄兹坎一家在凯里尼亚，乔治乌一家在利马索尔。这两个地方分别位于塞浦路斯海岸线上，一南一北，隔线而治，相隔万水千山。

乔治乌家的新公寓比从前那栋整洁了很多，历经磨难的圣像依旧注视着他们。还有用红绳挂起来的邪眼。

伊里妮复制了一部分他们在法马古斯塔的家。在玛丽亚和帕尼库斯的帮助下，他们买了一套塑料椅摆在花园里，伊里妮织了一条花边桌布，和此刻依然静静铺在埃尔皮达大街的他们家里的桌布一模一样。这栋房子里曾有的一些物品，包括几本相册和几件瓷器，被她稳妥地存放起来，以便日后还给土耳其族主人。

她仿照法马古斯塔家中她心爱的小花园，建了一座新的。很快门边就开满了茉莉花，天竺葵还和从前一样，在花盆里怒放。她种了胡椒、西红柿和药草。两年后，他们从自己的葡萄藤上摘下了串串葡萄。

土地没有了，瓦西利斯感觉松了口气。他发现自己已走不了远道，也无法像以前那样俯身挖地除草。很多同样来自法马古斯塔的人在利马索尔重新定居，没过多久，瓦西利斯就找到了几个老朋友。他们像从前一样相聚，聊过去，也畅想未来。

对这一家人来说，比起失去了两个儿子，损失些东西算不上什么。每天伊里妮都去教堂点三根蜡烛：为马科斯、赫里斯托斯和阿里。虽然赫里斯托斯依旧没有回来，她的信仰却回来了。

瓦西利斯决定接受现实。他们可能永远都无法知道赫里斯托斯是死是活了。据称，在政变后的那段短暂的内战期间，一些人虽列于失踪名单，却被同伴埋在了永远无从得知的地方。

"他可能就是其中之一。"瓦西利斯说。

"只要我还能梦见他，"伊里妮说，"我就不会放弃希望。"

她所有的不过是希望而已。希望。

忙家里的事、去教堂，伊里妮靠这些坚持活着，帮玛丽亚和帕尼库斯照顾孩子也带给她很多乐趣。

乔治乌一家一直担心真正的主人会要回房子。一天，门铃突然响了。他们以为那一刻真的来到了。

瓦西利斯慢慢走去开门。从前在法马古斯塔，他们一向开着门，可在这里，情况并不一样。

门开了的一刹那，他怀疑自己需要眼镜和拐杖。门外站着一个年轻人。面容憔悴，衣衫褴褛。瓦西利斯双腿发软。他凝聚了浑身力气，才喊出了儿子的名字。

两个男人拥抱在一起，赫里斯托斯意识到父亲几乎倒在了他怀中。相比最后一次见面，父亲老了很多。

伊里妮听到丈夫用虚弱的声音喊她，连忙跑出卧室。

"上帝，上帝……"她不断念叨着，泪水已经汹涌而出。

赫里斯托斯在一个土耳其战俘集中营里被关了好几个月，释放后，失去了父母的音讯。看到他曾经视为家乡的地方被铁丝网圈了起来，他有些无所适从，他花了很长时间才找到他们。

他们把哥哥离世的消息告诉他，他彻底崩溃了。他住进了父母卧室旁边那间黑漆漆的空房里，一年多未踏出母亲的小花园。

赫里斯托斯刚刚回归正常生活，又一个打击降临。瓦西利斯中风去世了。

"至少我们陪在他身边，亲爱的，"伊里妮对赫里斯托斯说，"而且他知道我们都在。"

伊里妮一直坚强地活着，她是为了自己的儿子。自从侯赛因在法马古斯塔为她找来了丧服，她就一直身着黑色，而且，终生如此。

帕尼库斯开始考虑表哥的提议。他的表哥六十年代末去了英国，随着他的电器连锁店的扩张，他需要内行的帕尼库斯帮忙打理。

帕尼库斯很难向岳母提起此事。赫里斯托斯已经找到了一份修车工的工作。当帕尼库斯终于鼓起勇气提起这件事，他才明白赫里斯托斯也准备要重新开始。

"我在这里能做什么？"这个理想幻灭的年轻人说，"只能坐着胡思乱想为什么事情坏到这个地步。"

巨大的内疚压得他喘不过气来：他获得了自由，而他的朋友哈拉兰博斯依旧下落不明。他指责他加入的组织，正是他们协助发动了那场改变一切的政变。

"我们自己打开了大门，让别人来侵略，"他说，"看看都发生了什么吧。"

就连伊里妮也愿意离开这个她深爱的岛国。

"如果你和帕尼库斯想去，"她对玛丽亚说，"而且赫里斯托斯去了也能高兴起来，那我就去。我可以不时回来给你父亲扫墓。他不会介意我没有每天守着他……"

在朋友与亲戚的帮助下，他们搬去了伦敦北部。

在凯里尼亚，厄兹坎一家也在尽全力开始新生活。阿里依旧下落不明。家人的照片也被人抢走，他们比以往更加难过。没有了照片，阿里的样子在他们的记忆中越来越模糊。他们还能认出他吗？

埃米内很快在发廊里找了份工作。她没办法只是坐在家里等。忙着洗头发、剪头发，可以暂时让她分散些对儿子的牵挂。

几年后，岛国北部的旅游业渐渐恢复。侯赛因一直靠打零工维持生活，和他父亲一起在餐馆厨房里工作。然而，工作再也没有带给他挑战，他越来越无聊。

他现在的最大兴趣是排球。他实现了自小的愿望，入选了土耳其族塞浦路斯队。有那么一年多，他都因为实现了梦想兴奋不已。可他的满足并没有持续太久。北塞浦路斯并不是一个国家，方方面面都有禁令，体育代表队也受限。

"根本没有意义，"他对父母大声抱怨，"要是打不了大型比赛，又有什么意思？"

这个岛本来就小，还得住在限制区里，种种制约令人压抑。对像侯赛因这样的年轻人来说，这就如伸出胳膊就碰到了墙壁。他渴望把墙推倒。

一天，穆罕默德放学回家，问了母亲一个新问题。这让埃米内觉得他们是时候离开了。

"还记得我们在酒店里认识的朋友吗？"他问，"现在我是不是应该憎恨他们？"

埃米内一再向他强调他不应该恨他们，可她意识到，她的小儿子将一点点忘记曾和那家希腊族塞浦路斯人亲密相处的日子。越来越多的胜利纪念碑在北方拔地而起，地名和街道名都变了，大批土耳其人来这里定居，带来了他们的文化。埃米内劝说家人离开。她不再爱这里，哈里德也有此意。唯一让他们舍不得的，是阿里一直没有回来。

"不管我们在这里，还是在别处，他都下落不明，"哈里德说，"如果他回来了，我们总有办法知道。"

他们认识很多去伦敦的土耳其族塞浦路斯人。在那里生活的确十分艰辛，可对愿意卖力工作的人来说，机会多的是。几个月后，带着几个早已离开的朋友的地址，他们买了单程机票，离开了塞浦路斯。和一栋不属于他们的房子告别无须多愁善感，可要离开他们的岛国，却令他们心如刀割。

到了伦敦，侯赛因轻而易举便在餐饮业找到了一份工作，很快升任餐馆经理。水球已经成为记忆，不过他依旧热爱体育，仍旧抽时间在周日去打排球。他每个工作日工作十八个小时，还奖励了自己一辆二手福特卡普里汽车。穆罕默德很喜欢那辆车，每天搭哥哥的车去上学。

从他们踏上伦敦的那一刻起，侯赛因就决定做一件事。

一天，他请了半天假，去哈顿公园的商店里寻找他要的东西。没有哪家店有类似的钻石项链，于是他又去了邦德街。有一家橱窗里有条差不多的，却没有标价。一个身着制服的门卫守在入口。

侯赛因走进店内，西装革履的售货员礼貌地问他有何需要。

侯赛因说他想看看那条项链。他努力装出不怯阵的样子。他终于有了一辆好车，却被停在了街角，他真希望刚才把车直接停在店外。

"这条项链品质一流。"售货员一边说，一边彬彬有礼又小心翼翼地把那条蓝钻项链放在紫色丝绒托盘上。他心里很明白，这位顾客不会掏钱购买。"售价大约三万镑。"

钻石的成色和大小与侯赛因记忆中的那条差不多。至少，现在他知道了价钱。

每个人都十分怀念塞浦路斯。空气，花香，美味的柑橘。这些再也不会像从前那样香甜了。

距乔治乌家和厄兹坎家不远处有个社区中心，土耳其族和希腊族塞浦路斯人经常在那里聚会。

玛丽亚听说了这个中心，觉得母亲应该去转转。一个下午，她开车带母亲去了那里。

大厅里通风良好，摆满了桌椅。伊里妮看到了几个熟人，希腊族和土耳其族塞浦路斯人混在一起，生机勃勃的声音让她震撼又满足。

埃米内正和哈里德在大厅一角喝咖啡。忽然，她看到了两个身影。

"哈里德，"她说，"你看那边……就是刚刚走进来的那两个女人……"

"哪两个？"哈里德现在的视力不太好。

埃米内早已站起来，穿过一张张桌子，匆匆向门口走去，脚步几乎有些踉跄。而泪水早就淌了下来。

玛丽亚倒抽一口气，一把抓住了母亲的手臂。

她轻轻拉着母亲转身，让她看看她的老朋友。

埃米内和伊里妮紧紧拥抱在了一起，仿佛永远也不会松开彼此。然后他们坐在一起，讲起分别后各自的生活。

巨大的悲伤不时将他们吞没。伊里妮告诉了他们瓦西利斯的死讯。哈里德低下头，试图掩藏他的难过。念珠不曾中断的噼啪声消失了。他近来寡言，此时更是彻底沉默了。

"我很难过。你肯定非常想他。"埃米内说，眼里闪烁着泪光。

伊里妮把手放在哈里德的手臂上，过了一会儿才拿开。此刻无须多言。

然后，她问了不得不问的问题。

"阿里……"

埃米内说不出话来，尤其是得知赫里斯托斯已经回来了。

"依旧下落不明。"她说。

两家人又成了邻居，他们的房子相距不过半英里。从那以后，每周都有聚会，到对方家里串门，一起吃叫法不同却是同一道菜的包心卷。

一晃几年过去了，侯赛因贷款开了自己的餐馆，又开了第二家。生意越来越好，他的积蓄也越来越多。

时候到了。找到阿芙洛狄忒不难。埃米内还记得她父母住在索斯盖特，他开始在那里找她。

初来英国的几个月，阿芙洛狄忒盼着能恢复体力。凉爽的气候给了她一点点活力，但依旧纤弱。和母亲一样，她整天闭门不出，而且尽量避开对方。她们甚至很少离开家，东西由女佣采买。

七十年代末阿芙洛狄忒的母亲去世了，萨瓦斯依然留在塞浦路斯。他不愿意离开，也不甚想念他的妻子。他是个乐观主义者，相信这个岛国大有发展。他曾白手起家，现在决定再来一次。在法马古斯塔，他羽翼未丰的酒店王国依然屹立不倒：日出酒店、天堂海滩酒店的扭曲框架，当然还有他从昔日竞争对手那里买来的。他的新项目仍在继续。银行或许会紧缩贷款，可他仍在借钱收购。萨瓦斯是那种让银行家总有活儿干的人。

和四万名法马古斯塔居民一样，他一直在等这座城市复兴。他相信总有一天，这个塞浦路斯的睡美人会苏醒。

他很少去英国，但有一次他告诉阿芙洛狄忒，他开始在利马索尔建造新酒店。这座酒店将成为整个度假胜地的明珠，一共有七百个房间。阿芙洛狄忒立刻就意识到她永远也看不到它了。她根本不想去。萨瓦斯从她的答话中听出了这一点。很显然，他们再也不能一起生活了。离婚手续很复杂，在阿芙洛狄忒的律师马修斯和腾比的帮助下，她免于承担萨瓦斯欠下的债务。

这么多年过去了，她一直像今天仍散落在日出酒店舞厅里的破碎女神像。

阿芙洛狄忒收到了一封埃米内的来信。她礼貌地回了信，邀请她来喝茶。"她现在完全是英国做派了！"埃米内打开信时大声说。之后的那个星期，母子一同赴约。

阿芙洛狄忒没有亲自来开门。一个私人看护把他们请了进来。他们走进客厅，看见阿芙洛狄忒坐在那里，一根拐杖靠在扶手椅上。她没有站起来迎接他们。埃米内意识到她瘦得皮包骨头，头发已经全白，而且相当稀少，几乎能看到头皮时，大吃一惊，她十四年没见过阿芙洛狄忒了，可她也不过三十多岁。

埃米内仔细看着阿芙洛狄忒从她母亲那里继承来的房子。这里比她想象的要大，即便已经有了少许衰颓之势，却依然十分舒适。一张低矮的抛光红木桌上摆着骨瓷茶杯、茶托和一把茶壶。

他们猜阿芙洛狄忒一个人住在这里。不过埃米内并没有问太多问题，有些不太礼貌。

阿芙洛狄忒想知道厄兹坎一家的消息。她认出侯赛因曾在沙滩上工作，也想知道他们什么时候离开了塞浦路斯，现在住在哪里，是否还和一起在沙龙里工作的萨维娜·斯库尔罗斯有联系。

他们说的是英语。

埃米内聊起这些细节。她试探地向阿芙洛狄忒说起他们曾去日出酒店避难。

"我们和邻居乔治乌夫妇一起躲进了那里，"她说，"是他们的儿子建议我们去的。"

侯赛因看着阿芙洛狄忒，发现她面色苍白。他真希望母亲别再说了。他最不想让她提起那个夜总会经理，何况说起日出酒店会让阿芙洛狄忒不安。她失去了太多。

阿芙洛狄忒情不自禁地说出了那个名字。

"马科斯·乔治乌。"

"很不幸，他被杀死了。"埃米内说。

"是的，帕帕科斯塔先生告诉我了。"阿芙洛狄忒简略地说。

埃米内和侯赛因都注意到她的语气变了，他们陷入了尴尬的沉默。

"他是个两面派。"她又说。

接着，他们觉得自己听到她在说：

"我真傻。"

她的声音很轻，几乎细不可闻。

母子对视一眼。

埃米内抿了一小口茶。加了奶可真难喝，她在心里嘀咕，然后放下茶杯，看了一眼侯赛因，无言地催促他赶紧向女主人说明来意。

收到暗示，侯塞因欠了欠身。这是他第一次开口说话。

"帕帕科斯塔夫人，其实我们来这里，"他笨拙地说，"是为了把这个交给您。"

他递给阿芙洛狄忒一个紫色丝绒盒。

她疑惑地看了他一眼，打开盒子。她盯着盒子里的东西，许久。

"你是在哪里找到的？"她低声说。

"不是原来的那条，"侯赛因解释道，"我们卖掉了您的项链，才从法马古斯塔安全逃出来。"

一阵紧张的沉默。

"没有您的项链，我们今天不可能坐在这里。"他又说。

这么多年，侯赛因一直努力攒钱，为了存钱而加班。终于，他来还他们为自由欠下的债。

她看着那张诚挚的脸，意识到他并不知道他的这种行为的重要性：这不容置疑地向她证明了马科斯彻彻底底地背叛了她。她没有摸那条项链。

"我很抱歉，可我不想要，"她啪的一声合上盒子，坚定地说，"我真不想要，我不能接受。埃米内，求你让他把项链带走。"

阿芙洛狄忒把项链放在他们面前的桌子上。

"侯赛因，你这么做我很感动，可我不愿意要从前的东西。它们只会让我想起可怕的事情和可怕的岁月。你还是把项链卖了吧，想做什么就去做些什么。"

"可……"侯赛因想要插话。

"你不亏欠我任何东西。"

侯赛因尴尬地拿起盒子，把它装回衣兜。

气氛变了。阿芙洛狄忒不想和他们继续交谈，埃米内看得出来她很不安。虽然身体虚弱，她一直都表现得十分刚毅。

埃米内忽然想到了一件事，这或许能缓和紧张气氛。

"我差点忘了，"她说，"我们捡到了一些你的东西。"

她从手袋里拿出一个小绣花钱包和一个丝绒袋，递了过去。

阿芙洛狄忒看着这两样东西，没有露出一丝认得它们的表情。

恰在此时，看护走进来问是否需要添茶。

"不用了。"阿芙洛狄忒答。

侯赛因站起来。显然是时候告辞了。

母亲接到儿子的暗示，把两样小物件放在了茶盘上。

阿芙洛狄忒依旧坐着。

侯赛因知道他们逗留的时间过长。他经过多年的辛苦工作才买下了那条项链，而阿芙洛狄忒竟是这种反应，他们都不免有些惊讶。她评价马科斯的话一直在他们耳边回荡，几个星期都不曾消失。

阿芙洛狄忒很想一个人待会儿,于是告诉看护提前下班。

她缓缓来到厨房,茶盘就放在滴水板上。她拿起丝绒袋子,把里面的东西倒在布满细纹的手掌上,这是她最后一次端详那个不规则的小东西。她打开水龙头,慢慢地将它滑出手掌。

那个东西在塞孔里飞快地转了个圈就消失不见了。片刻后,它冲出了索斯盖特的这所房子,顺着地下排水管道漂出几英里,来到了污水处理厂。很久以后,这枚小小的珍珠终于回到了大海。

这么多年来,埃米内与发廊的老朋友萨维娜依旧保持着通信。消息翻越万水千山,从塞浦路斯传到了伦敦。其中之一便是一个由法医和科学家组成的专门小组正在确认无名墓中尸骨的身份。埃米内依旧盼望得到阿里的消息。不管什么消息,有总比没有强。

后来,埃米内收到的信封里掉出了一份关于一家连锁酒店的剪报。看了几行,她意识到酒店业主正是萨瓦斯。他欠下巨额贷款,加之近来金融环境巨变,不得不宣布破产。她花了一些时间才弄明白这篇报道的内容(近来她很少看希腊语,萨维娜也总是用英语给她写信)。剪报背面是一幅照片。摄于日出酒店开业典礼,萨瓦斯和他的前妻正站在鲜花拼成的日出酒店的名字前面。

她用手捂住嘴。阿芙洛狄忒曾经那么迷人,那么美。那一袭令人眼花缭乱的长裙轰动一时,埃米内想起,为了迎接那晚的到来,是她为她做的发型,一切宛如昨日。她不由自主地大声念出了照片下面那一段说明文字:"萨瓦斯·帕帕科斯塔和他已于去年离世的前妻阿芙洛狄忒。"不过寥寥数语。

埃米内坐在那里,看着在黑白报纸上回望她的那双黑色眼眸。

自从来到伦敦,乔治乌一家一直都在关注祖国的消息:谈判和随后的僵局、岛国已面目全非的现状、希腊族和土耳其族寻找失散

313

亲人的呼吁、北塞浦路斯土耳其共和国的宣告成立、二〇〇三年界线终于开放。

他们还知道这一妥协计划以失败告终，南方遭遇经济危机。失望深深烙在了他们心里，希望却从未离开。

二〇一四年，谈判再度重启。在法马古斯塔城墙环绕的城市内，受难日礼拜活动在一家教堂举行，美国副总统前往。五十多年来，他是前往该岛的职务最高的美国官员。

伊里妮在伦敦过着心满意足的生活，这倒叫她在塞浦路斯认识的所有人都备感意外。赫里斯托斯娶了一位英国妻子，生了一个女儿，他们和伊里妮住在一起。玛丽亚和帕尼库斯则住在旁边的街区；他们的孩子已经结婚了。

儿孙都环绕在伊里妮膝下，她活到了九十多岁。他们是她长寿的理由。大多数时候她依旧为所有人做晚饭，她唯一对年纪的让步就是得睡个午觉。从前在塞浦路斯，每逢酷暑难耐，她就爱午睡。

在他们住在伦敦的这些年，铁丝线、塑料网和岗哨依旧矗立在法马古斯塔周边。风吹过街巷，弥漫着咸味的空气缓慢地破坏着一切。伊里妮一周仍有几次从梦中惊醒，以为自己还在那里。

现在她快一百岁了。她的梦近来愈加频繁，有时她分不清梦境与现实。至于其他的，早已随着年龄褪色：她的眼睛曾是深栗棕色，她的头发曾经也不似现在这般花白，还有她的体力。她的视力和听力也大不如前。

一天，她张开眼睛，看到了朦胧的光线。可能是黎明，也可能是黄昏，她分不出来。一个人站在门口的阴影下。肯定是她的孙女，穿着一件款式老旧的白色连胸围裙，上面点缀着玫瑰花图案，她自己小时候就穿这样的衣服。

"快来看！快来看！"伊里妮听到她在喊。

小小的人儿不见了，伊里妮从床上起来，走出卧室，过道尽头有一个房间，里面发着蓝光，她被吸引着不自觉地走过去。

她在电视里看到了法马古斯塔，那里的窗户空空荡荡，混凝土大楼衰败不堪。她靠在门框上，凝视着。

虽然看起来像是一场军事入侵，可她看到的不是坦克，而是推土机。数十台推土机碾过了法马古斯塔的岗哨。

这么多年过去了，她翘首以盼的那一刻真的来了。重建终于开始了。

房子里静静的，孙女不见踪影。她回头看了一眼。就在这时，她注意到一群人来到她身后。

"我的梦想！"伊里妮轻声说，她的膝盖开始发软，"这就是我的梦想！"

图书在版编目（CIP）数据

日出酒店／〔英〕希斯洛普著；刘勇军译. —海口：
南海出版公司，2015.3
ISBN 978-7-5442-7690-0

Ⅰ.①日… Ⅱ.①希…②刘… Ⅲ.①长篇小说－英
国－现代 Ⅳ.① I561.45

中国版本图书馆 CIP 数据核字（2015）第 040833 号

著作权合同登记号 图字：30-2014-167

日出酒店

〔英〕维多利亚·希斯洛普 著
刘勇军 译

出　　版　南海出版公司　（0898）66568511
　　　　　海口市海秀中路51号星华大厦五楼　邮编 570206
发　　行　新经典发行有限公司
　　　　　电话（010）68423599　邮箱 editor@readinglife.com
经　　销　新华书店

责任编辑　马秀琴
特邀编辑　李怡霏
装帧设计　金　山
内文制作　王春雪

印　　刷　三河市中晟雅豪印务有限公司
开　　本　890毫米×1270毫米　1/32
印　　张　10.25
字　　数　259千
版　　次　2015年3月第1版
印　　次　2015年4月第2次印刷
书　　号　ISBN 978-7-5442-7690-0
定　　价　39.50元